KB074018

운영전의
비교문학적 연구

전용오 저

지식과교양

필자가 운영전의 '전등신화영향론'을 주장한지도 벌써 여러 해가 지났다. 그 후 수년간 운영전의 영향관계를 연구하고 가르치면서 언제나 느꼈던 불편함이 두 가지가 있었다. 그 하나는 연구 자료가 운영전, 전등신화, 태평광기로 나뉘어 흩어져 있다는 점이고 다른 하나는 원문 대신 읽을 수 있는 제대로 된 번역문이 없다는 점이었다. 그리고 그중에도 연구의 기본이 되는 한문본 운영전의 번역문이 없는 까닭에 많은 연구자들이 원본인 한문본을 회피하고 결함 많은 한글본을 텍스트로 하고 있음을 보면서 한문본 운영전 번역의 필요성을 절감하곤 하였었다. 그러던 중 이제 비로소 필자의 논문 두 편과 관련 작품 7편의 원문과 번역문을 함께 묶어 한 권의 책으로 펴내게 된 것이다.

본 책을 만들면서 유념했던 점은 다음과 같다.

먼저 번역작업을 함에 있어서는 작품 자체가 학문적 연구 자료이니 만치 일체의 윤문을 배제하고 원문에 충실한 번역이 되도록 힘썼다. 그렇게 함으로써 독자들이 번역문을 읽으면서도 원문의 의취를 최대

한 느낄 수 있도록 자구 하나에도 소홀하지 않도록 유의하였다. 특히 운영전의 번역은 과문일지 모르나 처음으로 이루어진 것으로 후학들의 연구 활동에 다소나마 도움이 될 것으로 생각한다.

번역문 중에도 필요한 경우에는 괄호 안에 한자를 병기하였고, 가능한 한 독자들이 별도의 수고로움 없이 작품을 쉽게 이해할 수 있도록 상세히 주를 달았다.

인용부는 원문에는 겹낫표(『 』) 속에 낫표(「 」), 낫표 속에는 작은따옴표(' ')를, 번역문에는 큰따옴표(" ") 속에 작은따옴표(' '), 작은따옴표 속에는 (-)표를 사용하였다.

운영전의 원문은 가장 선본으로 보이는 한국정신문화연구원과 중국문화학원출판부가 공동으로 간행한 한국한문소설전집 소재 수성궁몽유록에서 취했지만 타본과 대조하여 명백한 오자는 바로잡아 수록했음을 밝힌다.

필자는 이 한 권의 책이 운영전 연구자들에게는 작은 촉매가 되고 학습자들에게는 언제든 즐겨 찾는 친근한 자료가 될 수만 있다면 더할 수 없이 기쁠 것이다.

끝으로 책을 만드는 과정에서 원문입력 작업을 맡아 수고해 준 조보로 민란옥 배재대 박사과정 대학원생들과, 기꺼이 출판을 맡아주신 도서출판 지식과교양의 윤석원 사장님, 편집을 담당한 김민경 대리께 깊은 감사의 뜻을 표한다.

壬辰 孟春

전 용 오

:: 목차

雲英傳의 發生論的 考察

雲英傳의 發生論的 考察

1. 序言

필자는 〈萬福寺樗蒲記〉와 〈李生窺牆傳〉을 분석[1]하기 위해 「剪燈新話」를 비교적 세밀히 읽어볼 기회가 있었다. 그 결과 「전등신화」는 「金鰲新話」뿐만 아니라 〈雲英傳〉에도 매우 큰 영향을 미쳤다는 사실을 발견하게 되었다. 「전등신화」 중에서도 〈綠衣人傳〉은 〈운영전〉의 핵심구조라 할 수 있는 內話部分에 영향을 주었고, 〈滕穆醉遊聚景園記〉와 〈翠翠傳〉은 外話部分에 주로 영향을 끼쳤다는 것을 알 수 있었다.

그런데 관련 자료들을 검토해 보니 이를 언급한 논고가 전무하여

---

1. 拙稿, "만복사저포기의 몇 가지 문제에 대하여", 「연민이가원선생칠질송수기념논총」, 정음사, 1987.
   拙稿, "이생규장전의 비교문학적 고찰", 배재논총 제1권, 배재대학교출판부, 1996.

놀라지 않을 수 없었다. 〈운영전〉의 영향관계에 대해 깊이 있게 고찰한 것은 金鉉龍[2]의 '太平廣記影響說' 정도이고 그 뒤 영향관계를 거론하는 논자들도 「태평광기」만 말하지 아무도 「전등신화」에 대하여 말하는 것은 보지 못했기 때문이다.

따라서 필자는 나름대로 「전등신화」와의 영향관계를 한 번 정리해 볼 필요성을 느끼게 되었다. 본고는 이와 같은 〈운영전〉발생론에 대한 재검토적 차원에서 전개되는 것이다. 그렇다하여 「태평광기」의 영향을 부인하자는 것은 아니다. 「태평광기」의 영향도 부분적으로는 인정하지만 보다 근원적인 〈운영전〉의 남상은 「전등신화」에서 찾아야 된다는 주장이다.

〈운영전〉의 특성을 말할 때 빠뜨릴 수 없는 것은 그 비극성과 액자소설적 형식이라 할 수 있는데, 이 문제들도 발생론과 관계가 있기 때문에 발생론 검토과정에서 자연 해명되리라 본다.

그런데 본론에 들어가기에 앞서 필자는 잠시 〈운영전〉의 텍스트 문제에 대하여 언급할 필요를 느낀다. 연구의 대본을 선정하는 문제는 작품에 대한 객관적 평가를 위해서나 연구결과의 보편성 확보를 위해서나 매우 중요한 문제이기 때문이다.

다 알고 있다시피 현재 〈운영전〉의 이본은 한문본과 한글본이 있고, 원본은 한문본이며 한글본은 그것의 번역본이라는 것은 논란의 여지가 없는 정설이다. 그렇다면 연구의 텍스트는 당연히 한문본이어야 할 터인데 연구자들 중 상당수가 한글본을 대상으로 논지를 전개하고 있는 것은 이상한 현상이라 하지 않을 수 없다. 하물며 한글본이 한문본에 비해 결함이 많은 대본임에도 불구하고 말이다. 朴箕錫[3]

---

2. 金鉉龍, 「한중소설설화비교연구」, 일지사, 1977.

은 이본의 비교를 통하여 한글본은 문맥의 비논리성과 서술시점의 혼란으로 한문본보다 그 구성의 세련미에서 뒤떨어진다고 지적한 바 있다. 그러나 한글본의 문제점은 그것에서 끝나는 것이 아니다. 한문본의 번역과정에서 번역자의 의취에 맞게 부연을 심히 하고 상황에 맞지 않는 췌사들을 남용하여 원작의 정제된 모습을 거의 잃었다는 데에 더 큰 문제가 있는 것이다.

예를 들어 金進士를 처자가 있는 유부남으로 신분을 바꿔버림으로써 그를 처자를 배신하고 애인을 따라 죽는 무책임한 인간으로 만든 것이라든가, 김진사가 목숨을 걸고 수성궁의 담을 넘어 들어갔을 때 그를 마중 나온 雲英의 친구 紫鸞이 원작에 없는 난삽한 중국의 故事로 수작하며 위급한 상황을 망각하고 소리 내어 웃는 묘사 등은 그 작은 예에 불과하다고 할 수 있다. 그 밖에도 김진사가 담을 넘어 들어가 운영·자란과 함께 대화를 나누다가 자란에게 자리를 비켜달라는 신호로 거짓 취한 체하고 "밤이 얼마나 되었나?"라고 말하자 한문본에서는 자란이 그 뜻을 알고 즉시 휘장을 내리고 문을 닫고 나갔다고 되어 있는 반면, 한글본에서는 자란이 김진사와 운영에게 또다시 고사를 인용하여 일장훈시를 한 뒤에 나가는 것으로 되어 있는 등 불필요한 첨가로 오히려 극적 긴장감을 감소시키는 오류를 범하고 있는 부분이 여러 군데 나타난다.

따라서 위에서 보듯이 우리가 〈운영전〉을 고찰함에 있어서는 반드시 한문본을 주 대상으로 해야 한다는 당위는 충분하다고 본다. 설령 한글본도 이본의 하나로서 어느 정도 개별적 가치는 지니고 있겠지만 그래도 역시 〈운영전〉을 대표하는 것은 한문본이기 때문이다.

---

3. 朴箕錫, "운영전의 재평가를 위한 예비적 고찰", 국어교육 37, 한국국어교육연구회, 1979, p.91.

한문본에도 이본이 여럿 있고 각 이본 간에도 약간의 차이는 있지
만 그것은 거의 무시해도 좋을 정도의 근소한 것으로 알려져 있다.
본고에서는 그 중에서 善本이라 여겨지는 「韓國漢文小說全集」[4]所載
〈壽聖宮夢遊錄〉을 대본으로 논지를 펴 나가고자 한다.

2. 太平廣記影響說에 대한 검토

本章에서는 그간 〈운영전〉발생에 대한 일반적 학설로 인정돼 왔던
'태평광기영향설'을 검토해 봄으로써 「태평광기」의 〈운영전〉에 대한 영
향관계를 보다 객관적으로 확인해 보고자 한다. 그렇게 하면 다음 章
에서 논할 「전등신화」와 더불어 兩大 작품이 〈운영전〉에서 차지하는
위치가 분명하게 드러날 것이다.

본격적인 논의에 앞서 고찰의 기본 대상인 〈운영전〉의 내용을 먼저
정리해 보면 다음과 같다.

萬歷 辛丑 三月 旣望에 靑坡士人 柳泳이라는 사람이 安平大君의 舊
宅인 壽聖宮에 탁주 한 병을 들고 들어가 놀았다. 그는 거기서 운영과
김진사를 만나 그들의 과거 이야기를 듣게 되는데 운영이 들려준 이
야기는 다음과 같다. 風流郎인 안평대군은 10명의 궁녀를 뽑아 수성
궁에 두고 詩書를 가르치면서 외부인과의 접촉을 금하고 그 명을 어
기면 죽이겠다고 위협한다. 어느 날 안평대군과 궁녀들이 詩를 짓고
있는데 김진사라는 어린 선비가 안평대군을 뵈러 찾아왔다. 안평대군
은 그가 어렸으므로 궁녀들을 그대로 앉혀 두었다. 그 때 궁녀 중 하

4. 林明德 主編, 「한국한문소설전집」 3권, 한국정신문화연구원·중화민국 중국문화학원
출판부 공동발행, 1980.

나인 운영은 김진사의 才貌에 마음이 끌려 그가 돌아간 뒤에도 잠을
이루지 못하고 그리워한다. 그러던 어느 날 김진사가 다시 와 酒宴이
베풀어졌을 때 운영이 기회를 보아 김진사에게 戀慕의 詩를 전하고
김진사도 巫女를 통해 화답의 시를 전한다. 이후 한동안 만나지 못해
애태우던 운영은 무녀의 중개로 김진사를 다시 만나 宮牆을 넘어오면
인연을 맺을 수 있을 것이라고 말해준다. 奴婢 特의 도움으로 김진사
는 궁장을 넘어 들어가 雲雨의 즐거움을 나눈다. 이후 밤이면 들어가
고 새벽이면 나오기를 계속하던 중 눈 위에 생긴 발자국으로 인해 주
위의 의심을 받게 된다. 위험을 느낀 김진사는 特의 도움을 받아 운
영의 財寶들을 궁 밖으로 내오지만 운영은 자란의 반대로 탈출을 포
기한다. 詩句에 나타난 思慕의 情 때문에 안평대군으로부터 의심을
받은 운영은 자결을 기도하지만 궁녀들의 도움으로 죽음을 면한다.
운영의 보물을 가로챈 특이 자신의 죄를 덮기 위해 두 사람의 관계를
제보함으로써 안평대군은 모든 사실을 알게 된다. 극도로 화가 난 안
평대군의 지시로 운영이 처형의 위기에 처하지만 궁녀들의 목숨을 건
항거에 의해 처형은 면한다. 별당에 갇힌 운영은 그날 밤 스스로 목
을 매어 자살한다. 운영의 이야기가 여기서 끝나자 그 이후의 일은 김
진사가 이어서 말한다. 운영의 죽음을 안 김진사는 기절했다 깨어나
운영의 명복을 빌기 위해 남은 재물을 처분하여 특으로 하여금 절에
가 불공을 드리게 한다. 여전히 惡心을 품고 있던 특은 어느 날 김진
사의 소원대로 함정에 빠져 죽는다. 그리고 얼마 안 있어 식음을 폐하
고 지내던 김진사도 세상을 뜨고 만다. 김진사의 이야기가 끝나고 두
사람은 슬픔에 흐느낀다. 유영은 두 사람을 위로한다. 취하도록 술을
마신 유영이 잠들었다 깨어보니 두 사람은 간 데 없고 김진사가 기록
한 책자만이 남아 있었다. 유영은 神冊을 가지고 돌아와 상자 속에

감춰 두고 때때로 열어 보곤 망연자실하여 침식을 폐하기도 하였다. 그 후 유영은 名山을 두루 찾아 다녔는데 어떻게 되었는지 아무도 모른다.

이상과 같은 내용의 〈운영전〉에 영향을 준 작품으로 김현룡은 「태평광기」 소재 〈崑崙奴〉설화와 〈非烟傳〉, 그리고 〈裵航〉설화 세 편을 제시했는데[5] 이에 대하여 차례로 검토해 보도록 하겠다. 먼저 〈곤륜노〉설화의 내용은 다음과 같다.

崔生이 부친의 명으로 功臣 一品의 집에 갔는데 일품의 집 3妓女 중 紅綃妓와 서로 눈이 맞아 戀情이 싹트고 최생이 돌아올 때에 그녀는 세 가지 手話를 하게 된다. 집에 온 최생은 그녀를 그려 병이 난다. 奴 磨勒이 까닭을 물어 사실을 말하니 마륵은 보름날 밤에 第3院으로 찾아오라는 내용임을 풀어 준다. 보름날 밤이 되자 마륵은 먼저 일품 집의 맹견을 처치하고 최생을 업고 10重의 담을 넘어 그녀와 만나게 해 준다. 여기서 그녀는 자신이 강제로 잡혀있음을 말하고 탈출시켜 줄 것을 애원한다. 이에 마륵은 먼저 妓의 婚需를 밖으로 운반해 내고 이어서 최생과 기녀를 함께 업고 다시 10重의 담을 넘어 무사히 탈출시킨다. 기녀는 2년간 최생의 집에 숨어 지내다가 어느 날 曲江에 놀러 나갔는데 거기에서 일품의 집 사람들에게 들키고 만다. 최생으로부터 자백을 들은 일품은 이미 몇 년 지난 일이라 시비를 묻지 않겠다고 하면서도 마륵은 잡아 죽이려 한다. 이것을 안 마륵은 무사들의 포위를 뚫고 높은 담을 넘어 순식간에 사라진다. 그 후 10여년이 지나 마륵이 洛陽의 시장에서 藥을 팔고 있는 모습이 최생 집 사람의 눈에 띄었는데 얼굴은 옛날과 같았다 한다.

5. 金鉉龍, 앞의 책, pp.307~317.

이에서 보았듯이 위 설화와 〈운영전〉의 공통점은 첫째는 여자의 신분이 강제로 잡혀 지내는 처지라는 것이고, 둘째는 남자의 종이 자기 주인을 위해 여자의 재물을 밖으로 운반해 준다는 것이다. 설화의 내용을 살펴보면 이 부분은 분명 〈운영전〉에 영향을 준 것으로 보인다. 그러나 큰 줄기로 본다면 위 설화는 〈운영전〉과 다르다는 것을 알 수 있다. 우선 가장 큰 차이점은 종결방식에 있다. 〈운영전〉의 두 남녀는 비극적 최후를 맞고 〈곤륜노〉의 두 남녀는 행복한 결과를 얻는다. 그리고 김진사의 종 특은 주인을 배신하고 그를 살해할 생각까지 하지만[6] 최생의 종 마륵은 끝까지 의리를 지킨다. 운영은 탈출을 포기하지만 최생의 여자는 어려움 없이 탈출에 성공한다. 이상에서 살펴보았듯이 〈곤륜노〉설화가 〈운영전〉에 미친 영향은 특의 일부 행위를 중심으로 매우 제한된 부분에 국한된 것이었다 할 수 있다.

다음은 〈비연전〉에 대하여 검토하겠는데 그에 앞서 작품의 내용을 요약하면 다음과 같다.

臨淮에 사는 書生 趙象은 功曹參軍으로 있는 옆집 武公業의 愛妾 非烟을 담 틈으로 보고 연정을 품게 된다. 조상이 무공업의 문지기를 매수하여 그의 妻로 하여금 비연에게 자신의 뜻을 전하게 하지만 비연은 웃기만 할 뿐 아무 대답도 하지 않는다. 몸이 단 조상이 다시 戀詩를 적어 보내니 그녀도 그를 사모하고 있었던 터라 答詩를 보낸다. 이렇게 서로 시를 주고받던 중 하루는 그녀가 어려서 부모를 잃고 중매쟁이에게 속아 천한 武人에게 시집왔다는 사실과 그로 인한 恨이 많음을 글로써 토로하기도 한다. 그러던 어느 날 그녀는 문지기의 아내

---

6. 김현룡은 이에 대해 작가가 임란 후 사회질서가 붕괴되어 賤奴階級이 제 세상을 만난 듯 횡포를 부리던 사회상에 자극을 받아 〈비연전〉과 같은 逆奴 쪽을 취한 것 같다고 하였다. (같은 책, p.315.)

를 시켜 무공업의 入直을 틈타 담을 넘어올 것을 연락한다. 조상이 사다리를 타고 담을 넘으니 그녀는 담장 아래 받침대를 만들어 놓고 기다리고 있었다. 이렇게 시작된 그들의 사랑은 날이 가도 식을 줄을 몰랐다. 그러다가 하루는 작은 잘못으로 매를 맞은 여종이 원한을 품고 무공업에게 밀고하여 모든 사실이 알려진다. 그는 여종에게 입을 다물고 있으라고 지시하고 입직을 가장하여 숨어 있다가 담을 넘어오는 조상의 옷깃을 붙잡지만 옷자락만 찢었을 뿐 놓치고 만다. 그는 화가 나 비연을 기둥에 묶고 피가 흐르도록 채찍질했지만 그녀는 사실을 고하지 않고 다만 "살아서 친하였으니 죽은들 무슨 한이 있겠는가?"라는 말만 할 뿐이었다. 심야에 무공업이 잠깐 조는 사이에 그녀는 평소에 사랑하던 여종을 불러 물을 한 사발 달라 하여 갖다 주니 다 마시자마자 숨을 거두었다. 무공업은 그녀가 急患으로 죽었다고 소문을 내고 北邙山에 묻었지만 사람들은 그녀가 억울하게 죽은 것을 알았다. 그로 인하여 조상은 變服易名하고 멀리 江浙間으로 떠나갔다.

이 설화와 〈운영전〉의 공통점이라면 첫째로는 앞의 〈곤륜노〉설화와 마찬가지로 여자가 마음에 없는 사람에게 감금되어 살고 있다는 점이고, 둘째로는 情人이 담을 넘어가 사랑을 나눈다는 점이고, 셋째로는 종의 밀고로 이들의 행위가 발각된다는 점이고, 넷째로는 그 결과 여자가 죽임을 당한다는 점을 들 수 있다. 이 정도 공통점이 많다면 〈운영전〉에 미쳤을 영향도 컸으리라는 것은 상상하기 어렵지 않다. 그러므로 김현룡은 〈운영전〉의 작가는 위 두 편에서 깊이 느껴지는 부분을 취하여 소재로 이용하면서 자신의 풍부한 상상력과 詩想을 표현하여 구성해 나간 것7)이라고 단언하였다. 그러나 그럼에도 불구하고 이 설화가 〈운영전〉에 과연 결정적 영향을 주었느냐고 묻는다면 누구도 자신 있게 답할 사람은 없으리라 생각한다. 그것은 공통점

못지않게 다른 점도 많기 때문이다.

　그 가장 중요한 상이점은 여자의 죽음에 반응하는 남자의 태도이다. 〈운영전〉의 김진사는 죽은 운영을 위해 불공을 올려주고 식음을 폐한 끝에 따라 죽었는데, 〈비연전〉의 조상은 목숨을 부지하기 위해 변장을 한데다가 이름까지 바꾸고 도망했다 하니 달라도 사뭇 다르다 하지 않을 수 없다. 그리고 상대방에게 먼저 연정을 표한 쪽도 〈운영전〉은 운영인 반면 〈비연전〉은 조상이고, 밀고를 한 종도 〈운영전〉은 김진사의 남종인데 대하여 〈비연전〉은 비연의 여종으로 되어 있다. 그리고 〈운영전〉은 운영이 죽고 난 뒤에 회상형식으로 사건이 전개되는데 비해 〈비연전〉은 순차적으로 평범하게 전개된다.

　김현룡은 〈비연전〉의 끝에 비연이 죽은 후 崔·李 두 生이 비연이 살다 죽은 옛 터에 가서 시를 지었는데 비연을 찬양한 시를 지은 최생의 꿈에는 그녀가 나타나 사례하고, 비연을 비난한 시를 지은 이생의 꿈에는 그녀가 나타나 보복을 장담했는데 며칠 후 이생이 과연 죽었다는 이야기가 첨가된 것을 가리켜 그 부분은 유영이 수성궁에 들어가 꿈속에서 운영과 김진사의 이야기를 듣는다는 소설구성에 직결되었다[8]고 하였지만 〈운영전〉에서의 운영의 회고는 죽기 전의 사건에 대한 회상이자 동시에 그 자체가 작품의 핵심내용인 반면 〈비연전〉에서의 비연의 꿈속 등장은 작품의 본 줄거리와는 관계없는 후일담에 불과한 것이기 때문에 같은 성격으로 볼 수는 없다고 본다. 그러나 어찌되었건 앞서 살펴본 바와 같이 두 작품 사이에 적지 않은 공통요소가 있는 만큼 어느 정도의 영향관계는 있었을 것으로 보는 것은 타당하리라 본다.

---

7. 같은 책, p.311.
8. 같은 책, p.316.

끝으로 〈배항〉설화의 내용을 살펴보면 다음과 같다.

唐나라 때 배항이 下第하여 鄂渚에 놀러갔다가 舊友 崔相國을 만나니 상국은 돈 20萬錢을 주었다. 배항은 그 돈으로 큰 배를 빌려 타고 돌아가면서 國色의 樊夫人을 함께 태웠는데 부인은 언제나 휘장 속에 들어가 있어 접근할 수가 없었다. 그녀의 侍妾 裊烟에게 뇌물을 주어 시 한 수를 보냈지만 반응이 없어 다시 名醞珍果를 구해 선물하니 그제서야 만나 주었다. 그런데 그녀는 남편이 漢南에 있는데 관직을 그만두고 깊은 산속으로 들어간다고 하여 남편에게 급히 가는 길이라고 하면서 "一飮瓊漿百感生 玄霜搗盡見雲英. 藍橋便是神仙窟 何必崎嶇上玉清."이라는 뜻 모를 시 한 수를 주고 간다. 그런데 이 시는 배항의 앞일을 예언해 주는 시였다. 그 후 배항은 시의 내용대로 藍橋에서 노파로부터 玉漿을 얻어 마시고 운영도 만나 청혼을 하니 노파는 玉杵臼를 구해 오면 혼인을 허락하겠다고 말한다. 그리하여 배항은 온갖 고생 끝에 옥저구를 구해 노파를 찾으니 이번에는 백일 동안 약을 찧으라고 하였다. 다시 어려움을 이겨내고 백일을 마치니 仙洞으로 인도하여 앞서 만났던 번부인도 만나고 운영과 결혼, 得仙하여 玉峰洞에 들어가 살았다 한다.

언뜻 보면 〈운영전〉과 공통점이란 여주인공의 이름이 같은 것뿐인 것 같은 위 설화를 김현룡은 〈운영전〉형성에 상당히 영향을 미친 작품이라고 주장했는데 그는 그 근거로 '운영'이라는 이름이 등장한다는 것과 〈운영전〉에서 무녀를 통해 편지를 전한 것같이 시첩을 통해 연시를 전한다는 것, 〈운영전〉 끝에 김진사가 준 神冊을 받아온 것처럼 〈배항〉설화의 末尾에 友人 盧顥가 득도한 배항을 만나 藍田美玉과 紫府雲丹을 받고 헤어진다는 것을 들었다.[9] 그러나 이것은 아무리 생각해도 '운영'이란 이름에 너무 집착하여 빚어진 좀 무리한 추측이 아닌가 보여진다. 전체적인 내용도 전혀 다른데다가, 〈배항〉설화와 같은 낭만적인 神仙譚이 〈운영전〉 같은 사실주의적 비극소설에 직접적으로 영향을 미쳤다고 보기는 어렵기 때문이다. 설령 미쳤다 해도 앞의 두 설화에 비해서는 그 정도가 훨씬 미약했을 것이라는 것이 필자의 생각이다.

이것으로 소루하나마 〈운영전〉에 대한 기존의 '태평광기영향설'을 검토해 보았다. 검토한 결과 〈곤륜노〉설화와 〈비연전〉과 같은 설화는 내용상 구체적으로 〈운영전〉과 비슷한 부분이 있음으로써 어느 정도의 영향관계는 인정할 수 있지만 그 중 어느 작품도 〈운영전〉과 같이 남녀 주인공의 죽음으로 종결지은 것은 없었기에 그 영향의 한계도 확인할 수 있었다.

3. 剪燈新話와의 관계에 대한 고찰

지금부터는 「전등신화」와의 관련성에 대하여 살펴보도록 하겠다. 필자는 서언에서 밝힌 바와 같이 「전등신화」 중 〈운영전〉에 영향을 준 작품으로 〈綠衣人傳〉, 〈滕穆醉遊聚景園記〉, 〈翠翠傳〉의 세 편을 꼽고 있는데 그 가운데서도 〈녹의인전〉은 〈운영전〉과 핵심 줄거리가 같음으로써 〈운영전〉의 형성에 결정적 영향을 준 것으로 보고 있다. 〈녹의인전〉의 내용을 소개하면 다음과 같다.

延祐年間에 天水에 사는 趙源이라는 사람이 유학을 떠나 宋 賈秋壑 平章의 舊宅 옆집에서 임시로 기거하였는데, 거기서 한 미녀를 만나

---

9. 같은 책, pp.316~317.

사랑을 나눈다. 이후 이들은 밤마다 사랑을 나누었는데 어느 날 조원
이 여자의 이름과 주소를 물으니 그녀는 대답을 피하고 가르쳐 주려
고 하지 않았다. 조원이 계속 조르니 그녀는 자기가 항상 초록색 옷
을 입고 있으니 그냥 綠衣人이라고 불러 달라고 하였다. 그렇게 지내
던 어느 날 조원이 술에 취해 그녀를 희롱하는 말을 하자 그녀는 슬
픈 표정을 지으며 자기를 천한 여자로 취급하지 말아 달라고 하면서
자신과 조원의 前生에 대하여 말하는데 그녀의 이야기는 다음과 같
다. 그녀는 옛날 宋 賈秋壑댁 시녀였는데 본래 양갓집 딸로 어려서 바
둑을 잘 두었기 때문에 棋童으로 뽑혀 그 집에 들어갔다고 한다. 賈
平章은 매일 조정에서 돌아오면 半閒堂에서 그녀를 불러 바둑을 두며
귀여워하였는데 그때 조원은 그 집 하인으로 茶를 달이는 일을 맡아
했기 때문에 늘 차를 달여 들고 반한당에 들어왔다고 한다. 그때 조
원은 나이 어린 미소년이라 그녀가 사모했는데 어느 날 사람의 눈을
피하여 그에게 비단 돈주머니를 던졌더니 조원도 연지분갑을 주었다
한다. 서로 생각은 있었지만 내외가 엄중하여 어쩔 수 없었는데, 뒤에
같은 또래에게 들켜 결국 가평장에게 알려져서 두 사람은 西湖의 斷
橋 밑에서 죽임을 당했다고 한다. 그 후 조원은 인간세상에 다시 태어
나 인간이 되었지만 자기는 아직도 鬼錄에 남아 있다고 하면서 흐느
껴 울었다. 조원은 그녀의 이야기를 듣고부터는 그녀를 사랑하는 마
음이 더욱 깊어져 그녀를 계속 자기 숙소에 머물게 하고 그녀로부터
바둑도 배우면서 지냈는데 그녀는 늘 가추학에 대한 옛 이야기를 본
대로 자세히 말해주곤 했다. 언젠가는 다음과 같은 이야기를 했다.
추학이 하루는 많은 시녀들을 거느리고 樓臺에 올라가 한가로이 주위
를 바라보고 있을 때에 마침 검은 두건에 흰 옷차림을 한 두 소년이
배를 타고 호수를 건너와 언덕에 올라오는 것이 보이자 한 시녀가 "아

름답기도 하구나 저 두 소년은!"이라고 했다. 그러자 추학은 "그들을 모시는 것이 네 소원이냐? 마땅히 그들에게 시집을 보내 주리라." 하고는 잠시 뒤에 사람을 시켜 합 하나를 받쳐 들고 들어오게 하여 시녀들 앞에서 열어 보이니 그 시녀의 목이었다. 또 언젠가는 추학이 소금을 수백 척의 배에 실어 도시로 팔러 보내자 한 선비가 그를 비난하는 시를 지었다. 이 소식을 들은 추학은 그를 비방죄로 잡아 옥에 가두었다. 한 번은 어떤 사람이 公田法을 비난하는 시를 지어 길 가에 붙였는데 추학이 그것을 보고 그를 먼 곳으로 귀양 보내었다. 그러나 이렇게 포학한 짓을 많이 하던 추학도 결국은 漳州의 木綿庵에서 피살되었다고 한다. 그녀는 이렇게 조원과 지내다가 3년이 지난 어느날 병이 들어 일어나지 못하더니 "저는 陰界에 있는 몸으로서 당신을 모실 수 있었고, 당신은 저를 버리지 않으셨습니다. 지난날 잠깐 당신을 사모하다가 죽임을 당했으니 바다가 마르고 돌이 썩어 문드러져도 이 원한은 풀리지 않았고, 하늘과 땅이 다 소멸된다 하더라도 이 情念만은 없어지지 않았습니다. 지금 다행히 전생에 못 다 한 사랑을 이을 수 있었고 3년간에 걸쳐 원하던 것을 다 풀었습니다."라는 말을 남기고 숨져갔다. 조원은 너무 슬퍼 통곡했다. 염하고 장사지내려 관을 들었더니 관이 너무 가벼웠다. 놀라 관 뚜껑을 열어보니 시신은 없고 다만 옷과 비녀와 귀고리만 남아 있었다. 그는 北山 기슭에 빈 관만 장사지내고 다시는 장가들지 않고 靈隱寺에 들어가 중이 되어 일생을 마쳤다 한다.

〈운영전〉의 내용을 한 마디로 요약한다면 '엄한 속박 속에 살아가던 궁녀가 몰래 사랑을 나누지만 끝내 발각되어 애인과 함께 죽고 만다는 슬픈 이야기'가 될 것이다. 그리고 이것은 〈녹의인전〉에서 녹의인의 前生譚과 똑같다. 두 작품이 다른 점이 있다면 〈녹의인전〉은 전생에서 못 다한 사랑을 비록 잠시지만 次生에서 이루는 것으로 되어 있는 반면 〈운영전〉은 끝내는 비극으로 끝날지라도 남자가 궁장을 넘는 모험 속에 사랑의 실현을 감행한다는 점일 것이다. 핵심구조와 관계없는 이러한 차이는 다른 소설이나 설화의 영향[10]인 것으로 보인다.

두 작품의 영향관계는 작품 도처에서 보여진다. 두 작품이 여자 주인공의 회상형식으로 전개되는 것도 같다. 이 회상부분은 〈운영전〉에 있어서는 작품의 거의 대부분을 차지하고 있고 〈녹의인전〉에서도 비슷한 양상을 보여주고 있다. 따라서 두 작품은 이 회상부분을 內話로 하는 액자소설이라는 공통점을 가지고 있다. 이와 같은 소설 전개방식상의 공통점은 〈녹의인전〉이 내용뿐만 아니라 형식면에서도 〈운영전〉에 영향을 미쳤다는 것을 확인해 주는 것이라 할 수 있다.

두 작품은 등장인물의 성격에서도 유사성을 보여주고 있는데 그 대표적인 인물은 가추학과 안평대군이다. 작품 속에서 공포의 대상인 두 사람은 각각 平章과 大君[11]이라는 막강한 권력자로서 궁궐 같은 私邸에서 많은 미녀들을 시녀[12]로 거느리고 풍류를 즐기며 사는데 시녀들에 대한 독점욕과 잔인성 면에서도 같은 모습을 보여주고 있다. 안평대군의 말 즉 "시녀가 만일 한 번이라도 궁문 밖을 나간즉 그 죄 마땅히 죽을 것이요, 밖의 사람이 궁녀의 이름을 알아도 그 죄 또한 죽으리라."[13]는 것은 추학이 그러한 상황에서 실제로 시녀를 죽인

---

10. 앞서 언급한 〈등목취유취경원기〉, 〈취취전〉, 〈곤륜노〉설화, 〈비연전〉과 같은 작품.
11. 宋代의 平章은 宰相보다 높았고 朝鮮의 大君은 임금의 아들이었음. 〔平章 : 宋因之, 專由年高望重的大臣擔任, 位宰相之上(漢語大詞典2卷, 漢語大詞典出版社, 上海, 1993, p.937.)〕
12. 〈녹의인전〉에서는 '侍女', 〈운영전〉에서는 '宮人', '宮女', '侍女' 등으로 나오는데 편의상 하나로 부른 것임.
13. 侍女一出宮門 則其罪當死 外人知宮女之名 其罪亦死 (운영전)

것과 관계가 있다.14) 이 같은 독점욕으로 두 남녀 주인공들을 죽음으로 몰아간 것도 같고 또 피살로 생을 마감한 것15)도 같으니 두 사람은 실로 닮은 데가 너무 많다고 하지 않을 수 없다.

녹의인과 운영도 마찬가지다. 두 사람 다 원래 괜찮은 집안 출신으로 어려서 高官의 시녀가 되어 귀여움을 받으면서 지내지만,16) 사랑의 감정은 어쩔 수 없어 금지된 사랑을 속삭이다가17) 비극적 최후를 맞은 완전 같은 삶을 산 여인들이기 때문이다.

조원과 김진사 역시 같은 사랑의 희생자들이고 끝까지 의리를 지킨 인물들이다. 조원은 此生에서 그녀가 떠난 후 다시는 장가들지 않고 중이 되어 생을 마침으로 陰鬼의 몸으로 자신을 다시 찾아준 그녀의 사랑에 보답했고, 김진사는 前生에서 운영이 죽은 것을 알고 절망 끝에 따라 죽음으로써 의리를 지켰다.

두 작품은 이와 같이 핵심 줄거리, 인물의 성격 및 역할, 소설전개의 방식이 같은 외에도 부분적으로 많은 공통요소를 가지고 있어 그 영향관계를 더욱 확실히 나타내 주고 있다. 작품 서두에 나오는

---

14. 〈운영전〉에서 궁녀들이 浣紗할 곳을 의론할 때에 금련이 "번화한 城內에 가면 遊俠少年들이 그녀들을 보고 비록 가까이하지는 못하더라도 손가락으로 가리키고 눈길을 보내도 辱이 된다."고 말하는 장면이 있는데 〈녹의인전〉에서는 내용소개에서도 나왔듯이 미소년을 보고 감탄한 시녀를 추학은 죽이고 있다.

15. 작품에는 나오지 않지만 안평대군은 수양대군에 의해 계유정란 때 피살되었음.

16. 本臨安良家子 少善奕棋 年十五 以棋童入侍 每秋墼回朝宴坐半閒堂 必召兒侍奕 備見寵愛 (녹의인전)
父母初教以三綱行實 七言唐音 年十三 主君招之 … 夫人愛之 無異己出 主君亦不以尋常視之 (운영전)

17. 두 사람은 남자에 접근하는 적극성 면에서도 같은 모습을 보여주고 있다. 녹의인이 조원에게 먼저 비단 돈주머니를 던져 뜻을 전한 것처럼 운영은 김진사에게 戀詩를 던진다.

其側卽宋賈秋壑舊宅也 (녹의인전)
壽聖宮卽安平大君舊宅也 (운영전)

와 같은 표현이라든가, 추학과 안평대군이 각각 ‘半閒堂’과 ‘匪懈堂’에서 시녀들과 놀았다는 이야기라든가,

海枯石爛 此恨難消 地老天荒 此情不泯 (녹의인전)
海枯石爛 此情不泯 地老天荒 此恨難消 (운영전)

처럼 똑같은 대사는 이를 증명해 주는 것들이다. 그리고 두 작품은 비극적 전생담을 들은 聽者가 비감한 마음에 표연히 속세를 떠나는 것으로 같이 끝을 맺고 있다.

다음은 〈등목취유취경원기〉와의 관계에 대하여 살펴보기로 하겠다. 〈등목기〉[18]는 〈운영전〉의 앞쪽 外話部分에 많은 영향을 준 것으로 보이는데 작품의 내용은 다음과 같다.

延祐初 永嘉에 사는 滕穆이라는 사람이 전부터 臨安(오늘날의 杭州)의 산수가 뛰어나다는 말을 듣고 한 번 놀러 가야겠다고 생각하던 차에 甲寅年에 과거를 보려고 그곳에 가게 되었다. 湧金門 밖에 여관을 정하고 매일 西湖 주변의 유명한 산과 절을 두루 찾아다녔다. 그러다 7월 보름날 밤에 술에 취해 호숫가를 걷다가 자기도 모르게 옛날 宋나라의 離宮이었던 聚景園에 들어가게 되었다. 그때는 송나라가 망한 지 40년이 지난 뒤라 취경원 안의 누대나 전각들은 모두 허물어져 없어졌고 다만 瑤津·西軒만이 우뚝 서 있을 뿐이었다. 등목이 난간에

---

18. 이하 〈등목기〉는 〈등목취유취경원기〉를 의미한다.

기대고 잠시 쉬고 있으려니까 한 아름다운 여자가 시녀를 데리고 들어오는 것이 보였다. 그 미인은 "호수나 산은 옛날과 같은데 세상이 바뀌어 사람으로 하여금 슬픔을 느끼게 하는구나."라고 말하고 서호 북쪽의 큰 바위에 앉아 시 한 수를 읊는 것이었다. 등목은 이 시를 듣고는 자신도 화답하는 시를 읊고 여자가 있는 쪽으로 갔다. 그러자 여자는 놀라지 않고 말하기를 자기는 송나라 理宗 때의 궁녀인데 이름은 芳華이고 나이 스물 셋에 죽어 취경원 옆에 묻혔다면서 등목을 만나기 위해 일부러 찾아온 것이라고 하였다. 그리고는 시녀를 시켜 술과 안주를 가져오게 하고는 즉석에서 새 노래를 지어 시녀로 하여금 부르게 했다. 이렇게 詩酒를 즐기다가 둘은 자연히 마음이 통해 서헌 아래에서 사랑을 나누게 되었다. 날이 샐녘에 둘은 헤어졌는데 등목이 낮에 취경원 옆에 가보았더니 과연 그녀와 시녀의 무덤이 있었다. 날이 저물어 서헌으로 찾아가니 그녀는 이미 와서 기다리고 있었는데, 그녀는 낮에 찾아주어 고마웠다면서 자기는 밤에만 나올 수 있고 낮에는 나올 수 없어 인사를 드리지 못했다면서 며칠 지나면 밤낮을 가리지 않아도 될 것이라고 하였다. 얼마 안 가 등목은 과거에 떨어져 집으로 돌아가게 되었는데 그녀는 함께 가기를 원했다. 그래서 시녀는 집을 지키라고 두고 그녀와 함께 집에 가서 행복하게 살았다. 함께 산지 3년이 지나 등목이 다시 과거를 보러 가게 되자 그녀는 자기도 함께 가고 싶다고 하였다. 그리하여 둘은 다시 취경원을 찾았는데 그날은 마침 3년 전 그들이 만난 그날이었다. 둘이 서헌에 이르렀을 때 그녀는 뜻밖에도 이제 인연이 다해서 헤어져야만 한다는 말을 하는 것이었다. 등목은 기가 막혔지만 그녀는 저승의 법도는 어쩔 수가 없다면서 울면서 떠나갔다. 등목은 방화가 떠난 후 그녀의 무덤에 가서 글을 지어 弔喪하고 장가들지 않고 있다가 鴈蕩山에 약을 캐러 들어갔다가 돌아오지 않았다 한다.

두 작품은 등목이 취경원에 가서 오래전에 죽은 두 여인을 만나 詩酒를 즐기는 부분과 유영이 수성궁에 가서 역시 오래전에 죽은 두 남녀를 만나 詩酒를 함께하는 부분에서 사건의 전개과정과 장면묘사, 심지어는 표현어귀에 이르기까지 많은 일치성을 보여주고 있는데 이에 대해 차례로 살펴보도록 하겠다.

작품 서두에서 등목과 유영은 각기 임안과 수성궁의 경치가 빼어나다는 말을 듣고 한 번 놀러가야겠다는 생각을 갖는다.

素聞臨安山水之勝 思一遊焉 (등목기)

飽聞此園之勝槪 思欲一遊焉 (운영전)

이어 등목이 취경원에 들어가니 宋이 망한지 40년이라 園中의 臺館은 다 허물어져 버렸고 다만 요진 서헌만 외롭게 남아 있었다고 나오는데 유영이 들어가 본 수성궁도 같은 모습으로 그려져 있다.

園中臺館 如會芳殿 淸輝閣 翠光亭皆已頹毁 惟瑤津西軒 歸然獨存
(등목기)

長安宮闕 滿城華屋 蕩然無有 壞垣破瓦 廢井堆砌 草樹茂密 唯東廊數間
歸然獨存(운영전)

유영이 김진사를 만나 "당신은 누구시기에 낮에는 다니지 않고 밤에만 다니시오?" 하고 묻는데 그 대사는 〈등목기〉의 방화의 말에서 따온 것이다.

然而妾止卜其夜 未卜其晝 (등목기)

秀才何許人 未卜其晝 止卜其夜 (운영전)

운영이 시녀에게 오늘밤은 귀한 손님을 만났으니 헛되이 보낼 수 없다고 하며 술자리를 준비하라고 시키는 것은 역시 〈등목기〉에서 방화의 말과 같다.

卽命侍女曰 翹翹 可於舍中取裀席酒果來 今夜月色如此 郞君又至 不可虛度 (등목기)

女謂其兒曰 今夕邂逅故人之處 又逢不期之佳客 今日之夜 不可寂寞而虛度 汝可備酒饌兼持筆硯而來 (운영전)

시녀가 차린 술과 음식들, 유리잔 같은 기물들이 이 세상의 것이 아니었다는 표현도 같이 나온다.

設白玉碾花樽 碧琉璃盞 醲醴馨香 非世所有 (등목기)

琉璃樽盃 紫霞之酒 珍果奇饌 皆非人世所有 (운영전)

권주가를 새로 지어 부르는 것도 두 작품이 같다.

美人曰 對新人不宜歌舊曲 卽於座上自製木蘭花慢一闋 命翹翹歌之 (등목기)

酒三行 女口新詞 以勸其酒 (운영전)

세월의 덧없음을 한탄하는 내용의 노래가 끝난 후 방화와 운영은 서글픔에 눈물을 흘린다.

歌竟 美人潸然垂淚 (등목기)

歌竟 欷歔飮泣 珠淚滿面 (운영전)

이상의 비교를 통해 알 수 있듯이 〈운영전〉에서 유영이 수성궁에 놀러 갔다가 운영과 김진사를 만나 그들의 과거를 듣게 되기까지의 과정은 〈등목취유취경원기〉에서 취한 것은 확실한 것 같다. 이것은 다음 사실로도 뒷받침된다. 운영과 김진사가 자기들의 슬픈 죽음에 관한 이야기를 마치고 서로 마주하여 서럽게 울자 유영이 위로하며 말하기를 "두 사람이 다시 만났으니 바라던 뜻을 이루었고, 원수인 특도 이미 죽었으니 분함이 풀렸을 터인데 어찌 그렇게 비통해 하기를 그치지 않는가? 인간 세상에 다시 나갈 수 없는 것이 한스러워서 그런가?"[19]라고 하자 김진사는 두 사람이 무죄하게 죽은 것을 冥府에서 불쌍히 여겨 인간 세계에 다시 내 보내려 하였지만 天上의 낙이 크기에 세상에 나가기를 원치 않았다고 하면서 "但今夕之悲傷 大君一敗 故宮無主人 烏雀哀鳴 人跡不到 已極悲矣 況新經兵火之後 華屋成灰 粉墻摧毀 而唯有階花芬菲 庭草藪榮 春光不改昔時之景 而人事之變易如此 重來憶舊 寧不悲哉"라고 다소 엉뚱한 대답을 하고 있다. 이 말은 안평대군 盛時의 화려함이 폐허로 변한 것을 보고 슬픔을 느낀다는 것인데, 자신을 죽인 원수에 대하여 동정심이나 향수를 갖는다는 것은 말이 되지 않기 때문에 이해가 되지 않는 답변이라고 할 수밖에 없다. 그러나 이것은 〈등목기〉에서 방화의 말 "湖山如故 風景不殊 但時移世

---

19. 兩人重逢 志願畢矣 讐奴已除 憤惋洩矣 何其悲痛之不止耶 以不得再出人間而恨乎 (운영전)

換 令人黍離之悲耳"에서 가져온 것이라는 것을 알면 의문이 풀릴 수 있다. 즉 방화는 송나라 왕실에 원한이 없었기 때문에[20] 별궁의 폐허를 보고 傷歎할 수 있었으나 김진사와 운영은 그럴 수 없는데도 갖다 썼기 때문에 문제가 되었던 것이다.[21] 따라서 이것도 두 작품의 영향 관계를 입증해 주는 한 예라 할 수 있다.

다음은 〈취취전〉과의 관계에 대하여 알아보도록 하겠다. 〈취취전〉은 〈운영전〉에서 두 사람의 幽魂이 산 사람에게 출현하여 冤訴하는 모티프와 일부 내용에 영향을 주었는데 줄거리는 다음과 같다.

淮安에 사는 어느 평민의 딸인 翠翠는 같은 서당에 다니는 동갑내기 金定과 서로 장래를 약속한다. 그러나 婚期가 되어 부모가 다른 사람에게 시집보내려 하자 취취는 김정이 아니면 죽어도 시집을 가지 않겠다고 우겨 부모는 할 수 없이 중매쟁이를 내세워 김정과 혼인을 시킨다. 그로부터 1년이 못되어 張士誠 형제가 군사를 일으켜 淮水 연안의 여러 고을을 점령하매 그 지방의 여자들은 모두 그 휘하에 있는 李將軍의 포로가 된다. 취취가 잡혀가자 김정은 아내를 찾기 위해 길을 떠난다. 이장군이 주둔하고 있는 곳을 갖은 고생 끝에 찾은 김정은 자신을 취취의 오라비라고 속여 아내를 대청에서 잠깐 볼 수 있었다. 그는 장군의 비서로 일하면서 아내를 구출해 낼 기회를 기다리지만 몇 달이 지나도록 아내의 얼굴조차 볼 수 없어 애를 태운다. 그러던 그는 아내를 그리는 애절한 시 한 수를 지어 종을 통해 아내에게 보낸다. 그랬더니 취취도 역시 시 한 수를 보내왔는데 내용은 이승에서는 어쩔 수 없으니 저승에서나 만나자는 절망적인 것이었다. 이

---

20. 작품에는 그녀가 그냥 23세에 죽었다고만 나오고 누구에게 살해되었다는 말은 없다.

21. 위 김진사의 술회 중에 '重來憶舊 寧不悲哉'라는 구절은 방화의 시 중 '湖上園亭好 重來憶舊遊'에서 따온 것이다.

에 희망을 잃은 김정은 몸져눕고 생명이 위험한 지경에 이른다. 남편의 소식을 들은 취취는 이장군의 허락을 얻어 그를 찾지만 김정은 아내의 두 팔에 안겨 숨을 거둔다. 남편의 장례를 마치고 온 취취는 그날 밤부터 병으로 자리에 누워 약도 먹지 않고 앓다가 오라비 옆에 묻어달라는 부탁을 남기고 역시 죽고 만다. 그녀가 道場山 김정 옆에 묻힌 뒤 어느 날 취취네 집에 있던 한 옛 하인이 산 밑을 지나다가 이들을 만났다. 그들은 붉은 대문을 한 화려한 집 앞에 서로 어깨를 기댄 채 서 있었는데 하인을 불러 부모님의 안부를 묻고, 하룻밤 잘 대접하여 보내면서 부모님께 드리는 편지를 맡겼다. 편지의 내용은 전란으로 다른 사람에게 몸을 바쳤지만 목숨은 부지하여 살아왔다는 것과 지금은 남편이 찾아와 함께 있다는 것이었다. 편지를 받은 취취의 아버지는 하인을 데리고 딸이 있는 곳으로 찾아갔다. 그러나 집이 있던 자리는 무덤만 동서로 나란히 있을 뿐 찾을 수가 없어 지나가는 중에게 물어보니 바로 취취와 김정의 무덤이라 했다. 취취의 아버지는 그제서야 딸과 사위가 죽은 것을 알고 딸의 무덤에 엎드려 통곡을 했다. 그러면서 딸에게 혼백이라도 보여 달라며 그날 밤 무덤가에서 잤는데 삼경이 지나자 취취와 김생이 아버지 앞에 나타나 몸을 가누지 못하며 통곡했다. 아버지 역시 울면서 달래어 물으니 취취는 그동안 있었던 사실을 자세히 설명하였다. 즉 전란 중에 몸을 더럽혔으나 부끄러움을 무릅쓰고 목숨을 이어왔다는 것, 도망치려고 해도 방법이 없어 하루를 3년처럼 보냈다는 것, 남편이 찾아왔어도 오누이라고 잠깐 만났을 뿐 그리던 정도 풀어보지 못했다는 것, 남편이 죽고 자기도 따라 죽어 소원대로 함께 묻혔다는 것 등이었다. 이 말을 들은 아버지가 그들의 뼈나 先塋으로 옮기겠다고 하자 그녀는 그곳 땅속이 이미 편안히 안정되었으니 그대로 두어달라고 말하며 아버지 품에 안겨 큰 소리로 통곡했다. 아버지가 깜짝 놀라 잠을 깨어 보니 한바탕 꿈이었다. 이튿날 아버지는 술과 고기로 묘 앞에 제사지내고 하인과 함께 돌아갔다.

이 작품은 사랑하는 두 남녀가 억울하게 죽고 그 사정을 타인에게 원소하는 모티프에서 〈운영전〉에 미친 영향이 크다고 보여진다. 〈운영전〉의 작자는 금지된 사랑을 나누던 두 남녀가 함께 죽고 死後에 나타나 원소한다는 핵심구조는 〈녹의인전〉에서 취했으나 두 사람의 죽는 방법과 원소의 형태는 〈취취전〉을 본뜬 것 같다. 그것은 〈녹의인전〉에서는 두 사람이 함께 처형을 당하고, 나중에 녹의인의 원소를 듣는 사람이 함께 죽었던 남자의 還身인 조원이었던 데 비하여, 〈취취전〉에서는 〈운영전〉과 같이 한 사람이 먼저 죽고 그 소식을 들은 나머지 한 사람도 충격과 절망감으로 병이 나 그 뒤를 따라 죽는 것으로 되어 있을 뿐 아니라 死後 둘이 함께 나타나 제 삼의 인물에게 원소하는 형태를 띠고 있기 때문이다. 〈운영전〉의 말미에 유영이 술에 취해 잠시 잠들었다 깨어 보니 두 사람은 간 데 없고 새벽빛만 창망하더라는 장면처리도 〈취취전〉에서 취취의 아버지가 겪은 모든 것을 꿈으로 처리한 것과 상통하는 것이다.

두 작품은 원소의 형식뿐만 아니라 그 분위기 면에서도 매우 흡사한 면모를 보여주고 있어 그 영향관계를 더욱 확실히 하고 있다. 〈운영전〉에서 이미 解冤하고 得仙한 두 사람이 과거사를 이야기하며 지나칠 정도로 비감해하는 것도[22] 〈취취전〉에서 아버지 앞에 나타나

---

22. 雲英引古而叙 甚詳悉 兩人相對 悲不自抑 (운영전)
　　寫畢擲筆 兩人相對悲泣 不能自抑 (운영전)
　　乃揮淚而執柳泳之手 (운영전)

맺힌 한을 토로하는 두 사람의 태도가 또한 그렇기[23] 때문이다. 그리
고 진술을 마친 김진사가 취하여 운영의 몸에 기대어 시 한 구를 읊
는 장면[24]도 취취와 김정이 서로 어깨를 기댄 채 하인을 부르는 장면
[25]을 연상케 한다. 운영이 죽음을 예감하고 김진사에게 준 마지막 편
지[26]는 절망 속에 來世의 만남을 약속하며 김정에게 준 취취의 시[27]
와 그 비장한 情調가 같다. 김진사가 죽는 순간을 〈운영전〉에서는 "長
吁一聲 因遂不起"라 표현하였는데 김정의 죽는 순간을 〈취취전〉에서
는 "長吁一聲 奄然命盡"으로 서술했다. 이상의 유사점들을 종합해 볼
때 〈취취전〉이 미친 영향은 형식과 내용 양면에 걸쳐 적지 않았던 것
으로 생각된다.

4. 結言

　이상에서 「태평광기」와 「전등신화」가 〈운영전〉에 미친 영향관계에

---

23. 翠翠與金生拜跪於前 悲號宛轉 (취취전)
　　因抱持其父而大哭 (취취전)
　　사실 억울한 정도로 본다면 운영은 취취와 비할 수 없다. 운영은 어쨌든 떳떳치 못
　　한 사랑을 하다 죽은 반면, 취취는 엄연히 남편이 있는 부인인데 강제로 납치되어 욕
　　을 당하다 죽었기 때문이다. 그런 면에서는 김진사와 김정도 마찬가지라 할 수 있다.
24. 進士醉倚雲英之身 吟一絶句 (운영전)
25. 翠翠與金生方凭肩而立 遽呼之 (취취전)
26. 薄命妾雲英 再拜白金郎足下 妾以菲薄之資 不幸以爲郎君之留意 相思幾日 相望幾時 幸
　　成一夜之交歡 未盡如海之深情 人間好事 造物多猜 宮人知之 主君疑之 禍迫朝夕死而後
　　已 伏願郎君 此別之夜 毋以賤妾置於懷抱間 以傷思慮 勉加學業 擢高第 登雲路 揚名於
　　世 以顯父母 而妾之衣服寶貨 盡賣供佛 百般祈祝 至誠發願 使三生未盡之緣分 再續於
　　後世 至可至可矣. (운영전)
27. 一自鄕關動戰鋒 舊愁新恨幾重重 腸雖已斷情難斷 生不相從死亦從 長使德言藏破鏡 終
　　教子建賦游龍 綠珠碧玉心中事 今日誰知也到儂 (취취전)

대하여 고찰해 보았다. 고찰 결과 〈운영전〉의 핵심구조를 이루고 있
는 액자의 內話部分은 「전등신화」소재 〈녹의인전〉의 영향이 가장 컸
고, 여타 다른 부분들은 앞에서 살펴본 다른 몇 편의 소설 및 설화의
영향을 복합적으로 받은 것이 밝혀졌다.

　〈녹의인전〉은 절대권력자의 억압 속에 살아가던 시녀가 금지된 사랑
을 속삭이다가 끝내는 발각되어 두 사람 다 죽고 만다는 비극적인 내
용뿐만 아니라 죽고 난 뒤 여주인공의 회상을 통하여 사건이 전개되
는 소설전개방식에 이르기까지 〈운영전〉과 酷似한 면모를 지니고 있
는 점에서 가히 〈운영전〉의 남상적 작품이라 할 수 있다. 필자는 〈운
영전〉의 작가가 〈녹의인전〉에 등장하는 두 남녀의 슬픈 이야기에 감
응하여 같은 정서를 작품화하다 보니 형식과 내용에서 〈녹의인전〉과
같은 액자소설과 비극소설을 구현한 것이라 본다. 그것은 같은 「전등
신화」를 效則한 김시습이 「금오신화」 속에 〈만복사저포기〉나 〈이생규
장전〉과 같은 비극작품들을 형상화하여 등재한 것을 보아서도 알 수
있는 일이다. 그리고 작가는 이에 더하여 다른 몇 편의 작품들로부터
흥미 있는 요소들을 추출 배합하여 한 편의 새로운 작품을 형성시켰
다 할 수 있다.

　〈등목취유취경원기〉는 폐허가 된 수성궁에 유영이 놀러 갔다가 이
미 오래전에 죽은 운영과 김진사의 혼령을 만나는 부분에 많은 영향
을 준 것으로 보인다. 수성궁의 황폐한 모습, 시녀로 하여금 술자리를
준비시키는 장면, 차린 술과 음식에 대한 형용, 권주가를 새로 지어 부
르는 것 등 유사점이 너무나 많기 때문이다.

　〈취취전〉은 운영이 죽고 김진사가 따라 죽은 뒤 제 삼의 인물인 유
영에게 나타나 冤訴하는 모티프에 관계가 깊다. 〈취취전〉도 김정이 죽
자 취취가 따라 죽고, 후에 두 사람이 취취의 아버지 앞에 나타나 원

소하는 똑같은 구조로 되어 있음을 우리는 주목하지 않을 수 없다.

「태평광기」소재 〈곤륜노〉설화는 김진사의 종인 특의 역할 중에서 주인을 배신하기 전까지의 행동양상에 영향을 준 작품이다. 주인을 도와 담을 넘게 한다든지 여자의 재물을 밖으로 옮긴다든지 하는 행동이 그것이다. 그러나 뒤에 특이 배신하는 부분은 작자의 창작의식이 드러난 부분으로 볼 수 있다. 〈비연전〉은 내용 전반에서 〈운영전〉과 유사한 점이 많아 영향관계가 주목되는 작품이다. 두 남녀가 담을 넘나들며 정을 나누고, 종의 밀고로 발각되어 죽임을 당하는 등의 내용이 〈운영전〉과 같기 때문이다. 그리고 죽어가면서까지 자기의 행위를 후회하지 않는 비연의 애정의지는 운영의 의식구조와 무관하지 않은 것으로 보인다. 그러나 한편으로는 여자가 죽고 난 뒤 남자가 變服 도망하는 것을 비롯해 상이점도 많기에 그 영향의 정도를 절대적인 것으로 볼 수는 없으리라는 것이 필자의 생각이다. 〈배항〉설화는 작품 속에 '雲英'이라는 이름이 나타남으로써 〈운영전〉과 관련되어 거론되는 작품이지만 내용면에서는 공통점이 거의 없기 때문에 영향관계는 논하기 어려운 작품이라 생각된다.

이것으로 〈운영전〉 발생론에 관한 小考를 마치며 필자는 이 작업이 〈운영전〉의 작품적 가치를 훼손할 의도는 전혀 없었다는 점을 밝히고 싶다. 기왕 학계에서 그 영향관계가 논의되고 있어 나름대로의 생각을 피력하고 싶었고, 또 그것이 액자소설·비극소설이라는 특이성을 이해할 수 있는 관건이 된다고 생각했기 때문이다.

〈운영전〉은 비록 소재는 중국으로부터 구했지만 다른 어느 작품보다도 먼저 인간성해방의 정신을 표현한 선구적 작품으로 그 가치가 크다고 보며 이에 대하여는 稿를 달리하여 논하고자 한다.

雲英傳의 受用 및 變改樣相

雲英傳의 受用 및 變改樣相
- 작중인물을 중심으로 -

1. 序言

〈운영전〉의 발생에 관하여는 그간 오랫동안 '태평광기영향설'[1]만이 존재해 왔었다. 그러던 중 필자가 이에 대한 재론적 차원에서 '전등신화영향론'[2]을 주장함으로써 논의의 폭이 넓어지게 되었다. 필자는 「태평광기」 및 「전등신화」의 몇 작품에 대한 비교분석을 통하여 〈운영전〉 발생에 미친 영향관계를 소상히 고찰해 본 바가 있는데 이를 다시 간략히 정리해 보면 다음과 같다.

첫째, 〈운영전〉의 핵심구조라 할 수 있는 額子의 內話部分에 가장 큰 영향을 준 작품은 「전등신화」의 〈녹의인전〉이다. 금지된 사랑을 나누다 비명에 죽은 녹의인의 전생담은 운영의 그것과 일치하며, 환생

---

1. 김현룡(「한중소설설화비교연구」, 일지사, 1976.)이 주장한 이래 다른 견해가 없었다.
2. 졸고, "운영전의 발생론적 고찰", 배재대학교 인문논총 제10집, 1996. 12.

한 여주인공이 전생을 회상해 나가는 형식 또한 일치한다.

둘째, 外話의 앞부분인 수성궁에서 운영과 김진사가 몽유자 유영과 만나는 장면은 「전등신화」의 〈등목취유취경원기〉에서 취한 것이다. 수성궁의 황폐한 모습과, 시녀에게 술자리를 준비시키는 장면, 술과 음식에 대한 형용, 권주가를 새로 지어 부르게 하는 부분 등은 거의 근사하다.

셋째, 억울하게 죽은 운영과 김진사가 함께 제 삼의 인물인 유영에게 원소하는 모티프는 「전등신화」의 〈취취전〉에서 영향 받은 것이다. 역시 억울하게 죽은 취취와 김정이 死後에 친정아버지에게 나타나 원소하는 형식이 같을 뿐 아니라 맺힌 恨을 토로할 때의 그 비감해 하는 情調 또한 거의 비슷하다.

넷째, 김진사의 종인 특이 주인을 도와 담장을 넘게 하고, 운영의 재물을 궁 밖으로 옮기는 부분은 「태평광기」의 〈곤륜노〉의 영향으로 보인다. 〈곤륜노〉의 종 마륵은 두 사람을 등에 업고도 담장을 자유롭게 넘나드는 超人으로 나오는데 〈운영전〉의 특도 주인을 배신하기 전까지는 접이식 사다리로 월장을 도와주는 매우 유능한 종으로 나온다.

다섯째, 운영이 특의 밀고로 부정이 드러나 죽게 되는 모티프는 「태평광기」의 〈비연전〉의 영향으로 보인다. 종의 밀고로 여자가 죽는 것도 같지만 죽어가면서도 자기의 행위를 후회하지 않는 비연의 태도는 운영의 의식과 무관한 것 같지 않다.

필자는 〈운영전〉이 중국의 설화와 소설로부터 받은 영향관계는 이것으로 상당부분 규명되었다고 본다. 그러나 필자는 한 작품의 비교문학적 연구는 단순한 영향관계의 규명에 그쳐서는 큰 의미가 없고, 한 걸음 더 들어가 수용과 변개양상을 분석하여 작가의식을 추출하

고 나아가 작품의 가치평가까지 이루어질 때 비교연구가 완성된다고
생각한다. 그러므로 필자는 본고를 前稿에 이어 〈운영전〉에 대한 비
교문학적 연구의 마무리 작업으로서, 남본이 되는 다섯 작품을 바탕
으로 작중인물별 수용과 변개양상을 고찰해 나가고자 한다. 작가의
식은 이 과정에서 드러날 것이고 작품에 대한 문학적 평가 역시 글
마무리 부분에서는 가능하리라 본다.

　연구를 위한 대본은 전고와 같이 한문본 중 가장 善本으로 여겨지
는 「한국한문소설전집」[3]에 실려 있는 〈수성궁몽유록〉으로 하기로 한
다.

2. 雲英

　'운영'이라는 이름은 작품이 「태평광기」의 영향을 일부 받은 것이 분
명하기 때문에 〈배항〉설화의 여주인공인 '운영'에서 취한 것으로 보아
도 좋으리라고 생각한다. 그리고 운영의 신분을 궁녀로 설정한 것은
수성궁에서 운영과 김진사가 유영과 만나는 장면에 영향을 준 〈등목
취유취경원기〉[4]의 위방화가 궁녀신분인 것과 관계가 있지 않나 보여
진다.

　〈운영전〉에서 운영이라는 인물의 성격 중 가장 두드러지는 것은 비
록 죽을 위험이 있어도 이를 감수하고 사랑을 실현하고야 마는 과감
성이라고 할 수 있다. 외부인과의 접촉을 죽음으로 금지한[5] 엄한 속

---

3. 林明德 主編, 「한국한문소설전집」 3권, 한국정신문화연구원·중화민국 중국문화학원
　출판부 공동발행, 1980.
4. 이하는 前稿와 같이 〈등목기〉로 약칭하기로 한다.

박 속에서도 戀情의 대상인 김진사에게 먼저 사랑의 시를 전하고, 巫
女의 도움을 얻어 궁 밖에서 김진사를 만나고, 마침내는 김진사로 하
여금 宮牆을 넘게 하여 애정을 실현시키는 것들은 이를 말해 주는 것
이다. 이와 같은 운영의 성격형성에 직접 영향을 미친 작품에는 〈녹의
인전〉과 〈비연전〉이 있다.

〈녹의인전〉은 송나라 가추학이라는 세도가의 시녀로 있던 한 여인
이 추학의 茶童이었던 조원과 금지된 사랑을 시도하다가 같은 또래의
밀고로 발각되어 죽임을 당하고 마는, 〈운영전〉의 핵심 줄거리에 가장
결정적 영향을 준 작품이다. 〈녹의인전〉에 등장하는 녹의인[6]이라는
여인은 운영과는 많은 공통점이 있어 운영의 성격형성에 크게 영향을
준 것으로 보인다. 두 사람 모두 본래 良家 출신으로 어려서 高官의
시녀가 되어[7] 주군의 각별한 사랑을 받았고[8], 금지된 사랑을 시도하
다가 발각되어 비극적으로 생을 마쳤다고 하는 것 등은 이를 뒷받침
해 주는 것들이다.

운영이 김진사에게 戀詩를 던지는 데서 드러나는 적극적 성격은 녹
의인이 조원에게 먼저 비단 돈주머니를 던져 뜻을 전하는 장면에서
영향 받은 것이라고 할 수 있다.

> 君時年少美姿容 兒見而慕之 嘗以綉羅錢篋乘暗投君 (녹의인전)

---

5. 侍女一出宮門 則其罪當死 外人知宮女之名 其罪亦死 (운영전)
6. 〈녹의인전〉의 여인은 상대역인 조원에게 자신의 이름은 밝히지 않고 녹색 옷을 입고
   있으니 '녹의인'으로 불러 달라고 말한다.
7. 本臨安良家子 少善奕棋 年十五 以棋童入侍 (녹의인전)
   父母初教以三綱行實 七言唐音 年十三 主君招之 (운영전)
8. 每秋堅回朝宴坐半閒堂 必召兒侍奕 備見寵愛 (녹의인전)
   夫人愛之 無異己出 主君亦不以尋常視之 (운영전)

妾穴壁作孔而窺之 進士亦知其意 向隅而坐 妾以封書 從穴投之 (운영전)

이에 대하여 〈비연전〉은 工曹參軍으로 있는 무공업의 애첩 비연이 옆집에 사는 서생 조상과 담을 넘나드는 위험한 사랑을 하다가 원한을 품은 종의 밀고로 발각되어 죽임을 당하는, 〈운영전〉과 상통하는 부분이 많은 작품이다. 이 작품은 여인이 마음에 없는 사람에게 감금되어 살고 있던 중 情人이 담을 넘어 사랑을 나누게 되고, 종의 밀고로 여자가 죽는다는 점에서 〈운영전〉에의 영향관계를 추측해 볼 수 있다. 그러나 〈운영전〉에서는 먼저 연정을 표시한 쪽이 운영이었던 반면 〈비연전〉에서는 남자인 조상이었고, 밀고를 한 종도 〈운영전〉에서는 김진사의 남종이었지만 〈비연전〉에서는 비연의 여종이었으며, 〈운영전〉의 김진사는 운영이 죽고 난 뒤 운영을 위해 불공을 드려주고 식음을 폐하다가 따라 죽은 반면 〈비연전〉의 조상은 變服易名하고 도망한 것으로 되어 있는 등 상이점도 많아서 그 영향은 제한적이었을 것으로 생각된다. 다만 죽는 순간까지도 자신의 행위에 후회하지 않는 태도를 보인 비연의 애정의지는 운영의 의식형성에 일정한 영향을 미쳤을 것으로 보인다. 이를 지적하여 김현룡[9]은 운영이 기어이 사랑을 위하여 죽고 마는 내용은 비연이 문초를 받고 사랑하는 사람을 만났으니 죽어도 여한이 없다면서 죽어간 비연의 열렬한 애정표현에서 영향 입은 것이라고 하였다.

운영이라는 인물이 대개 이와 같은 受用양상을 보였다면 다음에는 그 變改양상에 대하여 살펴볼 차례이다. 여기서 변개란 '본래의 모습을 고침'의 뜻으로서 영향을 준 중국 작품에는 없는 운영의 다른 모

---

9. 김현룡, 앞의 책, pp.314~315.

습을 가리킨다. 변개된 운영은 수용된 운영보다 더 큰 의미를 지닐 수가 있다. 수용된 운영도 작가의 선택에 의한 것이겠지만, 변개된 운영이야말로 조선적 풍토 속에서 작가의 가치관이 작용하여 만들어 낸 독창물이기 때문이다.

변개된 운영의 모습 중에 우선 눈에 띄는 것은 운영이 비록 深宮에 갇혀 사는 궁녀이지만 주군인 안평대군의 엄명에도 불구하고 대군으로부터 몸을 지키고 있는 童貞女라는 언급이다.

> 主君傾心已久 而雲英以死拒之 無他故也 不忍負夫人之恩也 主君之威令
> 雖嚴 而恐傷雲英之身 故不敢近之 (운영전)

궁녀 금련의 말을 통해 드러나는 이 부분은 야간 생뚱스런 감이 없지 않다. 대군의 뜻이 기운 지가 오래 되었지만 운영이 죽음으로 거절하고 있는 것은 부인의 은혜를 저버릴 수 없어서이고, 대군이 명은 엄하게 하면서도 감히 가까이 하지 못하는 것은 운영의 몸이 상할까 두려워서라고 설명하고 있기 때문이다. 궁녀로서 최고의 행복은 주군의 총애를 획득하는 것이요, 불행은 그 반대라고 할 때 주군의 명에 목숨을 걸고 항거하는 이유로서는 선뜻 수긍이 가지 않는 것이라 할 수 있다. 그러나 이것은 우리 고소설의 문법을 적용한다면 오히려 당연한 설정이 된다.

주지하다시피 우리 고소설사에는 毁節한 여인이 없다. 일부 惡女를 제외하고 善人 주인공 여성으로 훼절은 금기이자 죽음보다 더한 불행이었다. 그러므로 〈이생규장전〉의 崔氏女는 도적의 겁탈에 저항하다 죽임을 당했고, 부정을 의심받은 〈숙영낭자전〉의 淑英은 자결로 결백을 주장했고, 처녀임신의 누명을 쓴 〈김인향전〉의 仁香도 어쩔 수 없이 죽음의 길을 택했던 것이다.

만약 운영이 대군에게 이미 몸을 허락한 처지였다면 김진사를 만나는 순간 운영은 不貞女의 오명을 면할 수 없었을 것이고 두 사람의 사랑은 衆人의 지탄을 받는 무분별한 탈선행위 이상은 아닌 것으로 치부되었을지도 모른다. 운영이 동정녀였기에 촉망받는 사대부 김진사의 짝이 될 수 있었고 그들의 행위에 정당성이 부여될 수 있었다고 할 수 있다.

그러나 이러한 관념은 다분히 조선적인 것이라 할 수 있다. 우리 고소설이 오로지 善男善女들의 순결무구한 사랑만 노래한 반면 중국소설들은 여주인공들을 인위적으로 정절녀로 粉飾하지 않았다. 〈녹의인전〉의 녹의인이 가추학의 시녀로 있으면서 동정을 유지했다는 말도 없고, 〈곤륜노〉의 홍초기는 기녀이고, 〈비연전〉의 비연은 무공업의 첩이라 했으니 더 말할 것도 없다.

「전등신화」 속에는 우리 기준으로 볼 때에는 결코 주인공이 될 수 없는 소위 훼절한 여인들이 셋이나 당당히 여주인공으로 등장한다. 〈애경전〉에서는 지체 높은 가문에 상당한 부호의 아들인 趙子가 고을 명기인 愛卿의 재색에 반해 그녀와 결혼한다. 애경에게 있어 조자가 첫 번째 남자가 아니었음은 물론이다. 〈취취전〉에서는 반군 이장군에게 잡혀가 8년간이나 그의 첩살이를 하고 있는 취취를 남편 김정이 찾아가지만 끝내 구해내지 못하고 결국 죽어 함께 묻히는 것으로 만족하고 만다. 〈추향정기〉에서는 전란으로 헤어진 약혼자 采采를 商生이 10년만에 찾지만 이미 다른 사람과 결혼하여 살고 있는지라 서로 간에 애틋한 정을 편지로 주고받는 것으로 그치고 만다.[10]

---

10. 졸고, "이생규장전의 비교문학적 고찰", 배재논총 제1권, 1996. 8, pp.16~17.

중국소설들이 이처럼 훼절한 여인들을 거침없이 작품의 주인공으로 내세운 이유는 그들이 동화적 이상보다는 현실성과 개연성을 더 중요시했기 때문이다. 운영도 만약 중국소설들처럼 정절녀 콤플렉스로부터 자유롭게 풀어주었다면 어떠했을까. 비극소설이라는 聲價에 더하여 우리 고소설사에서 또 하나의 破天荒의 한 획을 그을 수도 있지 않았을까 가정해 본다.

변개된 운영 중 다음으로 도드라지는 모습은 안평대군의 의심에 대응하는 그녀의 태도이다. 운영은 대군이 의심하는 말을 할 때면 언제나 강하게 부인할 뿐만 아니라 자신의 결백을 증명하고자 自害까지 감행하는 특이행동을 보여주고 있다. 운영이 처음에 賦烟詩로 인해 대군의 의심을 샀을 때 그녀는 마당에 엎드려 울면서 "시를 지을 때에 우연히 발한 것이오니 어찌 다른 뜻이 있겠습니까. 이제 대군의 의심을 샀으니 저는 만 번 죽어도 아까울 것이 없습니다."[11] 하며 죽음을 두고 결백을 주장했고, 다시 김진사의 시로 의심을 사 추궁을 받게 되자

대군에게 한 번 의심을 보이고는 곧 스스로 죽고자 하였으나 나이가 아직 이십이 안됐고 또 부모님을 보지 않고 죽으면 九泉之下에 죽어도 유감이 있는 까닭으로 살기를 도둑질하여 여기까지 이르렀지만 이제 다시 의심을 받으니 한 번 죽는것이 어찌 아깝겠습니까. 천지 귀신이 환히 살피시고 시녀 다섯 사람이 잠시도 떠나지 않았는데 더러운 이름이 홀로 저에게만 돌아오니 살아도 죽는 것만 같지 않사오니 저는 이제 죽을 바를 얻었습니다.[12]

---

11. 追辭之際 偶然而發 豈有他意乎 今見疑於主君 妾萬死無惜 (운영전)

라고 하며 이번엔 정말로 죽으려고 목을 맨다. 이와 같은 자해적 행동은 자신의 결백을 주장하고, 상대방에 대한 반격으로서의 효과가 커 작품에 자주 나타나고 있지만 자신의 부정행위를 덮기 위한 방편으로 자해를 감행하는 경우는 대중의 지지를 얻지 못하는 것이 보통이다.

李能和의 「朝鮮解語花史」[13] 畜妓妾必有後門客條에는 부정을 감추기 위해 손가락을 잘라 결백을 주장하는 여인이 둘 나오는데 내용을 간략히 소개하면 다음과 같다.

먼저 첫 번째는 監司 南袞의 기첩 이야기이다. 남곤이 어느 날 술에 취하여 첩의 집에 들어가니 한 남자가 뒷문으로 나가는 것이 보였다. 남곤이 놀라서 누구냐고 물으니 그녀는 거짓 눈물을 흘리면서 "당신이 저를 내치시려면 버려도 되고 죄를 주서도 되지 뒷문의 남자라니 무슨 말씀입니까?" 하며 칼을 들어 손가락 하나를 내리쳐 잘랐다. 남곤은 이에 크게 놀라 "기녀의 두 마음을 크게 꾸짖어선 안 된다고 하지만 그 흔적을 가리기 위해 사람으로서 차마 할 수 없는 짓을 하는 것은 옳으냐." 하고는 이튿날 그녀를 보내버렸다는 것이다.[14]

두 번째는 金兵使의 愛妓에 관한 이야기이다. 武臣 金某가 平安兵使가 되어 한 기녀를 매우 사랑했는데 그녀에게는 전에 좋아하던 武士 鄭好信이라는 사람이 있었는데 두 사람은 호신이 公事로 兵營에만 오면 몰래 만나 정을 나누었다. 마침 이를 밀고한 자가 있어 병사가 힐문하니 妓는 잡아뗄 뿐만 아니라 칼로 손가락을 잘라 맹세하였고 이

12. 主君之一番見疑 卽欲自盡 而年未二旬 且以更不見父母而死 九泉之下 死有餘憾 故偸生至此 又今見疑 一死何惜 天地鬼神 昭布森列 侍女五人 頃刻不離 淫穢之名 獨歸於妾 生不如死 妾今得所死矣 (운영전)
13. 李能和, 「조선해어화사」, 민속원, 1981. 6, 影印本
14. 같은 책, p.53 요약.

를 본 사람들은 민망히 여겨 탄식하지 않는 사람이 없었다. 호신이 이 소식을 듣고 분개하여 "이 계집은 요물이니 내가 숨겨둘 수 없다." 하고 병사를 만나 사실을 밝혀 중죄로 다스리게 하니 사람들이 모두 그를 칭찬했다는 것이다.[15]

두 이야기 모두 부정녀의 자해행위를 비판한 것들이라고 할 수 있다. 운영의 자해는 그런 면에서 숭고하지도 아름답지도 당당하지도 않은 행위로 보이기도 한다. 진정 목숨을 걸만큼 값진 사랑을 했다면 비연처럼 "살아서 서로 친하였으니 죽은들 무슨 한이 있겠는가?"[16] 하고 담담히 파국을 받아들이는 편이 더 감동적이지 않았을까. 생에 집착하여 거짓을 주장하고, 자해의 몸짓까지 시도하는 운영의 모습은 그녀를 돕기 위해 눈물로 절규하는 다른 궁녀들의 용기에 비겨 구차하고 초라해 보이기까지 한다. 그러나 그것이 바로 조선적 풍토였으니 작가가 이를 넘어서기는 어려웠는지 모른다.

3. 金進士

김진사는 작품 시종을 통하여 운영의 성실한 동반자였지만 운영에 비해 수동적 인물로 그려지고 있다. 그는 작품에서 주도적인 모습은 거의 보이지 않고 운영이 이끄는 대로 따라가기만 하는 순진하고 착한 書生이다. 운영의 戀詩를 받고 답장을 하고, 운영의 월장 청유에 따라 월장출입을 하고, 운영의 유언에 따라 佛事를 행하는 것 등은 그의 성격을 말해 주는 것이다. 그런데 김진사의 이러한 수동적 성격은 〈운

---

15. 같은 책, pp.53~54에서 요약.
16. 生得相親 死亦何恨 (비연전)

영전〉에 영향을 준 위의 몇 작품에서 기인한 것 같다.

〈등목기〉에서 궁녀 위방화는 등목이 자신을 숨어 지켜보고 있는 것을 알면서 등목을 유혹하는 시를 지어 부른다.

生於軒下屛息以觀其所爲 … 遂詠詩曰 湖上園亭好 重來憶舊遊 徵歌調玉樹 閱舞按梁州 徑狹花迎輦 池深柳拂舟 昔人皆已歿 誰與話風流 (등목기)

〈녹의인전〉에서 녹의인은 조원에게 먼저 비단 돈주머니를 던짐으로 뜻을 표하고,[17] 〈곤륜노〉의 홍초기는 최생에게 手話로 만날 것을 제의한다.[18] 그리고 〈비연전〉의 비연은 조상에게 남편 무공업이 야근하는 날 밤에 담장을 넘어오라고 노파를 통해 알린다.[19] 김진사라는 인물은 이상의 중국작품 속의 소극적인 남성상에 문약한 조선의 선비상이 더해져서 만들어진 것이라고 할 수 있다. 김진사는 운영의 입을 통해 드러나듯 '세상 물정 모르는 선비'이다.

蓋特意 得此重寶而後 妾與進士 引入山谷 屠殺進士 而妾與財寶 自占之計 而進士迂儒 不可知也 (운영전)

그렇기에 운영이 흉몽을 꾸고 특의 인간성을 의심했을 때도 그는 그럴 리가 없다고 일언으로 부인했고,[20] 결국 영악한 특에게 속아 운

---

17. 見見而慕之 嘗以繡羅錢篋 乘暗投君 (녹의인전)

18. 生回顧 妓立三指 又反三掌者 然後指胸前小鏡子云 (곤륜노)

19. 一日將夕 門嫗促步而至 笑且拜曰 趙郎願見神仙否 象驚連問之 傳烟語曰 今夜功曹直府 可謂良時 妾家後庭郎君之前垣也 若不逾惠好 專望來儀 (비연전)

20. 進士曰 此奴素頑兇 然於我則前日盡忠 今日與娘結此好緣 皆此奴之計也 豈獻忠於始而爲惡於後乎 (운영전)

영의 재물을 다 빼앗기고도 어쩔 수 없이 다시 특에게 그녀의 불공을
부탁하는 답답하리만큼 무능하고 나약한 모습을 보였던 것이다. 그
의 소심한 성격은 자신의 종으로부터도 "대장부가 죽으면 죽었지 상
사의 원한을 맺어 아녀자처럼 마음을 상해 천금의 몸을 던지려 하느
냐?"[21]고 핀잔을 듣게 하기도 한다. 작품 종반에는 운영도 재물도 다
잃고, 배신한 종 특도 자신의 힘으로는 당할 수가 없어 부처에게 특
을 죽게 해 달라고 비는 가련한 처지로까지 전락한다.

上淸寧寺 留數日 細聞特之事 不勝其憤 而無特如何 沐浴潔身 而就佛前
面拜 叩頭薦香合掌而祝曰 … 伏望世尊 殺特奴 着鐵架 囚于地獄 (운영전)

그러나 나약해 보이는 그의 성격이 김진사라는 인물 전체를 대표하
는 것은 아니다. 그에게는 또 다른 면이 있으니 수려한 외모에 才學을
겸비한 조선의 이상적 선비의 모습이 그것이다. 오히려 작가가 김진사
를 당대의 이상적 선비로 형상화하다보니 그에 따라 자연히 그를 심
약한 성격의 소유자로 그리게 되지 않았나 생각되기도 한다. 김진사
의 외모에 대한 언급은 모두 세차례나 나오는데 '옥 같은 얼굴에 신선
의 풍모'라는 조선조 영웅소설의 남주인공상과 크게 다르지 않다.

布衣革帶士 趨進上階 如鳥舒翼 當席拜坐 容儀神秀 若仙中人也
布衣革帶士 玉貌如神仙 每從簾間望 何無月下緣
上年秋月之夜 一見君子之容儀 意謂天上神仙 謫下塵寶 (운영전)

21. 大丈夫死則死矣 何忍相思怨結 屑屑如兒女之傷懷 自擲千金之軀乎 (운영전)

　이는 중국의 다섯 작품 중 두 편에서만 남주인공의 인물 소개가 나오고, 그것도 간략히 한 차례씩만 거론하고[22] 넘어간 것에 비하여서는 이례적인 것이다.

　이와 함께 김진사라는 인물의 가장 큰 특성은 詩文에 조예가 깊은 촉망받는 유생이라는 사실이다. 작품에서 김진사의 詩文과 筆力에 관한 언급은 과하다 싶을 정도로 많이 나온다. 김진사가 안평대군을 처음 만나 대군의 청을 받아 五言四韻 한 수를 지어 바치자 대군이 놀라 "참으로 천하의 기재로다. 어찌 서로 보는 것이 늦었는가."[23]라 했고, 궁녀들도 낯빛을 바꾸며 "이는 반드시 王子晉이 학을 타고 塵世로 온 것이니 어찌 이런 사람이 있을까."[24]라고 경탄한 것은 그 시작에 불과하다. 김진사가 다시 七言四韻 한 수를 짓자 이번에는 대군이 김진사의 손을 잡으며 "진사는 금세의 재주가 아니어서 내가 그 高下를 논할 수 없소. 문장 필법이 능할 뿐 아니라 극히 신묘하여 하늘이 그대를 동방에 내었음은 반드시 우연이 아니오."[25]라고 극찬하기까지 한다. 김진사의 문장과 필법에 대한 작가의 찬사는 이에서 그치지 않는다. 뒤에 대군의 간청에 따라 匪懈堂 현판에 쓸 시를 써 주었더니 "글에는 점하나 더할 곳이 없고, 산수의 경치와 당구의 형용을 다하지 않음이 없어 가히 風雨를 놀라게 하고 귀신을 울릴 만 했다."[26]고 칭찬하는 장면도 나온다. 이 밖에도 안평대군에게 설파한 詩人論과

---

22. 君時年少美姿容 兒見而慕之 (녹의인전)
　　生少年 容貌如玉 性稟孤介 擧止安詳 發言淸雅 (곤륜노)
23. 眞所謂天下之奇才也 何相見之晩耶 (운영전)
24. 此必王子晋 駕鶴而來于塵寰 豈有如此人哉 (운영전)
25. 進士非今世之才 非余之所能論其高下也 且非徒能文章 筆法又極神妙 天之生君於東方 必非偶然也 (운영전)
26. 文不加點 而山水之景色 堂搆之形容 無不盡焉 可以驚風雨 泣鬼神 (운영전)

운영에게 준 서간문을 통하여 재삼 김진사의 문재를 현양하는 것은
남본들에는 없는[27] 〈운영전〉만의 특색이라고 할 수 있다. 그리고 이
는 극도의 崇文社會였던 조선의 사회 환경에 기인한 것이라고 볼 수
있다.

신선의 외모, 탁월한 文才와 함께 남본들과 차별되는 김진사의 모
습은 범상치 않은 그의 죽음이다. 김진사는 운영이 죽자 운영의 생전
의 부탁대로 재물을 팔아 불공을 드려주고 絶穀하다가 따라 죽는데
중국작품들에는 없는 설정이므로 이 부분도 조선적 풍토에 맞게 변개
된 것이라 할 수 있다.

〈등목기〉에서 등목은 3년간 동거하던 연인 위방화가 저승으로 돌
아가자 그녀를 위해 제문을 지어 弔喪하고 다시는 장가들지 않고 鴈
蕩山에 들어가 약초를 캐며 여생을 보낸다. 〈녹의인전〉의 조원은 전생
의 연인 녹의인이 저승으로 떠나가자 靈隱寺에 들어가 중이 되어 생
을 마친다. 〈취취전〉에서 김정은 아내보다 먼저 죽고, 〈곤륜노〉에서는
아무도 죽지 않고, 〈비연전〉의 조상은 여자가 죽고 난 뒤 變服에 易名
까지 하고 도주한다. 중국작품의 경우 남자가 여자를 따라 죽는 경우
는 하나도 없고 〈비연전〉처럼 의리 없는 남자도 있는 것에 비한다면
김진사의 殉死는 다분히 조선적인 설정이라 할 수 있다. 이와 같은 殉
死男은 〈이생규장전〉에도 나타나고 있어[28] 그 조선적인 전통을 확실
히 하고 있다. 그러므로 우리 소설상 인물의 특징은 貞節女와 義理男
이라 할 수 있고 운영과 김진사는 그 원칙을 따른 것이라 할 수 있다.

---

27. 〈등목기〉, 〈취취전〉, 〈비연전〉에도 남주인공들의 시문이 몇 수 나타나지만 모두 의
사전달을 위한 것일 뿐 김진사의 경우와 같은 현학의 의미는 아니다.
28. 〈이생규장전〉의 이생은 아내가 저승으로 돌아가자 부모 무덤 옆에 장사를 지내주
고, 아내를 그리는 마음에 병이 생겨 수개월 만에 죽는다.

4. 安平大君

안평대군은 작중 주요인물 중 유일한 실존인물이며 운영과 김진사
를 죽음으로 몰아간 부정인물이다. 안평대군의 남상적 인물은 중국
의 몇 작품에서 찾을 수 있는데 〈녹의인전〉의 가추학은 그 중에서도
안평대군의 성격형성에 가장 큰 영향을 미친 인물이라 할 수 있다. 平
章이라는 절대권력의 자리에 있으면서 시녀들을 죽음의 공포로 억압
하고,[29] 끝내는 연정을 나누던 두 남녀를 처형까지 한 잔인한 주군이
었기 때문이다. 〈취취전〉의 이장군은 전란 중 취취를 납치하여 첩으
로 삼고, 남편 김정과의 재결합을 불허함으로 부부를 죽음에 이르게
한 부정인물이다. 그러나 이장군은 안평대군과 달리 武將이고, 두 사
람이 부부라는 사실을 숨기고 남매로 위장하고 지내다 재결합의 가망
이 없다는 체념에 차례로 병사하는 등 내용 자체의 상이점이 많아 안
평대군과의 관련성은 커 보이지 않는다. 〈곤륜노〉의 일품은 愛妓인 홍
초기가 이웃 총각인 최생과 도주, 최생의 집에서 2년간 은신생활한 후
찾았으나 둘의 죄를 묻지 않았다 함으로써 〈운영전〉의 비극적 결말과
는 다르고 안평대군의 성격과도 좀 다르다고 할 수 있다. 〈비연전〉의
무공업은 애첩인 비연과 이웃 총각 조상의 애정관계를 알고 여자를
고문 끝에 죽이고 만다는 점에서 안평대군의 위압적 성격에 어느 정
도는 영향을 준 인물로 보인다.

이상에서 보듯 각 작품의 세도가들은 자기가 거느리고 있는 여성

---

29. 가추학은 질투심이 강하여 시녀 중 한 명이 밖에서 두 미소년을 보고 "아름답기
도 하구나 저 두 소년은!" 하고 관심을 보이자 "그를 모시는 것이 네 소원이냐? 마
땅히 그에게 시집보내 주마." 하고는 잠시 뒤 그녀의 머리를 베어 시녀들에게 보여
주는 잔인한 인물이다.

들에 대하여 극히 위압적이고, 그녀들의 일탈행위에 대하여는 죽음으로 징벌하는[30] 잔인한 성격의 소유자들이어서 안평대군의 성격형성에 크던 작던 영향을 미쳤으리라는 것은 의심의 여지가 없다. 그러나 어느 작품도 안평대군처럼 실존인물을 내세우고, 자살하는 여자와 순사하는 남자를 설정한 경우는 없기 때문에 우리는 여기서 남본과는 다른 작가의 창작의도를 찾아볼 수 있을 것으로 생각한다.

안평대군은 다 아는바와 같이 世宗의 셋째 아들로 詩文이 뛰어나고 名筆로 이름이 높아 중국에까지 알려진 당대 최고의 문인이며 예술인이다. 말년에 형인 首陽大君과의 권력투쟁에서 패하여 賜死된 불우한 정치가이기도 하다. 필자는 이처럼 유명한 역사적 인물을 작품에 등장시킨 작가의 의도는, 소재는 비록 중국에서 취했지만 인물과 배경은 조선을 배경으로 한 우리식의 소설을 만들고자 한 것이 아니었겠는가 짐작해본다. 「전등신화」를 效則한 김시습이 「금오신화」는 순전히 우리나라를 배경으로 제작한 것도 같은 이유에서였으리라.

안평대군이 등장하다 보니 시간적 공간적 배경까지도 역연히 우리의 것이다. 유영이 수성궁에 놀러간 도입부에서는 萬曆辛丑年(1601년) 임진왜란이 끝난 직후라는 시간적 배경이 제시되고 있고, 작품 전체에 산견되는 仁旺山·社稷·慶福·蕩春臺·昭格署洞·三淸·匪懈堂 등 지명, 건물명도 서울에 실재했던 그대로의 것이다. 이것도 부족하여 또 하나의 역사적 인물인 成三問까지 가세하여 우리식 색채를 강화하는 데 힘을 보탠다. 작가는 이처럼 역사적 인물들, 실재한 공간배경을 통하여 현실감 있는 사실주의적 작품을 추구했고 또 그것에 성공한 것

---

30. 〈곤륜노〉의 一品만 예외. 일품은 최생의 부친이 고위 관리인 데다가 자신과 친분이 깊었기에 두 남녀에게는 시비를 묻지 않고 그들을 도운 곤륜노를 잡아 죽이려 하지만 실패한다.

으로 보인다.

　작가가 우리식 정서를 작품에 담다 보니 안평대군이라는 인물의 성격도 중국작품 속의 인물들과는 다른 독자적 개성을 갖게 되었다고 할 수 있다. 안평대군은 비록 운영과 김진사를 죽게 만든 장본인이지만 같은 상황에서 위법자들을 잔인하게 처형한 가추학이나 무공업과는 다른 차원의 인물이다. 그의 폭군적 이미지는 다분히 그 유명한 "시녀가 한 번 궁문을 나서면 그 죄는 마땅히 죽을 것이요 외인이 궁녀의 이름을 알아도 그 죄 또한 죽을 것이다."라는 그의 命에서 비롯된 면이 없지 않다. 그러나 그의 이 말은 작가가 〈녹의인전〉의 핵심구조를 차용하다보니 가추학의 포학성까지 잠시 차입하여 나타난 돌출 발언일 뿐 그의 진면목과는 거리가 먼 것이다. 실제로 그는 작품 전체를 통하여 그의 말처럼 명을 어긴 궁녀들을 무자비하게 처벌한 적이 한 번도 없다. 운영에게 마음을 둔 지 오래건만 억지로 가까이하지 않은 것은 운영의 몸이 상할까 두려워서라고 했고,[31] 운영이 김진사의 상량문으로 의심을 받아 목을 맸을 때도 자란으로 하여금 그녀를 구하게 한 것도 화는 크게 났지만 실제로는 그녀가 죽는 것을 바라지 않았기 때문이라고 했다.[32] 이러한 그의 성격은 운영이 죽는 순간까지 이어진다. 특의 발설로 운영의 행위를 안 그는 처음에는 西宮의 궁녀들을 죽을 때까지 치라 명하였지만[33] 운영을 변호하는 그들의 호소를 듣고는 화가 좀 풀리어 운영을 별당에 가두고 나머지 궁녀들은 풀어주기에 이른다. 그런 연후에 운영 스스로 목숨을 끊은 것이

---

31. 主君之威令雖嚴 而恐傷雲英之身 故不敢近之 (운영전)
32. 大君雖盛怒 而中心則實不欲其死 故使紫鸞救之而不得死 (운영전)
33. 大君招致西宮侍女五人于庭中 嚴具刑杖於眼前 下令曰 殺此五人 以警他人 又敎執杖者曰 勿計杖數以死爲準 (운영전)

니 위법자들을 잔인하게 처단한 가추학이나 무공업 같은 인물들과는
대비된다 할 수 있다. 안평대군의 이처럼 위압적이면서도 한편으로는
너그러운 성품은 분명 작가의식의 발로로 밖에는 볼 수 없다. 작가는
안평대군이라는 절대 권력자를 역사 속에서 불러내어 운영을 억압하
는 부정인물의 배역을 맡겼지만 그를 단순한 악인이 아닌 선악의 양
면성을 갖는 복합적 인물로 창조하여 작품으로 하여금 한층 생동감
과 현실감을 갖도록 의도한 것으로 보인다.[34]

　안평대군의 이러한 성격은 어쩌면 실존했던 안평대군에 대한 작가
의 인식에서 비롯한 것일 수도 있다. 詩·書·畵에 조예가 깊었던 안평
대군에 대한 당대 지식층 사이에서의 호평과 그의 불행한 말로에 대
한 동정여론이 자연히 작가로 하여금 전형적 악인이 아닌 선악 공유
의 복합적 인물로 형상화하게 했는지도 모른다. 그래서 그런지 작품
속 안평대군에 대한 작가의 시선은 작품 서두부터 매우 호의적이다.
운영이 유영에게 안평대군의 인물 됨됨이를 설명하는 부분은 오히려
칭송에 가깝다.

　　莊憲大王子 八大君中 安平大君最爲英睿 上甚愛之 賞賜無數 故田民財貨
　　獨步諸宮 年十三 出居私宮 宮名卽壽聖宮也 以儒業自任 夜則讀書 晝則或
　　賦詩 或書隸 未嘗一刻之放過 一時文人才士 咸萃其門 較其長短 或知鷄叫
　　參橫講論不怠, 而大君尤工於筆法 鳴於一國 (운영전)

---

34. 이에 대하여는 성현경(「고전소설연구」, 화경고전문학연구회편, 일지사, 1993, p.856.)
　　도 안평대군을 학문과 예술을 사랑하고, 여성의 재주를 아낄 줄 아는 낭만적 다정
　　다감한 긍정적 인물이기도 하지만, 궁녀들의 삶을 구속하고 억압하는 부정적 인물
　　이기도 하다고 말한 바 있다.

작가의 인식이 그렇다보니 안평대군은 운영과 김진사의 명확한 敵이 아니다. 작품에서 두 사람이 토로하는 恨도 안평대군 개인보다는 둘의 사랑을 금하고 용납하지 않았던 중세적 제도와 관습에 대한 것으로 보이기도 한다. 궁녀들의 호소도 안평대군 개인이 아닌 궁중이라는 창살 없는 감옥을 운영하고 있는 중세사회를 향한 것으로 보는 것이 옳을 것이다. 이들의 이와 같은 인식은 김진사의 다음의 말을 통해 잘 나타난다. 前生의 서술을 마친 김진사가 계속 비감해 하자 다시 인간 세상에 나지 못해 한스러워 그러냐고 유영이 물으니 그는 "오늘 저녁에 슬퍼함은 대군이 一敗함에 옛 궁에 주인이 없고, 烏雀이 슬피 울고 人跡이 이르지 않으매 극히 슬픈 것이요, 하물며 새로 兵火를 겪은 뒤라 華屋은 재가 되고 粉墻은 허물어지고 오직 섬돌 위 꽃이 아름답고 뜰아래 풀이 무성한지라, 春光은 옛날의 풍경을 고치지 않았는데 사람 일의 바뀜이 이와 같으니 다시 와서 옛 일을 생각하매 어찌 슬프지 않으리오."[35]라고 하고 있다. 이 말을 통해 보아도 운영과 김진사의 비극은 안평대군 개인이 아닌 그 사회로 인한 것임을 알 수 있다. 안평대군도 두 사람과 함께 그 구성원이었을 뿐이며 어쩌면 그도 그 사회의 희생자였는지도 모른다. 작가는 선악을 공유한 복합적 성격의 안평대군이라는 인물을 창조하여 자칫 개인의 문제로 그칠 수도 있는 두 남녀의 비극을 사회적 문제로 확대했다고 볼 수 있다.

---

35. 但今夕之悲傷 大君一敗 故宮無主人 烏雀哀鳴 人跡不到 已極悲矣 況新經兵火之後 華屋成灰 粉墻摧毀 而唯有階花芬菲 庭草藪榮 春光不改昔時之景 而人事之變易如此 重來憶舊 寧不悲哉 (운영전)

5. 아홉 궁녀

〈운영전〉에 등장하는 아홉 명의 궁녀들[36]은 운영이나 김진사처럼
주역은 아니지만 시종여일하게 운영을 돕는 조력자들이다. 그들은 남
본 중 〈녹의인전〉의 가추학댁 시녀들을 수용하여 변개한 인물들로
생각되는데 그것은 앞서 설명한 바와 같이 두 작품의 핵심구조가 같
고, 작품에 등장하는 궁녀들이나 시녀들이 모두 안평대군이나 가추
학 같은 절대 권력자의 사저에서 외부와 격리된 채 억류생활을 하는
여인들이라는 점에서 가능한 추론이다. 하지만 〈녹의인전〉의 시녀들
이 단지 가추학의 잔인성을 드러나게 하기 위한 객체적 역할에 머문
반면,[37] 〈운영전〉의 아홉 궁녀들은 각성된 여성의식을 바탕으로 안평
대군에게 운영 일탈의 무죄를 적극 주장함으로써 작품에 진보적 색채
를 불어넣은 주체가 되었다는 점에서 그 의미와 비중은 크게 다르다
할 수 있다.

〈운영전〉이 이처럼 〈녹의인전〉의 시녀들을 변개·수용한 것은 작가
의식과 관계가 있고 작품의 주제와도 관련이 있다. 〈운영전〉의 작가
는 기본적으로 페미니즘적 시각에서 작품을 쓰려 한 것으로 보인다.
중세의 강고한 남성중심의 사회에서 노예적 삶을 강요당했던 궁녀들
에게 여성으로서의 자의식을 부여하고, 본성을 억압하는 부당한 제도
에 용감히 맞서는 자존성을 허여한 것은 이를 말해 주는 것이다.

---

36. 본래 운영을 포함하여 열 명이지만 운영은 별도로 언급하였기에 본장에서는 이렇게
지칭하기로 한다.
37. 가추학의 폭압 아래 전전긍긍 살아가는 시녀들은 그의 횡포에 대한 반감도 자의식
도 없어 보인다. 동료가 처형당한 것을 보고도 공포에 떨기만 할 뿐 누구도 그 부당
함을 제기하려는 여인이 없다.

> 하늘이 재주를 내리는데 어찌 남자에게만 넉넉히 하고 여자에게는 인
> 색하게 하겠는가?[38]

　이 말은 안평대군의 말이면서 동시에 작가의 생각이기도 하다. 이
말이 비록 궁녀들로 하여금 시문을 닦아 안평대군의 高雅한 취향을
만족시키게 하기 위한 데 목적이 있었다 해도 이 속에 여성에 대한 작
가의 인식이 내재해 있다는 것을 부인할 수는 없다. 여성을 남성과 대
등한 능력을 가지고 태어난 존재로 보는 것, 이것이 작가의 여성관이
고 문제의식의 발로라고 할 수 있다. 평등해야 할 관계가 차별받는 현
실, 그것은 부당한 것이고 이에의 저항은 정당한 것이라는 것이 작가
의 생각이다.

> 하늘이 人才를 내는 것은 원래 한 시대의 쓰임을 위한 것이다. 그런데
> 인재를 내는 것은 고귀한 집이라 하여 그 賦命을 넉넉히 하지 않고 미천
> 한 집이라 하여 그 주는 것을 인색하게 하지 않는다.[39]

　이것은 인재에 대한 許筠의 인식이다. 그가 소설을 통하여 적서차별
의 부당성을 주장한 것도 위와 같은 문제의식이 있었기 때문이었음은
물론이다.
　남녀불평등의 현실에 문제의식을 가진 작가는 마침내는 정욕은 남
자들만 있는 것이 아니라는 폭탄선언을 하기에 이른다.

> 남녀의 정욕은 음양으로부터 받은 것이어서 귀함도 천함도 없고 사람

---

38. 天之降才 豈獨豊於男 而嗇於女乎 (운영전)
39. 天之生才原爲一代之用 而其生之也 不以貴望而豊其賦 不以側陋而嗇其稟 (遺才論)

은 누구나 가지고 있는 것입니다.[40)

라는 은섬의 말이나

　첩들은 모두 길거리의 천한 계집들로서 아비가 大舜이 아니고 어미가
二妣가 아닌즉 남녀의 정욕이 어찌 홀로 없겠습니까? 穆王은 천자로 매
양 瑤臺의 즐거움을 생각했고, 項羽는 영웅이면서 帳中의 눈물을 금하
지 못하였는데 주군은 어찌 운영으로 하여금 홀로 운우의 정이 없다고
하십니까?[41)

라는 자란의 호소는 이러한 작가의식의 직접적 표출이라 할 수 있다.
운영의 일탈행위는 남녀 공히 가지고 있는 정욕이라는 본성에서 비롯
한 것이니 가혹한 처벌은 억울하다는 항변이다. 작가는 이들의 호소
를 들은 안평대군으로 하여금 궁녀들을 풀어주고 운영의 처형도 중지
하게 함으로써 그들의 주장이 옳았다는 것을 분명히 하고 있다. 이것
으로 운영 일탈의 불가피함과 그 처벌의 부당함을 제시하고자 했던
작가의 의도는 이루어졌다고 할 수 있다. 다만 운영을 끝내 죽게 만
든 것은 작가가 받은 남본의 영향이 컸기 때문으로 보인다. 하지만 그
럼으로써 한국 고소설의 공식인 해피엔딩에서 탈출하여 희귀하게도
비극소설의 자취를 남길 수 있었던 것은 우리 古小說史를 위해서는
다행한 일이었다 생각된다.
　〈운영전〉에서 궁녀들의 호소를 통해 작가가 전하고자 했던 메시지

---

40. 男女情欲 稟於陰陽 無貴無賤 人皆有之 (운영전)
41. 妾等皆閭巷賤女 父非大舜 母非二妣 則男女情欲 何獨無乎 穆王天子 而每思瑤臺之樂
　　項羽英雄 而不禁帳中之淚 主君何使雲英獨無雲雨之情乎 (운영전)

는 정욕이라는 본성에 대한 긍정이라고 할 수 있다. 윤리나 규범은 근본적으로 본성의 발현을 억압하고 통제하는 속성이 있으므로, 본성적 욕구를 충족시키고자 하는 행위는 그 자체가 반사회적 반윤리적 행위로 지탄받을 수가 있다. 그러므로 궁녀들이 아무리 운영 행위의 정당성을 주장했어도 내심으로는 그 죄의 중함을 인정하여 운영 대신 죽여 달라고 하기도 했고, 관대한 처분을 구하며 읍소하기도 했고, 운영자신은 책임을 지고 자결하기도 했던 것이다.

운영은 본성의 이끌림에 따라 행동하다가 궁녀로서의 규범을 어겨 불행히 꽃다운 나이에 세상을 등진 여인이다. 그녀의 행위는 공감할 수 있는 면이 있었고 그녀의 죽음은 동정할 만 했지만 그녀가 윤리적 善人이 아니라는 점은 분명하다.[42] 그리고 이것은 우리 고소설사에서 또 하나의 중요한 의미를 가지는 설정이라고 할 수 있다. 해피엔딩과 함께 우리 고소설의 또 하나의 공식인 善惡對立의 구조와 勸善懲惡의 주제에서 동시에 벗어나게 하였기 때문이다.

〈운영전〉에는 뚜렷한 善人도 惡人도 존재하지 않는다.[43] 각자 자기가 처한 현실에서 수긍할 수 있는 정도로 행동하는 생동감 있는 인물들이 있을 뿐이다. 이것이 이 작품이 시대를 앞서간 근대성이라 할 수 있다.

---

42. 운영이 윤리적 善人이라면 궁녀로서의 규범을 잘 지키고, 안평대군과 그 부인의 총애에 감사하면서 묵묵히 인고의 세월을 보내는 인물로 그려졌을 것이다.
43. 특은 악인이지만 운영과 김진사의 주된 갈등대상도 아니고 부정인물의 대표도 아니다.

6. 特과 巫女

특과 무녀는 작품 속에서 서로 간에 직접 관계는 없지만 각각 운영과 김진사가 만나는 데 매개역할을 하는 인물들이기에 한 카테고리에서 논의하기로 한다.

김진사의 종인 특은 처음에 '能而多術'한 인물로 소개된다. 그는 김진사가 궁장을 넘어 운영과 밀회를 갖게 되는 과정에서는 접이식 사다리와 표범가죽버선 등으로 주인을 돕는 忠僕으로 행동하지만, 운영의 財寶를 밖으로 옮겨 내는 시점부터는 재물에 욕심이 생겨 주인을 밀고하여 죽게 만드는 간악한 叛奴로 변신하는 인물이다. 특은 그 교활하고 불의한 처신으로 작중 유일한 악인이라는 오명을 쓰고 懲治됨으로써 극악한 악인은 하늘이 벌한다는 독자의 믿음을 만족시키게한다.

특의 원형은 남본의 몇 작품에서 찾을 수가 있는데 충복으로서의 특은 〈곤륜노〉의 마륵을 수용한 것으로 보인다. 마륵은 주인과 그의 여자를 한꺼번에 등에 업고 담장을 넘나드는 괴력을 발휘하는데 특도 접이식 사다리로 김진사의 월장을 돕고, 나중에 운영을 궁 밖으로 탈출시킬 계책을 논의할 때에도 "밤이 깊어 조용해졌을 때에 담을 넘어 들어가 솜으로 입을 막고 업고 넘어 나오면 누가 감히 저를 쫓아오겠습니까?"[44]라고 마륵의 행적을 연상케 하는 발언을 함으로써 그 영향 관계를 잘 보여준다.

반노로서의 특은 조원과 녹의인의 관계를 밀고한 〈녹의인전〉의 시녀와, 조상과 비연의 밀회를 고발한 〈비연전〉의 여종으로부터 모티프

---

44. 半夜入寂之時 踰墻而入 以綿塞其口 負而超出 則孰敢追我 (운영전)

를 차용한 것으로 생각된다. 그러나 〈녹의인전〉의 시녀는 아무 동기도 없이 고자질하고,[45] 〈비연전〉의 여종은 비연에게 맞은 것이 분하여 밀고한 데 대하여,[46] 특은 재물에 대한 욕심 때문에 피습을 위장하여 보물을 가로채고[47] 맹인을 이용하여 둘의 관계가 교묘히 안평대군에게 알려지도록 한 것은[48] 작가의 창의성이 발휘된 결과라 할 수 있다.

작품에는 근대적 소설기법 중의 하나인 伏線도 등장함으로써 작가적 역량이 상당한 수준이었음을 알 수 있게 해주고 있다. 운영의 꿈에 특이 나타나 자신을 冒頓單于라 칭하고 "묵은 약속이 있어 장성 아래에서 오랫동안 기다리고 있다."라고 한 것은[49] 자기 아버지를 죽인 모돈선우처럼 특도 자기 주인인 김진사를 해칠 인물이라는 것을 암시하는 복선이라 할 수 있다.

특을 반노로 형상화한 것에 대하여 김현룡은 소설자체를 비극으로 진행시켜 이상과 현실의 갈등을 추구해 보겠다는 예술적 의도로 보았고,[50] 車溶柱는 임병양란 후 노비들의 의식변화에 따라 주인에 대한 맹목적 순종보다는 자신의 이익을 먼저 생각하는 사회변동의 추세가 반영된 것으로 보았다.[51] 하지만 필자는 가치관의 변화로 인하여 붕

---

45. 後爲同輩所覺 讒於秋轝 遂與君同賜死 於西湖斷橋之下 (녹의인전)
46. 烟數以細過撻其女奴 奴陰銜之 乘間盡以告公業 (비연전)
47. 一日 特自裂其衣 自打其鼻 以其流血 遍身糢糊 被髮跣足奔入 伏庭而泣曰 五爲强賊所擊 (운영전)
48. 其隣在旁 多聞其語 謂特曰 汝主何許人 虐奴如是耶 特曰 吾主年少能文 早晚應爲及第者 而爲貪婪如此 他日立朝 用心可知 此言傳播 入於宮中 告于大君 (운영전)
49. 昨夕夢見一人 狀貌獰惡 自稱冒頓單于曰 旣有宿約 故久待長城之下 (운영전)
50. 김현룡, 앞의 책, p.315.
51. 車溶柱, "운영전의 갈등양상에 반영된 작가의식", 「한국고소설의 조명」, 아세아문화사, 1972. 7, p.77.

괴되어가는 전통적 인간관계와 그로부터 야기되는 각박한 현실을 드러내고자 한 것은 아니었나 생각한다. 그러나 의도는 무엇이었건 헌신과 배신의 이중적 양태를 통하여 인간의 불완전성을 고발하고, 운영과 김진사를 에워싼 적대적 세계의 견고함을 제시하려 한 작가에게는 득의한 인물 설정이었다고 생각된다.

무녀는 수성궁을 드나들면서 두 사람 사이에서 편지도 전해주고 궁 밖에서의 만남도 주선해 주는 등 두 사람이 애정을 실현할 수 있도록 돕는 역할에서는 특과 같지만 끝까지 배신하지 않는다는 점에서는 특과 다른 긍정인물이다. 또한 여타의 모든 인물들과 달리 남본들에는 전혀 없는 순수한 우리식의 캐릭터라는 점에서 작가의 창작의식이 만들어 낸 독창물이라고 할 수 있다.

유교를 통치이념으로 하던 조선에서 巫覡의 사회적 위상은 佛僧과 함께 八賤의 하나로 천시 당했고 그 이미지는 매우 부정적인 것이었다. 따라서 무당과 관계가 있는 속언들도 "선 무당 사람 죽인다."라든가 "무당이 제 굿 못하고 소경이 제 죽을 날 모른다."라든가 "한 량짜리 굿하다가 백 량짜리 징 깨진다."와 같은 부정적인 것뿐이었고 고소설 속에서의 무당에 대한 인식도 이와 별반 다르지 않았다. 〈홍길동전〉에서는 무녀가 길동을 죽이려는 음모에 가담했다가 도리어 죽임을 당하고, 〈호질〉에서는 巫가 호랑이들에 의해 惑世誣民者로 지탄을 받기도 하였다. 그러나 그럼에도 불구하고 민간에서는 복을 빌고 액을 물리치는 방편으로 그들을 이용했고, 심지어는 궁중에서도 治病을 위해 그들의 궁중출입을 허락하기도 하였으니[52] 무속의 생명력은 실로 끈질긴 면이 있었다. 그러므로 작가가 궁 내외를 연결해

---

52. 我朝凡百文爲彬彬可觀 巫佛祈祝尙有夷俗故 祖宗朝 自上如有疾病則 僧徒巫覡誦經禱 於仁政殿 (燃藜室記述別集)

주는 메신저로 무녀를 실정한 것은 현실에 바탕을 둔 것이었다고 할
수 있다.

작품 속의 무녀는 단순한 메신저로 머물지 않고 자의식이 강하고 감
정이 풍부한 개성 있는 여성인물의 역을 수행함으로써 작품을 흥미롭
고 활력 있게 만드는 데 한 몫을 하고 있다. 작중에서 무녀는 김진사
가 운영으로부터 戀詩를 받고 답서를 보낼 궁리를 하던 중 동문 밖의
한 무녀가 靈異함으로 이름을 얻어 궁중을 출입한다는 말을 듣고 그
녀를 찾는 것에서 나오기 시작한다. 이때 그녀는 삼십이 되지 않았는
데 姿色이 뛰어나게 아름답고 일찍 과부가 되어 淫女로 자처한다고[53]
심상치 않게 소개된다. 이런 그녀가 운영도 한 번에 반한 脫俗한 선비
인 김진사를 보았으니 예사롭게 넘어갈 수가 없음은 당연하다. 김진
사에게 호의를 품은 그녀가 酒饌을 성대히 하여 대접했지만 김진사
는 술도 안마시고 바빠서 내일 다시 오겠다며 가 버린다. 다음날 다시
온 김진사는 서신 이야기를 감히 꺼내지 못하고 똑같은 말을 하고 또
가고 만다. 이때 그녀는 김진사가 자기에게 뜻이 있지만 나이가 어려
부끄러워 말을 못한다고 생각하여 자기가 먼저 유혹하여 동침해야겠
다고 생각한다. 목욕하고 요염하게 화장을 하고 김진사를 맞은 그녀
는 그가 자기에게 온 본뜻을 알고 실망하지만 김진사의 애원에 마침
내는 그를 도와주겠다고 말한다.

작품에서 무녀는 통념적인 부정적 인물이 아니다. 여성으로서의 본
성적 욕구를 감추려 하지 않고 오히려 능동적으로 그것의 충족을 위
해 행동하는, 어떤 면에서는 운영과도 비견되는 자기실현욕구가 강한
한 여성일 뿐이다. 그러면서도 이기적이지 않고 동정심도 있는 보편적

---

53. 進士訪至其家 則其巫年未三旬 姿色殊美 早寡 以淫女自處 (운영전)

심성의 소유자이기도 하다. 〈운영전〉의 무녀는 작가가 고정관념의 늪
에서 건져내어 새롭게 생명을 불어넣어 만들어 낸 해방된 여성의 한
표상이라 할 수 있다.

7. 結言

이상으로 작중인물별 수용과 변개양상을 살펴보았다. 이를 통하여
우리는 작가가 〈운영전〉을 창작함에 있어 중국의 「전등신화」와 「태평
광기」로부터 많은 흥미있는 요소들을 소재로 받아들였고, 그에 더하
여 우리 고유의 정서와 가치관을 접목시키기 위해 노력했다는 사실을
확인할 수 있었다. 이제 위에서 논의한 내용을 정리하면 다음과 같다.

雲英은 〈녹의인전〉의 녹의인과 〈비연전〉의 비연을 수용하여 만들
어진 인물이다. 〈녹의인전〉은 세도가의 시녀가 금지된 사랑을 나누다
죽임을 당한다는 핵심 줄거리가 〈운영전〉과 같을 뿐 아니라 녹의인이
연정을 품은 조원에게 먼저 비단 돈주머니를 던지는 데서 드러나는
적극적 성격도 운영과 같다는 점에서 운영의 성격형성에 가장 큰 영
향을 미친 작품이라 할 수 있다. 〈비연전〉의 비연도 옆집에 사는 조상
과 담장을 넘나드는 사랑을 나누다 종의 밀고로 죽임을 당하는데, 죽
음도 불사하는 그녀의 애정의지는 운영과 통하는 면이 있다. 중국의
여주인공들과 다른 운영의 모습은 먼저 그녀가 안평대군으로부터 몸
을 지키고 있는 동정녀라는 사실이다. 이는 사실 비현실적인 설정이
지만 선남선녀끼리의 사랑만 용인한 우리의 정서로 보면 당연한 것일
수도 있다. 그리고 또 하나는 결백을 주장하기 위해 자해하는 그녀의
행동이다. 이것도 여러 문헌에 전해오는 우리식의 특이한 행태이지만

당당하게도 아름답게도 보이지 않는 것은 아쉽다.

金進士는 〈등목기〉의 등목, 〈녹의인전〉의 조원, 〈곤륜노〉의 최생, 〈비연전〉의 조상과 같은 수동적 남성상에 조선의 문약한 선비상이 결합하여 창조된 인간형이다. 수려한 외모에다 시문에 능한 선비인 그가 운영의 주도에 몸을 맡기고, 자신의 종에게도 배신당해 파멸하는 것은 이 때문이다. 작가는 그를 운영을 따라 죽게 함으로써 중국과는 다른 우리식 종결법을 선택했다. 여성의 절개와 남성의 의리를 賞歎하는 것은 〈이생규장전〉에서도 보이듯 우리만의 전통적 관념이다.

安平大君은 작중 유일한 실존인물이다. 작가가 그와 같은 역사적 인물을 내세운 이유는 〈운영전〉을 사실주의적 작품으로 만들 의도에서였다고 볼 수 있다. 그러므로 작품의 시간적 공간적 배경은 모두 우리의 것이다. 안평대군의 인물의 성격은 〈녹의인전〉의 가추학을 수용한 것이지만 그처럼 잔인하고 완전한 악인인 것만은 아니다. 그는 억압적 주군이면서도 예술을 사랑하고 운영을 배려해 주고 궁녀들의 호소에 귀를 기울일 줄도 아는 선악 양면성을 갖고 있는 복합적 인물이다. 작가는 그를 복합적 인물로 창조하여 틀에 박힌 선악대립구조를 회피하고 운영과 김진사의 비극을 개인의 문제가 아닌 사회의 문제로 확대하고자 했다고 할 수 있다.

宮女들은 〈녹의인전〉의 侍女들을 수용한 것이지만 시녀들이 가추학의 포악성을 드러내기 위한 객체적 존재에 불과한 것에 비해 궁녀들은 여성으로서의 자아의식을 가지고 여성의 본성을 억압하는 부당한 질서에 항거하는 주체적 인물들이라는 점에서 작품에서의 위상이 전혀 다르다고 할 수 있다. 작가는 궁녀들로 하여금 여성도 정욕이 있는 인간으로 사랑할 권리가 있음을 선언하게 함으로써 여성해방의 진보적 시각을 나타내고자 했다고 본다.

特은 선악 양면을 보여주지만 작품 후반에 간악한 반노로 변신함으로써 유일하게 징치되고 악인으로 낙인찍힌 인물이다. 전반 충복으로서의 특은 〈곤륜노〉의 마륵을 수용했고 후반 반노로서의 특은 〈녹의인전〉의 시녀와 〈비연전〉의 여종을 수용한 것이다. 작가가 특을 결국 반노로 형상화한 것은 임병양란 후 가치관의 변화로 붕괴되어가는 전통적 인간관계와 그로부터 야기되는 각박한 현실을 나타내고자 한 것이었다고 필자는 생각한다.

巫女는 남본에는 없는 작가의 독창적 캐릭터이다. 작가는 무녀를 인습적 부정인물에서 건져 올려 자의식이 강하고 감정이 풍부한 한 여성인물로 재창조하여 작품을 보다 흥미롭고 활력이 넘치도록 촉매 역할을 맡겼다고 할 수 있다. 그녀는 본성적 욕구를 감추지 않고 능동적으로 그것을 충족시키고자 행동하는 진보적 여성상을 보여줌으로써 페미니즘적 주제를 구현하는 데 한 몫을 담당했다고 할 수 있다.

〈운영전〉은 「전등신화」와 「태평광기」의 몇 작품에서 기본적 소재를 취하고 우리의 전통관념을 附加하여 페미니즘적 주제를 구현한 작품이라고 할 수 있다. 작품의 주요 플로트인 절대 권력자의 私邸에서 예속생활을 하던 궁녀가 금지된 사랑을 나누다가 비극적 최후를 맞는 것은 〈녹의인전〉을 비롯한 중국작품들로부터 가져온 것이다. 운영을 貞節女로, 김진사를 殉死하는 義理男으로, 안평대군을 선악공유의 복합적 인물로, 그리고 궁녀들과 무녀를 여성의 정욕을 긍정하는 인물들로 형상화한 것은 오롯이 작가의식의 소산이다. 작품이 해피엔딩에서 탈피하여 비극성을 띠게 된 연유는 비극적 원본의 영향 때문이라고 볼 수 있다. 그러나 완전한 비극으로 결말짓지 못하고 두 사람을 天上으로 회귀하는 것으로 만든 것은 비극을 추구하려는 작가의식이 비극을 꺼리는 대중적 정서와 타협한 결과라 할 수 있다. 天上 부분을 뺐더라면 하는 아쉬움은 있지만 그렇다하여 고소설사상 최고의 비극적 情調를 담아낸 〈운영전〉의 가치가 貶毀될 이유는 아니라고 본다.

번 역 문

운영전(雲英傳)

　수성궁(壽聖宮)은 안평대군(安平大君)[1]의 옛집이다. 장안성(長安城) 서쪽 인왕산(仁旺山) 아래 있었는데 산천이 수려하고 용이 서리고 범이 걸터앉은 듯 했다. 사직(社稷)이 그 남쪽에 있고 경복궁(景福宮)이 그 동쪽에 있어 인왕산 한 줄기가 구불구불 내려와 궁에 임하여 우뚝 솟았으니, 비록 높고 가파르진 않아도 그곳에 올라 굽어보면 사방으로 통한 길과 시전(市廛)[2]들과 만성(滿城)의 제택(第宅)이 바둑을 펼친 듯 별들이 늘어선 듯 역력하였고 완연히 명주실을 벌여놓은 것 같았다. 동쪽을 바라보면 아득히 궁궐 복도(複道)[3]가 공중을 비끼고, 상서로운 구름과 연기에 싸이어 조석으로 고운 태도를 자랑하니 참으

---

1. 조선 세종의 삼남(三男). 단종 즉위 후 둘째형인 수양대군과 권력다툼을 벌였으나 수양대군이 일으킨 계유정란으로 교동(喬桐)에 유배되었다가 사사(賜死)됨. 이름은 용(瑢), 호는 비해당(匪懈堂). (1418~1453).
2. 조선시대, 종로를 중심으로 도로변에 있었던 점포.
3. 집과 집 사이에 비를 맞지 않도록 지붕을 씌워 이어놓은 통로.

로 이른 바 절승(絶勝)의 명지(名地)였다. 그러므로 한 때는 술 좋아하
고 활 잘 쏘는 무리들과, 노래하고 피리 부는 아이들과, 시인묵객(詩人
墨客)들이 삼춘(三春) 화류지절(花柳之節)과 구추(九秋) 풍국지시(楓菊之
時)4)마다 그 위에 올라가 놀면서 음풍영월(吟風咏月)하고 경치를 완상
(玩賞)하느라 돌아가기를 잊기도 하였었다.

청파사인(靑坡士人) 유영(柳泳)은 이 원(園)의 경개(景槪)가 좋음을 익
히 듣고 한 번 놀러 가고자 생각하였지만 의상이 남루하고 용색이 초
라하여 유객(遊客)들의 웃음을 살 것을 알고 가기를 머뭇거린 지가 오
래였다. 만력(萬歷) 신축(辛丑) 춘삼월(春三月) 기망(旣望)5)에 탁주(濁酒)
한 병을 샀으나 이미 심부름하는 아이도 벗도 없는지라 몸소 차고 홀
로 궁문(宮門)으로 들어가니 보는 이마다 서로 돌아보며 손가락질 하
며 웃지 않는 자가 없었다. 생(生)이 부끄럽고 무료(無聊)6)하여 후원
(後園)으로 들어가 높은 곳에 올라 사방을 바라보니 새로 병화(兵火)
를 겪은 끝이라 장안(長安) 궁궐과 만성의 화옥(華屋)들은 탕연(蕩然)
히 남아있는 것이 없고 무너진 담과 깨어진 기와며 폐한 우물과 거친
섬돌에 잡초만 무성했는데 다만 동쪽 낭무(廊廡)7) 몇 칸만 우뚝 남아
있었다.

생이 걸어 서원(西園) 깊숙한 곳으로 들어가니 백초(百草)가 무성하
고 그림자는 맑은 못에 드리웠는데 땅 가득 낙화(落花)요 인적이 없는
곳이었다. 그때 미풍이 한 번 이니 향내가 복욱(馥郁)8)하였다. 생은
바위 위에 홀로 앉아 동파(東坡)의 「아상조원춘반로(我上朝元春半老) 만

---

4. 단풍이 들고 국화가 피는 때.
5. 음력으로 매달 열엿샛날.
6. 부끄럽고 열없음.
7. 정전(正殿)에 부속된 건물.
8. 풍기는 향기가 그윽함.

지락화무인소(滿地落花無人掃)」라는 글귀를 읊조리고는 차고 온 술병을 끌러 다 마시고 바위 가에 돌을 베고 취하여 누웠다. 그러다 이윽고 술이 깨어 머리를 들어 보니 놀던 사람들은 다 돌아가고 산 위로 달이 돋아 오르는데 연기는 버들눈썹에 아롱지고 바람은 꽃뺨에 움직였다. 이때 한 줄기 가는 말소리가 바람을 좇아 들리거늘 생이 이상히 여겨 일어나 가 본즉 한 소년이 절세미인과 더불어 마주앉아 있다가 생이 이름을 보고 흔연히 일어나 맞이하는 것이었다. 생은 소년과 서로 읍(揖)하고 인하여 물었다.

"수재(秀才)[9]는 뉘시기에 낮을 두고 밤에 나다니시는가요?"

소년은 미소를 지으며 대답했다.

"옛사람이 이르기를 「경개약구(傾蓋若舊)」[10]라 하였으니 참으로 이를 두고 하는 말이군요."

하고는 더불어 셋이 둘러 앉아 말할 새 여자가 낮은 소리로 아이를 부르니 곧 계집종 둘이 숲 가운데로부터 나오니 여자가 말하였다.

"오늘 저녁 옛 사람과 해후한 곳에서 또 기약하지 않은 가객(佳客)을 만났으니 오늘밤은 가히 적막히 헛되이 보내지 못할지라. 너희들은 주찬(酒饌)을 준비하고 아울러 붓과 벼루를 가지고 오도록 해라."

두 계집종이 명을 받들어 가더니 잠시 뒤에 돌아왔는데 빠르기가 나는 새가 오가는 것 같았고, 유리 술통에 담은 자하주(紫霞酒)와 진기한 과실이며 기이한 음식들은 모두 인간세상의 것이 아니었다.

술이 세 차례 돌자 여자가 새로 만든 노래로 권주가를 불렀는데 노래에 이르기를

---

9. 미혼 남자의 미칭.
10. 우연히 노상에서 만나 수레 덮개를 젖히고 서로 이야기함. 잠시 만나보고도 친해짐을 이름.

중중(重重)한[11] 깊은 곳에 옛 사람을 이별하였으니	重重深處別故人
천연(天緣)은 미진(未盡)이나 다시 볼 수 없네.	天緣未盡見無因
몇 번이나 번화시(繁華時)에 봄빛을 상해 왔던가	幾番傷春繁華時
구름 되고 비 되어 즐기던 것이 꿈만 같도다.	爲雲爲雨夢非眞
옛 일은 다 사라져 티끌이 되었는데	消盡往事成塵後
공연히 지금 사람으로 수건에 눈물 가득케 하는도다.	空使今人淚滿巾

노래를 마치자 한숨 쉬고 흐느껴 울어 구슬 같은 눈물이 얼굴에 가득했다. 생이 이상히 여겨 일어나 절하며 가로되,

"제가 비록 금수(錦繡)의 문장은 아니지만 일찍이 유업(儒業)을 일삼아 문묵(文墨)의 일은 조금 압니다만 이제 이 노래를 들으니 격조(格調)는 청월(淸越)[12]하나 의사(意思)는 비량(悲凉)한지라 심히 괴이한 일입니다. 오늘밤 만남에 달빛은 낮과 같고 맑은 바람은 서서히 불어오니 오히려 족히 즐겨야 할 일이거늘, 서로를 대하여 슬피 우는 것은 무슨 까닭입니까? 한 잔 술을 서로에게 따르고 정의(情義)가 이미 두텁거늘 성명도 말하지 않고 회포도 펴지 않음 또한 가히 의심스럽습니다."

하고는 자기 이름을 먼저 말하고 상대도 억지로 말하게 하니 소년이 탄식하며 대답하였다.

"성명을 말하지 않음은 그 뜻이 있는 바이러니, 그대가 굳이 알려고 한다면 고(告)하는 것이 뭐가 어렵겠습니까만 말하려니 이야기가 깁니다."

하고 슬퍼 즐거워하지 않는 낯빛으로 한참 있다가 말하였다.

---

11. 겹겹으로 쳐진.
12. 소리가 맑고 가락이 높음.

"복(僕)¹³⁾의 성(姓)은 김가(金哥)라 나이 십 세에 시문(詩文)에 능하여 학당에서 유명하더니 나이 열넷에 진사(進士)¹⁴⁾ 제2과(第二科)에 올라 일시에 모두 김진사라 칭하였습니다. 복이 소년 협기와 호탕한 기운을 능히 억제치 못하고, 이 여자로 인하여 부모가 끼쳐준¹⁵⁾ 몸으로 마침내 불효의 자식이 되었으니, 천지간(天地間) 죄인의 이름을 어찌 억지로 알려고 하시오? 이 여자의 이름은 운영(雲英)이요 저 두 여자의 이름은 하나는 녹주(綠珠)이고 하나는 송옥(宋玉)인데 모두 옛 안평대군(安平大君)의 궁인(宮人)이었습니다."

생이 말하기를

"말을 내매 다하지 않으면 처음부터 하지 않음만 못하리니 안평대군 성시(盛時)의 일과 진사가 슬퍼하는 이유를 자세히 들려줄 수 있겠소?"

하니 진사가 운영을 돌아보며 말하였다.

"성상(星霜)¹⁶⁾은 여러 번 바뀌었고 일월(日月)은 오래 되었는데 그때의 일을 네 능히 기억하겠느냐?"

운영이 대답하기를

"심중(心中)에 쌓인 원한을 어느 날인들 잊으리오. 첩(妾)¹⁷⁾이 시험삼아 말하리니 낭군은 옆에서 그 빠진 것을 도와주십시오."

그리고는 말하였다.

"장헌대왕(莊憲大王)¹⁸⁾의 아들 팔대군(八大君) 중에 안평대군이 가장

13. 본뜻은 하인이나 종이지만 여기서는 자기의 겸칭으로 쓰이었음.
14. 조선 때 소과(小科)의 초장(初場)에 급제한 사람.
15. 뒤에 남겨준.
16. 한 해 동안의 세월.
17. 여자가 자신을 낮추어 부르는 말.
18. 세종의 시호(諡號).

뛰어난지라 상(上)이 심히 사랑하사 상(賞)을 내리심이 수(數)도 없어 전택(田宅)과 재화(財貨)가 제군(諸君) 중에 독보(獨步)하였습니다. 나이 열 셋에 사궁(私宮)으로 출거(出居)하였으니 궁의 이름은 바로 수성궁입니다. 유업으로 자처하여 밤이면 글을 읽고 낮이면 시를 짓든가 글씨를 쓰기도 하면서 일각(一刻)도 헛되이 보내지 않으시니 당대의 문인재사(文人才士)들이 다 그 문(門)에 모여 장단(長短)을 비교하면서 닭이 울고 별이 질 때까지 강론(講論)을 게을리 하지 않으셨습니다. 그리고 대군은 또 필법(筆法)도 공교(工巧)하여 일국(一國)에 유명한지라 문묘(文廟)[19]께서 잠저(潛邸)[20]에 계실 때에 매양 집현전(集賢殿)의 제학사(諸學士)와 더불어 안평의 필법을 논하여 가로되

'내 아우가 만약 중국(中國)에서 났다면 비록 왕일소(王逸少)[21]에는 미치지 못하나 어찌 조송설(趙松雪)[22]에 뒤지겠는가.'

하며 칭찬해 마지않았습니다.

하루는 대군이 첩 등에게 이르되

'천하 백가지 재주는 반드시 편안하고 고요한 곳에 나아가 공부한 뒤에야 가히 이루는지라 도성문(都城門) 밖이 산천(山川)이 고요하고 마을이 좀 머니 이런 곳에서 공부한다면 가히 오로지 할 수 있을 것이다.'

하고는 즉시 그곳에 정사(精舍)[23] 십여 칸을 짓고 이름하여 비해당(匪懈堂)이라 하고, 또 그 옆에 한 단(壇)을 짓고는 이름을 맹시단(盟詩壇)이라 하였으니 모두 공명(功名)에 힘쓰고 의리(義理)를 생각하란 뜻이

---

19. 문종(文宗).
20. 왕위에 오르기 전(前)의 상태.
21. 진(晋)의 서예가인 왕희지(王羲之). (307~365).
22. 원초(元初)의 문인이며 명필가인 조맹부(趙孟頫). (1254~1322).
23. 깨끗한 집.

었습니다. 이때 문장거필(文章巨筆)이 모두 그 단에 모였으니 문장은 성삼문(成三問)[24]이 위수(爲首)요 필법은 최흥효(崔興孝)[25]가 위수였습니다. 하지만 비록 그러하지만 모두 대군의 재주에는 미치지 못하였습니다.

하루는 대군이 취(醉)함을 타 모든 궁인을 불러 가로되

'하늘이 재주를 내릴 때에 어찌 홀로 남자들에게만 넉넉히 하고 여자들에게는 인색하였겠느냐? 금세(今世)에 문장으로 자허(自許)[26]하는 자 적다고 할 수 없지만 모두 능히 받들 자 없고 무리에서 빼어난 자 없으니 너희들 또한 힘쓰라!'

하고 이에 궁녀 중에서 나이 젊고 자색(姿色)이 있는 자 열 명을 골라 가르칠 때에, 먼저 소학언해(小學諺解)를 가르쳐 외어 읽을 수 있게 한 뒤에 사서삼경(四書三經)을 전부 가르치고 또한 이두(李杜)[27]의 당음(唐音)[28] 수백 수(首)를 가르치니 오년 안에 과연 모두 재인(才人)이 되었습니다.

대군이 안에 들어오면 첩 등으로 하여금 안전(眼前)을 떠나지 않게 하시고, 시를 짓게 하여 바로잡아 주시고, 고하(高下)를 정하여 밝히 상벌(賞罰)로써 권장하셨으니 그 탁월한 기상이 설령 대군에게는 미치지 못하더라도 음률(音律)의 청아(淸雅)함과 귀법(句法)의 완숙(婉淑)함은 또한 가히 성당(盛唐)[29] 시인(詩人)의 곁을 엿볼지니 십인의 이름은 소옥(小玉), 부용(芙蓉), 비경(飛瓊), 비취(翡翠), 옥녀(玉女), 금련(金蓮), 은섬(銀蟾), 자란(紫鸞), 보련(寶蓮), 운영(雲英)이니 운영은 곧 첩입니다. 대

---

24. 세종 때의 문신(文臣). 호(號)는 매죽헌(梅竹軒). 사육신 중 하나. (1418~1456).
25. 태조 때의 문신으로 홍문관(弘文館) 대제학(大提學)을 역임.
26. 스스로 자신하다.
27. 이태백(李太白)과 두보(杜甫).
28. 당시(唐詩).

군은 저희를 모두 심히 사랑하셔서 항상 궁중에 두고 외인과 더불어 말하지 못하게 하시고 매일같이 문사(文士)들과 술자리를 하고 시를 강론하되 일찍이 한 번도 저희를 가까이 하지 않은 것은 대개 외인이 혹 알까 염려한 때문이었습니다. 그리고 언제나 영(令)을 내려 가로되

　'시녀(侍女)가 한 번 궁문을 나가면 그 죄는 마땅히 죽을 것이요, 외인이 궁녀의 이름을 알면 그 죄 또한 죽을 것이다.'

라고 하였습니다.

　하루는 대군이 밖으로부터 들어와 첩 등을 불러 가로되

　'오늘은 문사 모모(某某)와 더불어 술을 마시는데 상서(祥瑞)로운 푸른 연기가 궁의 나무로부터 피어올라 혹은 성첩(城堞)[30]에 아롱지고 혹은 산기슭으로 날리거늘 내가 먼저 오언일절(五言一絶)을 짓고 좌객(坐客)들로 차운(次韻)[31]케 하였더니 모두 뜻에 맞지 않은지라 너희들이 연차(年次)[32]로 각기 지어 바치라.'

하니 소옥이 먼저 바쳐 가로되

푸른 연기가 가늘기 깁[33] 같으니	綠烟細如織
바람을 따라 짝하여 문에 들어왔도다.	隨風伴入門
희미한 것이 깊고 또 옅었으니	依微深復淺
깨닫지 못할레라, 황혼이 가까왔도다.	不覺近黃昏

---

29. 당시(唐詩)를 말할 때 초(初)·성(盛)·중(中)·만(晚)의 네 기(期)로 나눈 둘째 시기. 곧, 현종(玄宗)에서 대종(代宗) 사이. 이백, 두보 등 유명한 시인들이 나온 시기.
30. 성가퀴.
31. 남이 지은 시의 운자(韻字)를 따서 시를 지음.
32. 나이 차례.
33. 명주실로 바탕이 좀 거칠게 짠 비단.

부용이 다음으로 바쳐 가로되

공중으로 날아 요대(瑤臺)의 비가 되고	飛空遙帶雨
땅에 떨어져 다시 구름이 되었도다.	落地復爲雲
저녁이 가까워 오니 산 빛이 어둑어둑하고	近夕山光暗
그윽한 생각이 초(楚)나라 임금을 향했도다.	幽思向楚君

취취가 바쳐 가로되

꽃에 덮이니 벌이 세(勢)를 잃고	覆花蜂失勢
대나무에 아롱지니 새가 둥지를 잃도다.	籠竹鳥迷巢
황혼녘에 작은 비를 이루니	黃昏成小雨
창밖에 빗소리 쓸쓸하도다.	窓外聽蕭蕭

비경이 바쳐 가로되

작은 살구나무는 눈 맺히기 어렵고	小杏難成眼
외로운 대나무는 홀로 푸르름을 지켰도다.	孤篁獨保青
가볍고 침침함을 잠깐 다시 볼진대	輕陰暫見重
날이 저물고 또한 어둡도다.	日暮又昏冥

옥녀가 바쳐 가로되

가려진 날이 가볍고 가늘기가 깁 같았으니	蔽日輕紈細
산에 비끼어 길게 푸르름을 띠었도다.	橫山翠帶長

작은 바람이 불어 조금씩 흩어졌으나   微風吹漸散
도리어 작은 연못에 젖었도다.   猶濕小池塘

금련이 바쳐 가로되

산 아래 찬 연기가 쌓였더니   山下寒烟積
비끼어 궁중 나뭇가에 날았도다.   橫飛宮樹邊
바람이 부니 스스로 정(定)치 못하였으니   風吹不自定
기운 해가 창천(蒼天)에 가득하였도다.   斜日滿蒼天

은섬이 바쳐 가로되

산골짜기에 무성한 그늘 일더니   山谷繁陰起
연못에 푸른 그림자 흘렀도다.   池臺綠影流
날아가매 찾을 길이 없음이여   飛歸無處覓
연잎에 이슬 구슬이 머물렀도다.   荷葉露珠留

자란이 바쳐 가로되

일찍이 동문(洞門)³⁴⁾으로 향하여 어두웠더니   早向洞門暗
비끼어 높은 나무 밑에 연(連)하였도다.   橫連高樹下
잠깐 사이에 홀연히 날아가니   須臾忽飛去
서편의 산과 앞 시내로다.   西岳與前溪

---

34. 동굴의 입구.

첩 또한 바쳐 가로되

멀리 바라보매 푸른 연기가 가늘이여	望遠靑烟細
가인(佳人)이 깁 짬을 파(罷)하였도다.	佳人罷織紈
바람에 임하여 홀로 슬퍼하니	臨風獨惆悵
날아가 무산(巫山)에 떨어졌도다.	飛去落巫山

보련이 바쳐 가로되

작은 골짜기 봄 그늘 속이요	短壑春陰裡
장안(長安) 물 기운 가운데로다.	長安水氣中
능히 사람의 세상으로 하여금	能令人世上
홀연히 푸른 구슬 궁(宮)을 만들었도다.	忽作翠珠宮

대군이 보기를 마치고 크게 놀라 말하기를
'비록 만당(晚唐)의 시에 비해도 또한 백중(伯仲)할 것이요 근보(謹甫)[35]의 아래는 가히 채찍 잡을 이 없을 것이다.'
하고 재삼(再三) 읊으나 그 고하를 알지 못하더니 한참 만에 말하기를
'부용의 시는 초나라 임금을 사모한 것이니 내 심히 가상히 여기노라. 비취의 시는 전보다 아름다움이 더하였고, 옥녀의 시는 의사(意思)가 표일(飄逸)[36]하고 끝 귀에 은은히 넉넉한 뜻이 있으니 이 두 시가 마땅히 으뜸이 되리로다.'

---

35. 성삼문(成三問)의 자(字).
36. 뛰어난 모양.

하고 또 이르되

'내가 처음 보았을 때는 우열을 분별치 못하였는데 다시 살펴본 즉 자란의 시는 뜻이 깊고 멀어 사람으로 하여금 깨닫지 못하는 사이에 차탄(嗟嘆) 도무(蹈舞)케 하는도다. 나머지 시들 또한 모두 청아(清雅)[37]하되 홀로 운영의 시만 현저히 추창(惆悵)[38]하여 사람을 생각하는 뜻이 있으니, 모르겠도다! 네가 생각하는 자가 누구냐? 마땅히 캐어물을 것이로되 그 재주가 아까워서 잠시 그냥 두노라.'

하시거늘 첩이 즉시 뜰에 내려 엎드려 울며 대답하기를

'글을 지을 때에 우연히 발(發)함이라 어찌 다른 뜻이 있으리이까. 이제 주군(主君)께 의심을 받으니 첩은 만 번 죽어도 아깝지 않습니다.'

하니 대군이 명(命)하여

'앉으라!'

하시고 가라사대

'시는 성정(性情)에서 나는 것이라 숨길 수 없다. 너는 다시 말하지 말라.'

하시고 바로 비단 열 단(端)을 내어 십인에게 나누어 주셨습니다. 대군은 일찍이 첩에게 뜻이 있지 않았지만 궁중에 있는 사람들은 모두 대군의 뜻이 첩에게 있는 줄 알았습니다.

십인이 모두 물러나 동방(洞房)[39]에서 초를 밝히고 칠보서안(七寶書案)[40]에 당률(唐律) 한 권을 놓고 옛 사람의 궁원시(宮怨詩)의 고하를

---

37. 맑고 그윽한 멋이 있음.
38. 한탄하며 슬퍼하는 모양.
39. 잠자는 방.
40. 칠보(七寶)로 장식된 책상.

논할 때에 첩은 홀로 병풍에 기대어 초연(悄然)⁴¹히 말이 없는 것이 마치 진흙으로 빚은 사람 같거늘, 소옥이 첩을 돌아보고 말하기를

'낮에 부연(賦烟)의 시에서 주군에게 의심을 받아 이로써 근심을 감추고 말이 없는 것이냐? 주군이 네게 기운 뜻만 드러나지 않게 조심하면 마땅히 비단 금침의 즐거움이 있을 것이기에 몰래 기뻐서 말이 없는 것이냐? 네 마음 속 품은 바를 모르겠노라.'

하는지라 첩은 얼굴을 가다듬고 대답하기를

'네가 내가 아닌데 어찌 내 마음을 알겠느냐. 내 방금 시 하나를 지으매 좋은 글귀를 찾지 못하여 괴롭게 생각하느라고 말하지 않은 것뿐이다.'

하니 은섬이 가로되

'뜻이 향하는 바가 있으매 마음이 없는 까닭으로 옆 사람의 말을 바람처럼 흘려버리는 것이다. 네가 말하지 않는 까닭은 알기 어렵지 않으니 내 장차 시험해 보리라.'

하고 곧 창밖의 포도(葡萄)로 제(題)를 삼고 칠언사운(七言四韻)을 지으라 재촉하는지라 첩이 응구(應口)하여 바로 읊으니 시에 이르기를

구불구불 등(藤)풀은 용(龍)이 가는 것만 같은데	蜿蜒藤草似龍行
푸른 잎이 그늘을 이뤘으니 홀연 정(情)있는 것 같도다.	翠葉成陰忽有情
여름날이 엄위(嚴威)하나 능히 비추기를 거두었고	暑日嚴威能徹照
갠 하늘 찬 그림자가 오히려 헛되이 밝았도다.	晴天寒影反虛明
실 같은 소매로 난간을 잡았으니 뜻을 머무는 듯하고	袖絲攀檻如留意
맺은 열매 구슬 드리운듯하니 정성을 본받고자 하도다.	結果垂珠欲效誠

---

41. 현실에 아랑곳하지 않고 의젓함.

만일 다른 때를 기다려 응당 변화할진대　　　　　若待他時應變化

모여서 구름과 비를 타고 삼청궁(三淸宮)에 오르리로라.　曾乘雨雲上三淸

　소옥이 시를 보고 일어나 절해 가로되

　'참으로 천하의 기재(奇才)로다. 풍격(風格)[42]이 높지 않음이 비록 옛 곡조 같으나 창졸(倉卒)에 지은 것이 이와 같으니 이는 시인이 처하기에 가장 어려운 것이다. 내 마음이 기쁘고 진실로 설복(說服)됨이 칠십 제자가 공자(孔子)에게 설복됨과 같도다.'

　자란이 말하기를

　'말은 삼가지 않으면 아니 된다. 어찌 그리 심히 과(過)하게 말하느냐. 다만 문자(文字)의 완곡(婉曲)함이 날고뛰는 태(態)가 있는 것은 분명하다.'

하니 좌중이 모두

　'확론(確論)이다!'

라고 하였습니다. 첩이 비록 이 시로써 의혹을 풀었지만 그렇다고 모든 의심이 다 풀린 것은 아니었습니다.

　이튿날 문밖에 거마(車馬)들이 들어오는 소리가 들리더니 문 지키는 자가 바삐 들어와 고하기를

　'중빈(衆賓)이 오십니다.'

한대 대군이 동각(東閣)을 소제하고 맞으니 모두 문인재사였습니다. 좌정(坐定)하고 대군이 첩 등이 지은 바 부연시를 보이니 만좌(滿座)[43]가 크게 놀라

　'생각지도 않은 오늘 성당(盛唐)의 음조(音調)를 다시 보는지라 우리

---

42. 풍채와 품격.
43. 자리에 가득하게 앉은 사람들.

들에 가히 어깨를 견줄 바 아닙니다. 이 같은 지극한 보물을 어디서 얻으셨나요?'

하니 대군이 엷게 웃으며 말하기를

'어찌 그럴 리가 있겠소. 동복(童僕)이 우연히 거리에서 얻어온 것이니 누가 지은 것인지는 모르겠소만, 생각에는 필히 여염(閻閭)⁴⁴의 재주 있는 사람의 솜씨인 것 같소.' 하였습니다.

모든 의심이 풀리지 않은 때에 이윽고 성삼문이 이르러 말하기를

'재주는 다른 대(代)에서 빌리지 않아도 언제나 있습니다. 전조(前朝)로부터 지금까지 육백여년에 시로써 동국(東國)⁴⁵에 유명한 사람은 몇이나 되는지 알 수 없지만, 혹자는 탁(濁)하며 아름답지 않고 혹자는 맑지만 부잡(浮雜)⁴⁶하여 모두 음률에 맞지 않고 성정(性情)을 잃은지라 마땅한 글을 보지 못하였더니, 이제 이 시를 보니 풍격(風格)이 청신(淸新)하고 의사(意思)가 초월(超越)하여 조금도 진세(塵世)의 태(態)가 없으니 이는 반드시 심궁(深宮) 사람의 글이라, 속인(俗人)과 상접(相接)치 못하고 다만 고인(古人)의 시만 읽고 주야로 외워서 마음에 자득(自得)함이라. 그 뜻을 자세히 알지니 그 글에 〈바람에 임하여 홀로 슬퍼한다〉는 말은 사람을 생각하는 뜻이 있음이요, 글에 〈외로운 대나무는 홀로 푸르름을 지켰다〉는 말은 정절을 지킬 뜻이 있음이요, 글에 〈바람이 부니 스스로 정(定)치 못한다〉는 말은 보전하기 어렵다는 뜻이요, 글에 〈그윽한 생각이 초나라 임금을 향한다〉는 말은 주군을 향한 정성이 있음이요, 글에 〈연잎에 이슬 구슬이 머물렀다〉는 말과 〈서편의 산과 앞 시내〉라는 말은 천상의 신선(神仙)이 아니면 이러한

---

44. 여항(閭巷)과 같은 뜻.
45. 조선. 우리나라.
46. 됨됨이가 들뜨고 추잡함.

형용(形容)을 얻지 못할지라, 그 격조(格調)에 고하가 있으나 훈도(薰
陶)[47]의 기상(氣象)은 대략 모두 같은지라 궁중에 반드시 이 십 선인
(仙人)을 두고 계실 터인즉 숨기지 마시고 한 번 보여주시기를 원하나
이다.'

대군이 내심(內心)으로 자복(自服)하나 겉으로는 수긍치 않으며 말하
기를

'누가 근보더러 시감(詩鑑)[48]이 있다 하더냐. 내 궁중에 어찌 이런
사람들이 있으랴! 가히 사람의 혹(惑)함이 심하다 이르리로다.'

이 때 십인이 창틈으로 몰래 듣고 탄복치 않는 이가 없었습니다. 이
날 밤 자란이 지성(至誠)으로 첩에게 물어 가로되

'여자가 세상에 태어나 시집가고자 하는 마음은 누구나 있는지라
네가 생각하고 있는 정인(情人)은 어떤 사람인지 모르겠다만, 너의 형
용(形容)이 날로 점점 전만 못해가는 것이 걱정되어 정으로써 간곡히
묻나니 모름지기 숨기지 말기를 바라노라.'

하거늘 첩이 일어나 사례하여 가로되

'궁인이 심히 많아 시끄러움이 있을까 두려워 감히 말하지 못했으
나 이제 이렇게 간곡히 물으니 어찌 감히 숨기겠느뇨. 작년 가을 황
국(黃菊)이 처음 피고 단풍이 점점 시들 때에 대군이 서당에 홀로 앉
아 시녀로 하여금 먹을 갈게 하고 비단을 펴고 칠언사운(七言四韻) 십
수(十首)를 쓰시더니 소동(小童)이 밖으로부터 들어와 이르되

-한 연소(年少)한 유생(儒生)이 자칭 김진사라면서 뵙기를 청하나이
다.

하거늘 대군이 기뻐 가라사대

---

47. 덕(德)을 베풀어서 사람을 가르치고 감화시킴.
48. 시에 대한 식견(識見).

-김진사가 왔구나.

하고 맞아들인즉 포의혁대(布衣革帶)한[49] 선비라, 빠른 걸음으로 계단을 오르니 새가 날개를 편 듯하고, 자리를 당하여 절하고 앉으니 용의(容儀)[50]가 준수하여 신선과 같은지라 대군이 한 번 보고 마음이 기울어 즉시 마주하여 앉으니 진사가 피석(避席)하고 배사(拜辭)[51]하여 말하기를

-외람되이 환대하심을 입어 욕되이 존명(尊名)을 더럽히게 되었나이다. 이제 가르침을 받들고자 하오니 송구함을 이기지 못하겠습니다.

하니 대군이 위로하여 가로되

-오래 그대의 성화(聲華)[52]를 우러렀더니 집에 앉아 관개(冠蓋)[53]를 대하니 광채가 일실(一室)에 진동하고 백붕(百朋)을 얻은 기쁨이로다.

하시더라.

진사가 처음 들어올 때에 이미 시녀들과 상면(相面)한지라, 또한 대군이 진사가 연소 유생인 것을 마음에 쉽게 생각하여 첩 등으로 하여금 피치 않게 하심이라. 대군이 진사에게 이르기를

-추경(秋景)이 심히 좋으니 원컨대 그대는 시 한 수를 지어 이 당(堂)에 광채를 돋우라.

진사가 자리를 피하며 사양하여 말하기를

-헛된 이름뿐이요 실(實)이 없거늘 시의 격률(格律)을 소자(小子)[54]가 어찌 감히 알리이까.

---

49. 베옷 입고 가죽 띠를 한.
50. 몸가짐과 행동거지.
51. 삼가 공손히 사양함.
52. 세상에 드러난 명성(名聲).
53. 관(冠)과 일산(日傘). 즉, 지체가 높은 사람의 행차.
54. 부모 또는 웃어른 앞에서 자기를 겸손하게 일컫는 말.

대군이 금련으로 노래를 부르게 하고, 부용으로 거문고를 타게 하
며, 보련으로 퉁소를 불게 하고, 비경으로 잔을 돌리게 하며, 첩으로
벼루를 받들게 하시니 이때 첩의 나이 열일곱이라. 한 번 낭군을 보
매 혼(魂)이 흐려지고 뜻이 어지러워졌고 낭군 또한 첩을 돌아보며 웃
음을 머금고 자주 눈길을 보내더라. 대군이 진사에게 일러 가로되

-내 그대 접대함이 진실로 관곡(款曲)[55]하거늘 그대 어찌 한 번 주
옥(珠玉)을 토함을 아껴 이 당(堂)으로 하여금 무색하게 하는가.

하시니 진사가 즉시 붓을 잡아 오언사운(五言四韻) 한 수를 지어 바치
니 글에 이르기를

나그네 기러기가 남(南)으로 향하여 가니	旅雁向南去
궁중에 가을빛이 깊었도다.	宮中秋色深
물이 차매 연꽃이 옥 같음을 꺾었고	水寒荷折玉
서리가 거듭 내리매 국화가 금빛을 드리웠도다.	霜重菊垂金
비단자리에 홍안(紅顔)의 계집이	綺席紅顔女
구슬 줄을 튕기며 백설곡(白雪曲)을 불렀도다.	瑤絃白雪吟
유하주(流霞酒) 한 말의 술로	流霞一斗酒
먼저 취하매 기대는 것을 금키 어렵도다.	先醉倚難禁

대군이 재삼 읊조리고 놀라 말하기를

-참으로 이른바 천하의 기재로다. 어찌 서로 봄이 늦었는가.

시녀 십인이 일시에 돌아보며 얼굴빛이 변하여 말하기를

-이는 반드시 왕자진(王自晉)[56]이 학을 타고 진세(塵世)에 온 것이니

---

55. 다정하고 성의가 있음.

어찌 이런 사람이 있을까!

하더니 대군이 잔을 잡고 묻기를

　-옛적 시인에 누가 종장(宗匠)⁵⁷)이 되겠는가?

　진사가 말하기를

　-소자의 소견으로 말씀드리면, 이백(李白)은 천상신선이라 옥황상제(玉皇上帝)의 향안전(香案前)에 길이 있다가 현포(玄圃)⁵⁸)에 놀아 옥액(玉液)⁵⁹)을 다 마시고 취흥을 이기지 못하여 만수기화(萬樹琪花)를 꺾고 바람을 따르고 비를 흩어 인간에 떨어진 기상이요, 노왕(盧王)에 이르면 해상선인(海上仙人)으로 일월(日月)이 출몰(出沒)하며 구름이 변하고 창파(滄波)를 흔들고 고래가 물을 뿜고 도서(島嶼)가 창망(蒼茫)⁶⁰)하며 풀과 나무가 울창하고 물결이 일어 꽃과 잎을 이루며, 물새의 노래요 교룡(蛟龍)⁶¹)의 눈물이라. 이를 모두 흉금에 감췄으니 이것이 시의 조화(造化)인 것입니다. 맹호연(孟浩然)⁶²)은 이름이 가장 높으니 이 사람은 사광(師曠)⁶³)에게서 배웠고 음률을 익힌 사람이요, 이의산(李義山)⁶⁴)은 선술(仙術)을 배워 일찍이 시마(詩魔)에 빠진 고로 일생에 지은 시편(詩篇)이 귀신의 말이 아님이 없나니 나머지 분분(紛紛)한 사람

---

56. 주영왕(周靈王)의 태자로 직간(直諫)하였다가 폐하여 서인(庶人)이 됨. 즐겨 생(笙)을 불고 학(鶴)을 타고 놀았다 함.
57. 우두머리.
58. 곤륜산(崑崙山)에 있다는 선인(仙人)의 거처(居處).
59. 신선이 마시는 좋은 술.
60. 너르고 멀어서 아득함.
61. 뱀처럼 생겼고 길이가 한 길이 넘는다는 상상의 동물로서, 흔히 때를 잘못 만나 뜻을 펴지 못한 영웅호걸을 일컫는 말로 쓰임.
62. 당대(唐代)의 대표적인 산수시인(山水詩人). 왕유(王維)와 더불어 이름을 날렸으므로 왕맹(王孟)이라 병칭됨. (688~740).
63. 춘추시대 진(晉)의 악사(樂師). 소리를 잘 분별하여 길흉을 점쳤다 함.
64. 당대(唐代)의 시인.

들이야 어찌 족히 다 말씀드리겠습니까.

　대군이 가로되

　-날마다 문사들과 더불어 시를 논함에 초당(草堂)[65]으로 수위(首位)를 삼는 자가 많으니 이 말은 어찌 풀이하겠는가.

　진사가 가로되

　-그렇습니다. 시속(時俗) 선비의 말로 이를진대 회(膾)와 적(炙)이 사람의 입을 즐겁게 하는 것과 같이 자미(子美)[66]의 시는 참으로 회와 적 같습니다.

　대군이 가라사대

　-백체(百體) 구비(俱備)하며 비유(比喩)하고 흥귀(興句)[67]하는 것이 극히 정치(精緻)[68]하거늘 어찌 초당을 가볍다고 하는가.

　진사가 사례(謝禮)하여 가로되

　-소자 어찌 감히 가벼이 여기리이까마는 그 긴 곳을 논할진대 한무제(漢武帝)가 미앙궁(未央宮)[69]에 어좌(御座)하매 사이(四夷)의 창궐을 분히 여겨 장수(將帥)에게 명하여 정벌하매 백호만웅(百虎萬熊)의 군사가 수 천리를 뻗쳐 이었음 같고, 그 짧은 곳을 논할진대 사마상여(司馬相如)[70]로 하여금 장문부(長門賦)를 짓게 하고, 사마천(司馬遷)[71]으로

---

65. 두보(杜甫).
66. 두보(杜甫)
67. 비(比), 부(賦), 흥(興)의 삼체(三体)에서 타물(他物)에 빗대어서 시상(詩想)을 일으키는 것.
68. 정세(精細)하고 치밀(緻密)함.
69. 한(漢)나라 궁전의 이름.
70. 전한(前漢)의 문인. 그의 화려한 부(賦)는 한(漢), 위(魏), 육조(六朝) 시대 문인들의 모범이 됨. (BC 179~ 117).
71. 전한의 역사가이며 사기(史記)의 저자. 흉노에게 항복한 장군 이능(李陵)을 변호하였다가 무제의 노여움을 사서 궁형(宮刑)을 당함. (BC 145~86).

하여금 봉선문(封禪文)을 초(草)하게 하고, 신선을 구(求)하려 한 즉 동방삭(東方朔)⁷²⁾으로 좌우에서 모시게 하고, 서왕모(西王母)⁷³⁾로 천도(天桃)를 드리게 함 같으니 이로써 두보(杜甫)의 문장은 가히 백체를 구비했다 이르리이다. 이태백과 비함에 이르면 천양(天壤)의 같지 않음 뿐 아니라 강해(江海)의 같지 않음과 같을 것이요, 왕맹(王孟)⁷⁴⁾과 비함에 이르면 자미가 수레를 몰고 앞서 가면 왕맹이 채찍을 잡고 길을 다툴 것입니다.

대군이 가로되

-그대의 말을 들으매 흉중(胸中)이 창황(惝怳)함이 마치 긴 바람을 타고 태청궁(太淸宮)⁷⁵⁾에 오름 같도다. 다만 두시(杜詩)는 천하의 높은 문장이라 비록 악부(樂府)에는 미치지 못한다 해도 어찌 왕맹으로 더불어 길을 다투리오. 비록 그러하나 잠시 시비(是非)를 버려두고 원컨대 그대 다시 한 수를 지어 이 당중(堂中)에 일반(一般) 광채를 더하도록 하라.

진사가 즉시 칠언사운(七言四韻) 한 수를 지으니 그 시에 왈

연기가 금당(金塘)에 흩어지매 이슬 기운이 서늘하였고	烟散金塘露氣凉
푸른 하늘이 물 같으니 밤이 어찌 이리 긴고.	碧天如水夜何長
미풍(微風)은 뜻이 있어 드리운 구슬발에 불었고	微風有意吹垂箔
흰 달은 다정(多情)하여 작은 당(堂)에 들었도다.	白月多情入小

---

72. 한무제(漢武帝)때의 사람으로 벼슬은 상시랑(常侍郎), 태중대부(太中大夫). 서왕모의 복숭아를 훔쳐 먹고 오래 살았다 함.
73. 중국 신화 속의 선녀(仙女). 한무제에게 불로장생(不老長生)의 복숭아를 주었다 함.
74. 왕유(王維)와 맹호연(孟浩然).
75. 도교(道教)에서 신선이 산다는 세 궁중 하나. 옥청궁(玉淸宮), 상청궁(上淸宮), 태청궁(太淸宮)을 일컬어 삼청궁(三淸宮)이라 함.

뜰 가에 그늘이 열렸으매 소나무 그림자를 되돌리고	庭畔陰開松反影
잔 가운데 술이 좋으매 국화 향기를 머물렀도다.	盃中波好菊留香
완공(阮公)[76]이 비록 젊으나 자못 술 마시기에 능했으니	阮公雖少頗能飮
술 마시고 취한 뒤에 미친 말을 괴이히 여기지 말라.	莫怪瓮間醉後狂

대군이 더욱 기이하게 여겨 자리에 나아가 손을 잡고 말하기를

-진사는 금세(今世)의 재자(才子)가 아니니 내가 능히 그 고하를 논할 바 아니로다. 게다가 문장만 능할 뿐 아니라 필법 또한 신묘(神妙)하니 하늘이 그대를 동방(東方)에 낳은 것은 반드시 우연함이 아니로다.

또 초서(草書)를 쓰게 하여 붓을 휘두를 때에 먹물이 잘못 첩의 손가락에 떨어져 파리 날개 같은지라 첩이 이로써 영예를 삼아 씻어 없애지를 아니하니 좌우의 궁인들이 다 돌아보며 미소 지으니 출세나 한 것 같았더라.

밤이 깊어지고 경루(更漏)[77]가 재촉하니 대군이 기지개를 펴며 잘 생각으로 말하기를

-나는 취했으니 그대 또한 돌아가 쉬고, 명조유의포금래(明朝有意抱琴來)[78]라는 글귀는 잊지 말라.

하시더라. 이튿날 대군이 재삼 그 두 시를 읊으며 탄식하여 가로되

-마땅히 근보(謹甫)로 더불어 자웅을 다투리로되 그 청아(淸雅)한 태(態)는 오히려 지나도다.

---

76. 진대(晋代) 죽림칠현(竹林七賢)의 하나인 완적(阮籍).
77. 물시계.
78. 이백(李白)의 산중대작(山中對酌)에 나오는 시구(詩句). 내일 아침에 생각이 있으면 거문고를 안고 오라는 뜻.

하시더라.

첩이 이로부터 잠을 자도 이루지 못하고, 밥을 먹어도 먹히지 않고, 마음은 번잡하여 의대(衣帶)가 늘어지는 것도 깨닫지 못하였는데 너는 그때 일을 알지 못한단 말이냐?'

자란이 가로되

'내 잊었는지라. 이제 네 말을 들으니 황연(恍然)히[79] 술에서 깬듯하다.'

그 후로 대군은 자주 진사와 만났지만 첩 등으로는 서로 보지 못하게 한지라 첩은 매양 문틈으로 엿보더니, 하루는 설도전(薛濤牋)에 오언사운(五言四韻) 한 수를 썼는데 가로되

베옷 입고 가죽 띠 띤 선비가	布衣革帶士
옥 같은 얼굴이 신선 같도다.	玉貌如神仙
매양 발 사이로 바라보나	每從簾間望
어찌 월하(月下)의 인연은 없는고.	何無月下緣
얼굴을 씻으매 눈물로 물을 삼았고	洗顔淚作水
거문고를 타매 줄이 욺을 한하도다.	彈琴恨鳴絃
한없는 흉중(胸中)의 원(怨)을	無限胸中怨
머리 들어 홀로 하늘에 하소연하리라.	擡頭獨訴天

시와 금비녀 하나를 한데 넣고 열 겹이나 싸서 진사에게 부치고자 하나 보낼 인편(人便)이 없었습니다. 그날 달이 밝은 밤에 대군이 술자리를 열고 빈객(賓客)을 크게 모으니 다 진사의 재주를 칭찬하는 것이

---

79. 환하게.

었습니다. 두 편의 시를 보여주니 각기 돌려 보고 칭찬해 마지않으면서 모두 한 번 보기를 원하거늘 대군이 바로 인마(人馬)를 보내어 김진사를 청하니 이윽고 진사가 이르러 좌정하매 모습이 야위고 풍채가 손상되어 옛날의 기상이 아닌지라 대군이 위로하여 가로되

'진사 초나라 근심하는 마음이 없을 것이거늘 어찌 택반(澤畔)의 초췌(憔悴)함[80]이 있는고?'

하니 모두 크게 웃는지라 진사가 일어나 사례하여 가로되

'복(僕)이 한천(寒賤)한 유생으로 외람되이 나으리의 은총을 입은지라 복이 과하매 재앙이 생겨 병이 몸에 얽히매, 식음을 전폐하고 기거(起居)에 사람을 쓰는지라 이제 후한 부르심을 받들어 붙들려 끌려와서 뵈옵는 것입니다.'

좌객(坐客)이 모두 무릎을 가다듬으며 공경의 말을 하자 진사는 연소한 유생이라 말석(末席)에 앉았는데 내실(內室)과는 단지 벽 하나 사이였습니다. 밤이 깊어 중빈(衆賓)이 크게 취했기에 첩이 벽에 구멍을 뚫고 들여다보니 진사 또한 그 뜻을 알고 구석을 향하여 앉거늘 첩이 봉서(封書)를 구멍을 통해 던졌습니다. 진사가 그것을 주워 집으로 가서 열어보고 슬픔을 이기지 못하여 차마 손에서 놓지를 못하고, 생각하는 정이 전보다 배(倍)나 더하여 능히 자존(自存)치 못할 듯한지라 바로 답서를 부치고자 하나 청조(靑鳥)[81]의 신(信)이 없어 홀로 근심하고 탄식할 뿐이더니, 마침 한 무녀(巫女)가 동문 밖에 살면서 영이(靈異)로 이름을 얻고 궁중을 출입한다는 말을 듣고 믿을만하다고 여겨

---

80. 굴원(屈原)의 어부사(漁父詞)에 나오는 구절. 유어강담(遊於江潭) 행음택반(行吟澤畔) 안색초췌(顔色憔悴).
81. 편지를 보낼 신편(信便). 세 발 가진 푸른 새가 온 것을 보고 동방삭(東方朔)이 서왕모(西王母)의 사자(使者)가 편지를 가지고 왔다고 한 옛 이야기에서 유래.

그 집을 찾아가니 그 무녀는 나이 삼십이 안 되어 자색이 아름다우나 일찍 과부가 되어 음녀(淫女)로 자처하는 자였습니다. 진사가 온 것을 보고 주찬(酒饌)을 성대히 준비하여 대접을 심히 후하게 하였으나 진사는 잔을 잡아 마시지 않고 말하기를

'오늘은 바쁜 일이 있어 내일 다시 오마.'

하고 가더니 이튿날 또 간즉 대접이 여전하였으나 진사는 감히 입을 열지 못하고 단지 말하기를

'내일 또 다시 오마.'

하는 것이었습니다. 무녀가 진사의 용모가 탈속(脫俗)한 것을 보고 마음속으로 기뻤으나 연일(連日) 왕래하면서 한 말도 꺼내지 않는 것은 연소지인이라 부끄러워서 말을 못하는 것이라 생각하여 내가 먼저 뜻을 돋우고 붙들어서 동침하리라 하고, 이튿날 목욕 소세(梳洗)[82]하고 교태를 다하여 단장하고 온갖 장식을 화려하게 하고 만화전(萬花氈)[83]과 경요석(瓊瑤席)[84]을 깔아놓고 어린 종으로 하여금 문 밖에 앉아 진사를 기다리게 하였습니다. 진사가 또 이르러 그 단장의 화려함과 포진(鋪陳)[85]의 아름다움을 보고 마음으로 괴이히 여기거늘 무녀가 가로되

'오늘 저녁이 어떤 저녁이기에 이와 같은 옥인(玉人)[86]을 보는고.'

하니 진사는 뜻이 없는지라 그 말에 대답을 않고 초연불락(愀然不樂)하거늘 무녀가 화가 나서 말하기를

'과부의 집에 연소한 남자가 어찌 왕래하기를 꺼리지 아니하느뇨!'

---

82. 머리를 빗고 얼굴을 씻음.
83. 꽃을 수놓은 털방석.
84. 구슬로 장식한 자리.
85. 바닥에 까는 방석, 요, 돗자리 등의 총칭.
86. 옥처럼 티없이 맑은 사람. 아름다운 사람.

하니 진사가 가로되

'무녀가 만약 신이(神異)하다면 어찌 내가 온 뜻을 알지 못하리오.'
하거늘 무녀가 즉시 영좌(靈座)[87]에 나아가 신령(神靈)께 절하고 방울
을 흔들며 축언을 하더니, 온몸을 한기(寒氣)로 떨다가 이윽고 몸을
움직이며 말하기를

'낭군은 진실로 가련(可憐)하도다. 맞지 않는 계책(計策)으로 이루기
어려운 일을 하고자 하니 다만 그 뜻을 이루지 못할 뿐만 아니라 삼
년이 못되어 황천(黃泉) 사람이 되리라.'

진사가 울며 사례하여 말하기를

'그대가 비록 말하지 않아도 나 또한 아는 일이다. 하지만 가슴에
원(怨)이 맺힌지라 백약(百藥)으로 풀지 못하리로다. 만약 신무(神巫)[88]
로 인하여 요행히 척소(尺素)[89]를 전할 수만 있다면 죽어도 또한 영광
이 되리로다.'

무녀 가로되

'비천한 무녀 비록 신사(神祀)[90]로 인하여 간혹 출입이 있으나 부르
는 명(命)이 없으면 감히 들어가지 못합니다만, 그러나 낭군을 위하여
한 번 가보겠습니다.'

진사가 품안에서 한 봉서(封書)를 내어 주며 말하기를

'삼가 잘못 전하여 화(禍)의 기틀을 만들지 말라.'

무녀가 궁문으로 들어간 즉 궁중 사람들이 모두 괴이히 여기거늘
무녀가 다른 말로 대답하고 틈을 타서 눈짓으로 첩을 뒤뜰 사람 없

---

87. 신령(神靈)을 모신 자리.
88. 신령한 무녀.
89. 편지. 소(素)는 비단으로 옛날에는 편지를 비단에 썼음.
90. 신을 모신 사당(祠堂). 여기서는 신에게 제사를 올리는 일의 뜻.

는 곳으로 이끌어 봉서를 주었습니다. 첩이 방으로 돌아와 열어보니 그 편지에 하였으되

'그대를 한 번 눈으로 보고부터 마음이 날고 혼이 흩어져 능히 뜻을 정하지 못하고 매양 성(城) 서편을 향하매 거의 촌장(寸腸)이 끊어지도다. 일찍이 벽 틈으로 전해준 글로 인하여 잊을 수 없는 옥음(玉音)을 공경하여 받들었는데, 다 열기도 전에 목이 메어 반(半)도 읽지 않아 눈물이 떨어져 글자를 적시는지라, 이로부터는 잠을 자도 이루지 못하고 밥을 먹어도 삼키지 못하여 병(病)이 고황(膏肓)[91]에 들매 백약이 무효한지라 구천에서나 볼 수 있으려니와, 오직 바라기는 갑자기 죽기를 원하노라. 창천(蒼天)[92]이 불쌍히 여기시고 귀신이 도우셔서 혹시 생전에 이 한(恨)을 씻게 하시면 마땅히 몸을 빻고 뼈를 갈아 천지신령(天地神靈)께 제(祭)하리로다. 종이를 임하매 목이 메어 무릇 다시 무슨 말을 하리오. 불비근서(不備謹書)[93].'

그리고 글 아래 다시 칠운(七韻) 한 수를 지었으니 시에 이르기를

누각(樓閣)이 겹겹인데 저녁에 문 닫혔으니	樓閣重重掩夕扉
나무 그늘과 구름 그림자가 모두 희미하도다.	樹陰雲影摠依微
떨어진 꽃과 흐르는 물은 도랑을 따라 나왔고	落花流水隨溝出
어린 제비는 진흙을 물고 난간 위로 돌아가도다.	乳燕含泥趁檻歸
베개를 의지하여 호접몽(胡蝶夢)을 이루지 못하니	倚枕未成胡蝶夢
눈을 돌려 공연히 소식 없음을 바라보도다.	回眸空望雁魚稀
옥 같은 얼굴이 눈앞에 있으나 어찌 말이 없느뇨.	玉容在眼何無語

---

91. 명치. 침이나 약으로 고치지 못하는 곳.
92. 푸른 하늘. 즉, 하느님.
93. 예(禮)를 갖추지 못하고 삼가 쓴다는 뜻으로 편지 끝에 부치는 말.

초록 앵무 우는 소리에 눈물이 옷을 적시는도다.　　草綠鸚啼淚濕衣

첩이 보기를 다함에 소리가 끊기고 기운이 막혀, 입으로 말을 하지 못하고 눈물이 다하매 피가 나는지라 병풍 뒤에 몸을 감추고 오직 남이 알까 두려워했습니다. 이로부터 그 후로는 잠시도 잊을 수가 없어 미친 듯 취한 듯하여 자연 사색(辭色)에 나타나니 주군이 의심하고 사람들이 괴이하게 여김이 실로 없지 않았습니다. 자란도 또한 원한이 있는 여자라 이 말을 듣고는 눈물을 머금고 가로되
　'시는 성정(性情)에서 나오는 것이니 가히 속이지 못할 것이다.'
라 하였습니다.
　하루는 대군이 취취를 불러 말하기를
　'너희들 십인이 같이 한 집에 있어 공부에 전일(專一)치 못하니 마땅히 오인을 갈라 서궁(西宮)에 두리라.'
하신즉 첩과 자란, 은섬, 옥녀, 비취는 그날로 옮겼습니다. 옥녀가 말하기를
　'그윽한 꽃과 고운 풀이며 흐르는 물과 꽃다운 수풀이 정히 산가(山家) 야장(野庄) 같으니 참으로 이른바 독서당(讀書堂)이로다.'
하니 첩이 답해 가로되
　'이미 사인(舍人)[94]도 아니요 또한 비구니도 아니거늘 이 심궁(深宮)에 갇히니 참으로 이른바 장신궁(長身宮)[95]이로다.'
하니 좌우가 한숨 쉬고 탄식하지 않는 이가 없었습니다.
　그 후 첩이 글 하나를 써서 진사에게 전하려고 지성으로 무녀를 대접하고 청하기를 심히 간절히 했건만 끝내 오려고 하지 않은 것은, 대

---

94. 궁내(宮內)의 근시(近侍)의 벼슬.
95. 한대(漢代)의 태후(太后)의 궁.

개 진사가 그녀에게 뜻이 없는 것에 대한 유감이 없지 않은 때문이었습니다.

하루 저녁에는 자란이 첩에게 가만히 말하되

'궁중 사람들이 매년 중추(仲秋)⁹⁶⁾에는 탕춘대(蕩春臺)⁹⁷⁾ 아래 물에 가서 완사(浣紗)⁹⁸⁾하고 이어 술자리를 갖고 파하는지라. 금년에는 소격서동(昭格署洞)⁹⁹⁾으로 정하고 왕래하다가 그 무녀를 찾아본다면 가장 좋은 방책이 되리라.'

하거늘 첩이 그렇게 여겨 중추 오기를 괴로이 기다릴 제 하루 지냄이 삼추(三秋) 같았습니다. 취취가 그 말을 엿듣고 거짓 모르는 척하며 첩에게 말하기를

'네가 처음에 올 때에는 안색이 배꽃 같아서 연지분을 바르지 않아도 천연작약(天然綽約)한 태(態)가 있는 고로 궁중 사람들이 괵국부인(虢國夫人)¹⁰⁰⁾이라 칭하더니, 요즘은 용색이 틀리고 점점 처음과 같지 않으니 이 무슨 까닭인고?'

하거늘 첩이 대답해 가로되

'본래 타고난 기질이 허약한지라 매번 염절(炎節)¹⁰¹⁾을 당하면 대개 서갈지병(暑渴之病)¹⁰²⁾이 있어 그런지라 이제 오동잎이 지고 수놓은 휘장에 서늘한 기운이 돌면 자연 조금 나으리라.'

하니 취취가 장난으로 시 한 수를 지어 주었는데 희롱하는 태가 아님

---

96. 음력 8월.
97. 세검정(洗劍亭) 가까이에 있던 대사(臺榭).
98. 깁을 빠는 일.
99. 도교(道敎)의 삼청전(三淸殿)에서 지내는 제사를 주관하던 관청인 소격서(昭格署)가 있던 곳. 오늘날의 종로구 소격동(昭格洞).
100. 당(唐) 현종(玄宗)의 비(妃)인 양귀비(楊貴妃)의 언니.
101. 여름철.
102. 목이 잘 타는 병.

이 없었으나 의사(意思)가 절묘한지라 첩은 그 재주를 기특히 여기면서도 그 놀리는 것이 부끄러웠습니다.

세월은 흘러 몇 개월이 지나매 때는 청추(淸秋)[103]에 가까운지라 서늘한 바람이 저녁에 이니 국화는 노란 빛을 토하고 풀벌레는 소리를 거두고 흰 달이 빛을 흘리는지라. 첩은 서궁 사람들에게는 이미 숨길 수 없음을 알고 사실을 고하고 말하기를

'원컨대 남궁 사람들은 모르게 하라.'

이때 나그네 기러기는 남(南)으로 날고 옥 같은 이슬은 방울방울 모이니 맑은 시내에 완사하는 바로 그때라 궁인들과 더불어 날짜를 분명히 정하려고 갑론을박(甲論乙駁)하였으나 완사할 곳을 정하지는 못하였습니다. 남궁 사람들은 말하기를

'맑은 시내와 흰 돌은 탕춘대 아래에 지날 곳이 없다.'

하고 서궁 사람들은 말하기를

'소격서동의 물과 돌이 문 밖에 뒤지지 않거늘 어찌 반드시 가까운 데를 버리고 먼 데를 구하리오.'

하였지만 남궁 사람들이 고집하고 허락지 않아 정하지 못하고 파하였습니다.

그날 밤에 자란이 말하기를

'남궁 오인 중에 소옥이 주론(主論)이니 내가 기이한 계책으로 가히 그 뜻을 돌리겠노라.'

하고 옥등(玉燈)으로 길을 밝히고 남궁에 이르니 금련이 기뻐 맞이하며 말하기를

'한 번 서남으로 나뉘매 진초(秦楚)가 격(隔)한 것 같더니 뜻하지 않

---

103. 음력 8월.

게 오늘 저녁에 옥체(玉體)가 왕림하시니 후의에 깊이 감사드립니다.'

소옥이 말하기를

'무슨 사례함이 있으리오. 이는 세객(說客)[104]이니라.'

하니 자란이 옷깃을 여미고 정색하여 가로되

'남의 마음을 내가 헤아려 짐작한다 하였으니 그대를 두고 이름이로다.'

소옥이 가로되

'서궁 사람들이 소격서동으로 가고자 하거늘 나 홀로 고집하는 고로 네가 밤중에 찾아 온 것이니 세객이라 함이 또한 옳지 아니하랴.'

자란이 가로되

'서궁 오인 중에 내가 홀로 성내(城內)로 가려 하노라.'

소옥이 말하기를

'홀로 성내를 생각한다니 그 무슨 뜻이고.'

자란이 말하기를

'내 듣건대 소격서동은 하늘 및 성신(星辰)께 제(祭)하는 곳이요, 동명(洞名)이 삼청(三淸)인즉 우리 무리 열 사람이 반드시 삼청선녀로서 황정경(黃庭經)[105]을 잘못 읽고 인간에 적하(謫下)한지라 이미 진세(塵世)에 있을진대 산가야촌(山家野村)과 농서어점(農墅漁店)[106] 어느 곳이 불가하리오마는 굳게 심궁에 갇혀있어 농중(籠中)[107]에 있는 새 같은지라 누런 꾀꼬리 소리를 들으면 탄식하고 푸른 버들을 대하면 흐느낄 뿐이라 심지어는 어린 제비도 쌍으로 날고 깃드는 새도 짝으로 자

---

104. 능숙한 말솜씨로 유세(遊說)하러 다니는 사람. 유세객(遊說客).
105. 도교(道敎)의 경전(經典).
106. 농촌과 어촌.
107. 새장 속.

고 풀에도 합환초(合歡草)[108]가 있고 나무에도 연리지(連理枝)[109]가 있
는지라 무지(無知)한 초목과 지미(至微)한[110] 금수도 또한 음양을 품수
(稟受)하여[111] 서로 즐김이 없지 않은데 우리 십인은 홀로 무슨 죄가
있어 적막한 심궁에 일신이 길이 갇혀 춘화추월(春花秋月)에 등(燈)을
짝하여 혼을 녹이고, 헛되이 젊은 날을 버리고 공연히 황양(黃壤)[112]
의 한(恨)을 끼칠지라 부명(賦命)의 박함이 어찌 이리도 심하랴! 인생
이 한 번 늙으매 다시 젊어지지는 못하리니 그대는 다시 생각해 보라.
어찌 슬프지 않으리오. 이제 가히 청천(淸川)에 목욕하여 그 몸을 깨
끗이 하고 태을사(太乙祠)에 들어가 고두백배(叩頭百拜)하고 손을 모아
축수(祝手)하기를 하늘의 도우심을 받아 내세(來世)에는 이러한 괴로
움을 면키를 바람이라 어찌 다른 뜻이 있으리오. 무릇 우리 궁 사람
들과 그대들은 정이 동기(同氣)와 같거늘 이 한 가지 일로 인하여 마
땅히 의심치 않을 곳에서 사람을 의심하느냐. 내가 생각이 깊지 못한
연고로 말에 믿음이 보이지 않은 까닭이로다.'

소옥이 일어나 사례하며 말하기를

'내 홀로 사리에 밝지 못한 것이 그대에 미치지 못함이 멀도다. 처음
에 성내로 가기를 허락지 않음은 성중에는 본디 무뢰배와 협객들이
많아서 뜻밖에 강폭(强暴)의 욕(辱)이 있을까 염려하여 의심함이더니
이제 그대 능히 나로 하여금 이내 사리(事理)를 알게 하니 이제부터는
백일승천(白日昇天)한다고 해도 나는 쫓을 것이요, 강을 건너고 바다로

---

108. 낮에는 줄기가 백 가닥으로 나누이고 밤에는 합하여 한 줄기가 된다는 풀.
109. 두 나무의 가지가 접하여 하나가 된 나무.
110. 지극히 미천한.
111. 가지고 태어나서.
112. 죽어서 땅에 묻힘.

든다고 해도 또한 가히 좋을 것이다. 소위 인인성사(因人成事)¹¹³)라 하였으니 그 일을 이룸에는 한 가지로다.'

부용이 가로되

'범사(凡事)에 마음이 정하여야 마음도 정하는지라 둘이 다투어 밤이 다하도록 결정하지 못하니 일이 순조롭지 않음이요, 한 집안의 일을 주군이 알지 못하고 복첩(僕妾)들이 은밀히 의론하니 마음이 충성되지 못함이요, 종일 다투었던 바 일이 밤이 반이 안 되어 변하니 사람이 미쁘지 않음이요, 또한 청추(清湫)와 옥천(玉川)이 없는 곳이 없는데 반드시 사당(祠堂) 근처로 가려 하니 의당치 않음이요, 비해당 앞이 수청석백(水淸石白)하여 매해 이곳에서 완사를 했는데 이제 바꾸고자 하니 또한 옳지 않음이라. 한 가지 일에 다섯 가지 잘못이 있으니 첩은 따르지 않겠노라.'

보련이 가로되

'말은 몸을 빛내는 도구여서 삼가고 삼가지 않음에 따라 경사와 재앙이 따르는지라 이러므로 군자는 그것을 신중히 하고 입을 지키기를 병을 틀어막듯 하는 것이다. 한(漢)나라 때 병길(丙吉)¹¹⁴)과 장상여(張相如)¹¹⁵)는 종일토록 말하지 않고도 일을 이루지 않음이 없었고, 색부(嗇夫)¹¹⁶)는 구변(口辯)이 뛰어났어도 장석지(張釋之)가 헐뜯었는지라, 첩이 보건대 자란의 말은 은은(隱隱)하되 발(發)하지 않고, 소옥의 말은 강하게 권면하여 좋고, 부용의 말은 글로 꾸미기에 힘쓰니 모두 내 뜻에 맞지 않는지라 나는 함께하지 않겠노라.'

---

113. 사람으로 인하여 일을 이룸.
114. 한(漢) 선제(宣帝)때의 명재상(名宰相).
115. 미상(未詳).
116. 지위가 낮은 벼슬명. 한(漢) 문제(文帝)가 구변이 좋은 한 색부(嗇夫)를 기용하려고 하였으나 장석지(張釋之)가 이를 반대하였다 함.

금련이 가로되

'오늘 밤의 의론이 끝내 하나로 정해지지 않으니 나는 장차 점(占)을 쳐 보리라.'

하고 즉시 희경(羲經)[117]을 펼쳐놓고 점을 치더니 괘(卦)를 얻어 풀이하여 말하기를

'내일 운영은 반드시 장부(丈夫)를 만나리라. 운영은 용모와 거지(擧止)가 인간세상의 자가 아닌 것 같아 주군이 마음을 기울인 지 오래이나 운영은 죽기로 거절하니 이는 다름이 아니라 부인의 은혜를 차마 저버리지 못함이라. 주군의 위령(威令)[118]이 비록 엄하지만 운영의 몸이 상할까 두려운 까닭으로 감히 가까이하지 못하신지라, 이제 이 적막한 곳을 버리고 저 번화한 땅으로 가고자 하니 유협소년(遊俠少年)들이 그 자색(姿色)을 보면 반드시 넋을 잃고 미치려고 하는 자가 있을 것이니 비록 서로 가까이 하지 않아도 손으로 가리키고 눈길만 주어도 이 또한 욕이라. 전일(前日) 주군께서 하령(下令)하여 가로되

─궁녀가 문을 나가거나 외인이 그 이름을 알면 그 죄는 모두 죽을 것이다.

하셨으니 이번에 가는 것은 나는 함께하지 않을 것이다.'

하거늘 자란이 일이 되지 않을 것을 알고 무연불락(憮然不樂)[119]하여 바야흐로 작별하고 돌아가려 하니 비경이 울며 비단 띠를 잡아 억지로 머물게 하고 앵무잔에 운유주(雲乳酒)를 따라 권하니 좌우가 모두 마셨습니다.

---

117. 복희씨(伏羲氏)가 처음으로 팔괘(八卦)를 만든 데서 역경(易經)을 희경(羲經)이라고도 함.
118. 위엄 있는 명령.
119. 허탈하여 즐겁지 않음.

금련이 말하기를

'오늘 저녁의 모임은 종용(從容)[120]에 힘쓰는 것이거늘 비경의 울음은 실로 걱정스럽도다.'

하니 비경이 말하기를

'처음 남궁에 있었을 때에 운영과의 사귐이 매우 친밀하여 사생(死生) 영욕(榮辱)을 함께하기로 약속하였더니 지금 비록 따로 살지만 어찌 차마 잊으리오. 전일에 주군 앞에 문안할 때 당전(堂前)에서 운영을 보니 가는 허리는 더 가늘어졌고 용색은 초췌하고 음성은 실같이 가늘어서 입 밖으로 나오지 않는 것 같은지라. 절하고 일어날 제 힘이 없어 땅에 쓰러지거늘 첩이 부축하여 일으키고 좋은 말로 위로하니 운영이 답해 가로되

—불행히 병이 들어 조석으로 장차 죽으리니 첩의 박명은 죽어도 아깝지 않으나 구인의 문장의 아름다움이 날로 더해 가매 훗날 아름다운 시문(詩文)이 한 세상을 울릴 것이나 첩은 보지 못하리니 이로써 슬픔을 금하지 못하겠노라.

하니 그 말이 자못 극히 처량한지라 첩은 그녀를 위해 눈물을 흘렸다. 지금 와서 생각하니 그 병은 실로 생각하는 바에 있던 것이었도다. 슬프다! 자란아! 운영의 친구야! 거의 죽게 된 사람을 천단(天壇) 위에 두려고 하니 또한 어렵지 아니하랴. 오늘의 계(計)는 만약 이루지 못하면 천양(泉壤)[121]의 아래에서 죽어도 명목(瞑目)[122]지 못할 것이요 원(怨)이 남궁으로 돌아올 것이니 그것을 행할 수 있겠느냐? 글에 이르기를

---

120. 차분하고 침착함.
121. 저승. 구천(九泉).
122. 눈을 감다.

-선(善)을 행하면 백가지 상서(祥瑞)를 내리고 불선(不善)을 행하면 백가지 재앙(災殃)을 내린다.

하였으니 지금 이 의론은 선한 것이냐 불선한 것이냐?'

소옥이 가로되

'첩은 이미 허락하였고 삼인의 뜻도 이미 순(順)하였거늘 어찌 가히 중도(中途)에서 폐하느냐. 설혹 일이 샌다 해도 운영 홀로 그 죄를 입을지니 타인이야 어떠하리오. 첩은 다시 말하지 않고 마땅히 운영을 위해 죽으리라.'

하니 자란이 가로되

'좇는 자가 반이요 좇지 않는 자가 반이니 일이 이루어지지 않으리라.'

하고 일어나려다가 다시 앉아 다시 그 뜻을 살피니 혹여 좇고자 하나 두말이 되어 부끄러워하는지라 자란이 이르되

'천하의 일에는 정도(正道)도 있고 권도(權道)[123]도 있는데 권도가 잘 맞으면 이 또한 정도라. 어찌 변통(變通)하는 권도가 없이 전언(前言)만 굳게 지킨단 말이냐.'

하니 좌우가 일시에 좇는지라 자란이 말하기를

'내가 구변이 좋은 것이 아니라 남을 위하여 일을 꾀함에 정성을 다하지 않으면 안 되었던 것뿐이다.'

비경이 가로되

'옛적 소진(蘇秦)[124]은 육국(六國)으로 하여금 합종(合從)케 하였는데 이제 자란은 능히 오인으로 하여금 승순(承順)케 하니 가히 변사(辯

---

123. 수단은 옳지 않으나 목적은 옳은 처리방식. 임기응변의 수단.
124. 전국시대(戰國時代)의 책사(策士). 여섯 나라가 동맹하여 진(秦)에 대항해야 한다는 합종설(合從說)을 폈음.

士)라 이르리로다.'

자란이 가로되

'소진은 능히 육국의 승상인(丞相印)을 찼지만 이제 나에게는 무엇을 주려 하느냐.'

금련이 가로되

'합종함은 육국에 이(利)가 되지만 이제 승순함은 우리 오인에게 무슨 이(利)가 되겠는가.'

하니 서로를 대하여 크게 웃었습니다.

자란이 말하기를

'남궁 사람들이 모두 착하여 능히 운영으로 하여금 거의 죽은 목숨을 다시 잇게 하였으니 어찌 절하지 않으리오.'

하고 이에 일어나 재배(再拜)하니 소옥 또한 일어나 절하였습니다. 그러자 자란은

'오늘의 일을 오인이 좋은지라 위로 하늘이 있고, 아래로 땅이 있으며, 등촉(燈燭)이 비추고, 귀신이 임하였으니 내일 어찌 다른 뜻이 있으리오.'

하고 일어나 절하고 가거늘 오인도 모두 중문 밖까지 나와 절하고 보내었습니다.

자란이 첩에게 돌아오니 첩이 벽을 붙잡고 일어나 재배하고 사례하여 말하기를

'나를 낳은 자는 부모요 나를 살린 자는 낭자라. 맹세컨대 땅에 들어가기 전에 이 은혜를 갚으리라.'

하고 앉아서 아침을 기다렸더니 소옥과 남궁 사인(四人)이 들어와 문안하고 물러나 중당(中堂)에 모였습니다.

소옥이 가로되

'하늘이 명랑하고 물이 차니 정히 완사할 때라. 오늘 소격서동에 휘
장을 배설코자 하는데 좋겠느냐?'
하니 팔인(八人)이 모두 이론(異論)이 없었습니다.

첩이 물러나 서궁으로 돌아와 흰 비단 적삼에 가슴 가득한 애원(哀
怨)을 써서 품에 넣고, 자란과 함께 고의(故意)로 뒤떨어져서는 종자(從
者)에게 이르기를

'동문 밖 무녀가 가장 영험하다 하니 우리 그 집에 가서 병(病)좀 묻
고 가야겠다.'

종자가 그 말과 같이 하여 그 집에 이른지라 부드러운 말로 애걸(哀
乞)하여 가로되

'오늘 온 것은 본디 김진사를 한 번 보고자 함이니 가히 급히 통하
여 주면 종신토록 은혜를 갚으리라.'

무녀가 그 말대로 사람을 보내니 진사가 넘어질 듯 이르렀습니다.
두 사람이 서로 보고는 한 마디 말도 못하고 다만 눈물만 흘릴 뿐이
었습니다. 첩은 봉서(封書)를 낭군에게 주면서 이르되

'저녁에 마땅히 돌아올 것이니 낭군은 여기에 머물러 기다리소서.'
하고 즉시 말에 올라 떠났습니다.

진사가 봉서를 열어 보니 그 글에 하였으되

'지난번 무산신녀(巫山神女)[125]가 한 봉의 글을 전해주매 보니 낭랑
(朗朗)한 옥음(玉音)이 만지(滿紙)에 곡진한지라, 공경하여 세 차례 받
들매 슬픔과 기쁨이 교차하여 뜻을 스스로 정하지 못하였습니다. 즉
시 답서코자 하였으나 이미 신편(信便)이 없고 또한 누설될까 두려움
이라. 목을 늘여 멀리 바라보기만 할 뿐 날고자 하나 날개가 없어 창

---

125. 무산(巫山)의 선녀(仙女). 초양왕(楚襄王)의 고사(故事)에 나옴.

자는 끊어지고 혼은 녹아 다만 죽을 날만 기다리고 있습니다. 죽기 전에 이 척소(尺素)에 의지하여 평생의 회포를 다 토하옵나니, 엎드려 원하건대 낭군께서는 마음을 머무소서. 첩의 고향이 남방(南方)이라 부모가 첩을 사랑함이 여러 자식 중에 치우쳐서 나가 놀매 그 하고자 하는 대로 맡기서서 원림(園林)[126]과 수애(水涯)[127], 매죽귤유(梅竹橘柚)[128]의 그늘에서 날마다 노는 것을 일로 삼았습니다. 물가에서 낚시하는 무리들이며 소치기를 마치고 피리를 희롱하는 아이들을 아침부터 저물녘까지 보며 지냈으니 그 밖에 산야(山野)의 아름다움과 시골집의 흥취에 대하여는 이루 다 말씀드리기 어렵습니다. 부모가 처음에는 삼강행실(三綱行實)과 칠언당시(七言唐詩)를 가르치시더니 나이 열셋에 주군이 부른 까닭으로 부모를 이별하고 형제를 멀리하고 궁문에 들어오매 돌아가기를 생각하는 마음을 금치 못하여 날마다 봉두구면(蓬頭垢面)[129]과 남루의상(襤褸衣裳)[130]으로 보는 사람의 더러이 여기는 바가 되려 하더니 뜰에 엎드려 우니 궁인이 말하기를 한 떨기 연꽃이 뜰 가운데 저절로 났다고 하였습니다. 부인이 사랑하심이 기출(己出)[131]과 다르지 않고 주군 또한 심상히 보지 않으시며 궁중 사람들이 골육처럼 친애(親愛)하지 않음이 없더니 한 번 학문을 익히고부터는 자못 의리(義理)를 알고 능히 음률(音律)을 살피는 고로 궁인들이 경복(敬服)하지 않는 이가 없었습니다. 서궁으로 옮긴 후로는 금서(琴書)에 전일(專一)하매 짓는 바가 더욱 깊은지라 무릇 빈객이 지은

---

126. 동산에 있는 숲.
127. 물가.
128. 매화나무, 대나무, 귤나무, 유자나무.
129. 헝클어진 머리와 때 묻은 얼굴.
130. 남루한 옷.
131. 자기가 낳은 자식.

바 글이 하나도 눈에 들지 않았으니 그 재주의 능함이 이와 같았습니다. 남자가 되어 입신양명하지 못함을 한(恨)하고, 홍안박명의 몸이 되어 한 번 심궁에 갇혀 끝내 죽어 감을 한할 뿐이니 어찌 슬프지 않겠습니까. 인생이 한 번 죽은 뒤에는 누가 다시 알리오. 이로써 한이 마음구석에 맺히고 원이 가슴 속에 쌓여 매양 수(繡)를 놓다가도 멈추고 마음을 등화(燈火)에 맡기며, 비단을 짜다가도 북을 던지고 틀에서 내리며, 비단 휘장을 찢고, 옥비녀를 꺾고, 잠깐 주흥(酒興)이 나면 벗어나 산보하다가 섬돌의 꽃도 따고 뜰의 풀도 꺾으며 여취여광(如醉如狂)[132]하여 정(情)을 스스로 억제치 못하더니, 지난 해 가을밤에 한 번 군자의 옥용(玉容)을 보매 천상 신선이 진세에 적하한 것인가 여겼습니다. 첩의 용색도 구인보다 가장 뛰어남이 있더니 무슨 숙세(宿世)의 인연이 있어 붓끝의 한 점이 끝내 가슴 속 원한을 맺는 빌미를 만들고, 발 사이로 바라봄으로써 부부의 연(緣)을 짓고, 꿈속에서 봄으로써 장차 잊지 못할 은혜를 이을 줄 어찌 알았겠습니까. 비록 한 번의 이불속 즐김이 없으나, 옥모수용(玉貌秀容)이 황홀히 안중(眼中)에 있어 이화(梨花)에 두견이 우는 소리와 오동(梧桐)에 밤비 오는 소리를 차마 듣지 못하고, 뜰 앞에 가는 풀이 자라는 것과 하늘가에 외로운 구름이 나는 것을 차마 보지 못하는지라 혹 병풍에 의지하여 앉으며, 혹은 난간에 기대어 서서 가슴을 치고 발을 굴러 홀로 창천(蒼天)에 하소연할 뿐이거늘 낭군 또한 첩을 생각하고 계신지 모르겠습니다. 다만 한(恨)하기는 이 몸이 낭군을 보기 전에 먼저 죽으면 지로천황(地老天荒)할지라도[133] 이 정은 다하지 못할지라. 오늘 완사하는 길에 양궁(兩宮) 시녀가 다 모였으매 이곳에 오래 머물지 못할지라. 눈물이 먹물

---

132. 취한 듯 미친 듯.
133. 땅이 늙고 하늘이 거칠어지더라도. 즉 아무리 세월이 흘러도.

에 섞이고 혼이 비단실에 맺히는지라 엎드려 바라건대 낭군은 한 번 굽어 살펴 주십시오. 또한 졸렬한 글로써 전서(前書)에 삼가 답하오니 이를 농으로 여기지 않으신다면 애오라지 좋은 뜻으로 마음속에 간직하겠습니다.'
하니 그 글인즉 상추(傷秋)의 글이었고 그 시인즉 상사(相思)의 시였습니다.

이날 저녁에 올 때에 자란과 첩이 또 먼저 나가서 동문(東門)으로 향한즉 소옥이 미소 지으며 시 한 수를 지어 주니 첩을 기롱(譏弄)하는 뜻이 아님이 없는지라. 첩이 마음속으로 부끄러웠으나 참고 받아보니 그 시에 하였으되

태을사 앞에는 한 물이 둘렀고	太乙祠前一水回
천단(天壇)에 구름이 다하니 구문(九門)이 열렸도다.	天壇雲盡九門開
가는 허리가 미친바람에 급함을 이기지 못하였으니	細腰不勝狂風急
잠시 수풀 가운데 피하였다가 날이 저물어 돌아오도다.	暫避林中日暮來

자란이 즉시 차운(次韻)하고, 비취·옥녀가 서로 이어 차운하니 또한 모두 첩을 기롱하는 뜻이었습니다.

첩이 말을 타고 먼저 와서 무녀의 집에 이른즉 무녀는 뚜렷이 화가 난 얼굴로 벽을 향해 앉아 기쁜 낯빛을 보이지 않고, 진사는 나삼(羅衫)[134]을 안고 종일 울어 상혼실성(喪魂失性)하여[135] 아직 첩이 온 것도 모르고 있었습니다. 첩은 왼손에 끼고 있던 운남(雲南) 옥색(玉色)의 금가락지를 빼어 진사의 품 안에 넣어 주며 말하기를

134. 얇고 가벼운 비단으로 만든 적삼.
135. 넋이 나가 실성하여.

'낭군께서 첩을 비박(菲薄)136)타 하지 않으시고 천금(千金)의 몸을 굽히사 누사(陋舍)137)에 오셔서 이렇게 기다리시니 첩이 비록 불민(不敏)138)하나 또한 목석이 아닌지라 감히 죽음으로 허락지 않으리오. 첩이 만일 식언(食言)하면 이 금가락지가 있으니 증표로 삼으소서.'

갈 길이 총급(悤急)하여 일어나서 장차 이별할 새 눈물이 쏟아짐이 비와 같았습니다. 진사의 귀에 대고 말하기를

'첩은 서궁에 있으니 낭군께서 오십시오. 늦은 밤에 서쪽 담장을 넘어 들어오시면 삼생(三生)의 미진한 인연을 거의 가히 이을 수 있을 것입니다.'

말을 마치고 옷을 떨치고 가서 먼저 궁문으로 들어오니 팔인(八人)이 이어서 이르렀습니다.

그날 밤 이경(二更)139)에 소옥과 비경이 초를 밝히고 서궁에 와서 말하기를

'낮에 지은 시는 무심히 지어진 것이지만 언사가 희잡(戲雜)한지라140) 이로써 심야(深夜)를 피하지 않고 가시나무를 지고 와서141) 사죄하노라.'

자란이 가로되

'오인(五人)의 시가 모두 남궁에서 나온 것이다. 한 번 분궁(分宮)한 뒤로는 자못 형적(形迹)이 당(唐)나라 때의 우이지당(牛李之黨)142)과 같

---

136. 변변치 않음.
137. 누추한 집.
138. 어리석음.
139. 하룻밤을 오경(五更)으로 나눈 둘째. 저녁 9시에서 11시 사이. 을야(乙夜).
140. 장난스럽고 잡스러운지라.
141. 전국시대 조(趙)나라의 명장인 염파(簾波)가 상경(上卿)인 인상여(藺相如)에게 가시나무를 지고 가서 빌었다는 고사에서 나온 것. 육단부형(肉袒負荊)이라 함.
142. 당(唐)나라때의 우당(牛黨)과 이당(李黨).

으니 어찌 그렇다 아니 하겠느뇨. 여자의 정(情)은 한가지라. 오래도록 이궁(離宮)에 갇혀 길이 외로운 그림자를 위로하여 대하는 것은 등촉(燈燭)일 뿐이요 하는 일은 현가(絃歌)일 뿐이라. 백화(百花)가 아름다움을 머금어 웃고 쌍연(雙燕)이 날개를 나란히 하여 희롱하되 박명(薄命)한 우리들은 한가지로 심궁에 갇혀 물색(物色)[143]을 보매 춘정(春情)을 상회(傷懷)할 뿐이니 그 마음이 어떠하리오. 조운(朝雲)과 모우(暮雨)[144]는 자주 초왕(楚王)의 꿈에 들어가고, 서왕모(西王母)는 몇 번이나 요대(瑤臺)[145]의 잔치에 참여하였느뇨. 여자의 뜻은 의당 다름이 없을지니 남궁 사람들이라 하여 어찌 홀로 항아(姮娥)[146]와 같이 괴로이 정절(貞節)만 지키어 영약(靈藥)의 도둑질을 뉘우치지 않으리오.'

비경과 옥녀가 모두 눈물 흘림을 금치 못하여 가로되

'한 사람의 마음이 곧 천하 사람의 마음이라. 이제 성교(盛敎)를 받드니 비감한 마음이 유연히 나는도다.'

하고 일어나 절하고 갔습니다.

첩이 자란에게 말하기를

'오늘 저녁 첩과 진사가 금석(金石)과 같은 약속을 한 것이 있는지라 오늘 만약 오지 않으면 내일은 반드시 담을 넘어 올 것이니, 온다면 무엇으로 대접하리오.'

자란이 말하기를

'비단 휘장이 중중(重重)하고 아름다운 자리가 찬란하며, 술이 강물 같고 고기가 산 같으니 오지 않으면 말려니와, 온즉 대접하기 무엇이

---

143. 자연의 경치.
144. 초양왕(楚襄王)과 하룻밤을 지낸 신녀(神女)는 무산(巫山)의 양대(陽臺) 위에서 아침에는 구름이 되고 저녁에는 비가 되었다고 함.
145. 옥으로 장식한 아름다운 누대(樓臺).
146. 달에 산다는 선녀.

어려우랴.'

하더니 그날 밤에는 과연 오지 않았습니다.

진사가 가만히 그곳을 살핀즉 담장이 높고 험하여 몸에 날개가 없으면 이를 수 없는지라. 집으로 돌아와 답답하여 말이 없고 얼굴에 근심스런 빛이 있거늘 그 노복(奴僕)에 특(特)이라는 자가 본디 일컫기를 능(能)하면서 술수(術數)가 많다고 하더니 진사의 안색을 보고 나아와 꿇어 가로되

'진사님, 반드시 세상에 오래 계시지 아니 하시리로소이다.'

하고 뜰에 엎드려 울거늘 진사가 무릎 꿇고 그 손을 잡고 그 품은 생각을 다 말해 주니 특이 말하기를

'어찌 일찍이 이르지 않으셨습니까? 제가 마땅히 도모하리이다.'

하고 즉시 사다리를 만드니 심히 경첩(輕捷)¹⁴⁷하여 능히 접고 능히 펴는지라, 접으면 병풍을 접은 것 같고 펴면 오륙장(五六丈)¹⁴⁸ 가량이나 되었으나 가히 손바닥 위에서 움직일 만하였습니다.

특이 가르쳐 가로되

'이 사다리를 가지고 궁장(宮墻)¹⁴⁹에 올라 다시 접었다가 안에다 펴고, 내려오실 때에도 또한 이와 같이 하소서.'

진사가 특으로 하여금 뜰에서 시험해 보게 하였더니 과연 그 말과 같은지라 진사가 매우 기뻐 그날 저녁에 장차 가려 할 때 특이 또 품안으로부터 표범 가죽으로 만든 버선을 꺼내어 주며 말하기를

'이것이 아니면 넘기 어려울 것입니다.'

진사가 신고 걸으니 가볍기가 나는 새와 같고 밟아도 발소리가 없

---

147. 가볍고 민첩함.
148. 장(丈)은 길이의 단위. 한 장(丈)은 어른 키 정도의 길이.
149. 궁궐 담.

는지라 진사가 그 계략을 써서 담장을 넘어 들어가 대숲 가운데 엎드려 있더니 달빛은 낮과 같고 궁중은 적요(寂寥)했습니다. 조금 있으려니까 한 사람이 안에서 나와 산보하며 작은 소리로 시를 읊조리거늘 진사가 대를 헤치고 머리를 내어 말하기를

'어떠한 사람이 이곳에 왔는가?'

그 사람이 웃으며 답하기를

'낭군님 나오소서! 낭군님 나오소서!'

하는지라 진사가 바삐 나아가서 읍하며 가로되

'나이 어린 사람이 풍류의 흥을 이기지 못하여 만 번 죽을죄를 범함을 무릅쓰고 감히 이에 이르렀으니 원컨대 낭자는 나를 불쌍히 여겨 주시오.'

자란이 말하기를

'진사가 오심을 고대(苦待)한 것이 대한(大旱)150)에 운예(雲霓)151) 바라듯 하더니 이제 다행히 뵙게 되니 첩 등은 살았습니다. 낭군은 원컨대 의심하지 마십시오.'

하고 즉시 인도하여 들어가거늘 진사는 층계를 오르고 굽은 난간을 돌아 어깨를 움츠리고 들어갔습니다.

첩은 사창(紗窓)152)을 열고 옥등(玉燈)을 밝히고 앉아, 짐승 모양의 금향로(金香爐)에 울금향(鬱金香)을 피우고, 유리서안(琉璃書案)153)에 태평광기(太平廣記)154) 한 권을 펼쳐놓고 있다가 진사가 이르는 것을 보고 일어나 맞이하여 절하였습니다. 낭군 또한 답배(答拜)를 하고 빈주

150. 큰 가뭄.
151. 구름과 무지개.
152. 깁으로 바른 창(窓).
153. 유리를 깐 책상.
154. 중국 송(宋)나라 이전의 설화를 집대성한 책. 전체 500권.

(賓主)[155]의 예로써 동서(東西)로 나누어 앉아 자란으로 하여금 진수기찬(珍饈奇饌)[156]을 차리게 하고 자하주(紫霞酒)를 따라 마셨습니다. 술이 세 순배가 돌자 진사가 거짓 취한 척하고 말하기를

'밤이 얼마나 되었소?'

하니 자란이 그 뜻을 알고 휘장을 드리우고 문을 닫고 나가거늘 첩은 등불을 끄고 함께 누웠으니 그 즐거움을 가히 알지라. 밤이 이미 다하고 닭의 무리가 새벽을 알리니 진사가 일어나 갔습니다. 이로부터 이후로는 어두우면 들어오고 새벽이면 나가서 그러지 않은 저녁이 없으매 즐거움은 깊어지고 마음은 도타워져서 스스로 그칠 줄을 모르더니, 담장 안 눈 위에 발자국이 파다(頗多)한지라 궁인들이 모두 그 출입하는 것을 알고 위태로이 여기지 않는 이가 없었습니다.

하루는 진사가 홀연히 좋은 일의 끝이 화(禍)의 기틀이 될까 근심하여 마음으로 크게 두려워 종일 즐겁지 않더니, 특이 밖으로부터 들어와 말하기를

'제 공(功)이 심대(甚大)하거늘 마침내 상(賞)을 논하지 않으시니 가(可)합니까?'

하니 진사가 가로되

'가슴에 새겨 잊지 않고 있으니 조만간 마땅히 큰 상을 주리라.'

특이 가로되

'이제 안색을 뵈오니 또한 근심이 있는 것 같사온데 무슨 까닭이신지요?'

진사가 가로되

---

155. 손님과 주인.
156. 진수성찬(珍羞盛饌)과 같은 뜻.

'보지 않으면 병(病)이 심골(心骨)[157]에 있고, 보면 죄가 헤아릴 수 없는 곳에 있으니 어찌 근심하지 않겠느냐.'

특이 말하기를

'그렇다면 어찌 몰래 업고 달아나지 않으십니까?'

진사가 그렇게 여겨 그날 밤에 특의 계략으로 첩에게 고하여 가로되

'특의 됨됨이가 본디 지모(智謀)가 많은지라, 이와 같은 계략을 가르쳐 주니 그대의 뜻은 어떠한가.'

첩이 허락하여 가로되

'첩의 부모 가산(家産)이 가장 넉넉한지라 첩이 올 때에 의복과 보화를 많이 실어 왔고, 또한 주군이 주신 바도 매우 많으니 이를 버려두고 갈 수는 없습니다. 이제 그것들을 옮기고자 한다면 비록 말 열 필로도 다 옮길 수 없을 것입니다.'

진사가 돌아와 특에게 말하니 특이 크게 기뻐하며 말하기를

'뭐가 어려울 게 있겠습니까.'

진사가 가로되

'만일 그렇다면 계략은 장차 어찌 나오겠느냐?'

특이 가로되

'내 친구 역사(力士) 십칠인(十七人)이 날마다 강인(强靭)함으로 일을 삼으니 사람들이 능히 당할 이가 없는지라 저하고는 매우 가까우니 오직 명만 하면 이에 좇으리니 이 무리로 하여금 옮기게 하면 태산이라도 또한 가히 옮길 것입니다.'

진사가 들어와 첩에게 말하니 첩도 그렇게 여겨 밤마다 수습하여

---

157. 마음과 뼈.

칠일이 되는 날 밤에 밖으로 다 옮겼습니다.

특이 말하기를

'이와 같은 중보(重寶)를 본댁에 쌓아두면 큰 상전(上典)[158]께서 반드시 의심할 것이고 제 집에 쌓아두면 사람들이 반드시 의심할 것이니, 버리지 않으려면 산 속에 구덩이를 파서 깊이 묻고 튼튼히 지키면 될 것입니다.'

진사가 가로되

'만일 혹시 잃어버리기라도 한다면 나와 너는 도적의 이름을 면하기 어려우리니 너는 가히 신중히 지키도록 하라.'

특이 말하기를

'제 계략이 이처럼 깊고 제 벗이 이처럼 많으매 천하에 어려운 일 없으니 무슨 두려울 것이 있겠습니까? 하물며 긴 칼을 가지고 밤낮으로 떠나지 않으면 제 눈은 도려갈 수 있어도 이 보화는 빼앗아갈 수 없고 제 다리는 잘라갈 수 있어도 이 보화는 가져갈 수 없으리니 원컨대 의심하지 마십시오.'

대개 특의 뜻은, 이 보화를 얻은 뒤에 첩과 진사를 산골짜기로 끌어들여 진사를 죽이고 첩과 재보(財寶)를 혼자 차지할 계략이었지만, 진사는 세상 물정 모르는 선비라 알지 못하였습니다.

대군이 전에 비해당(匪懈堂)을 짓고 아름다운 현판(懸板)을 얻고자 하였으나 제객(諸客)의 시가 모두 뜻에 차지 않은지라 진사를 억지로 청하여 잔치를 열고 한 수를 간구(懇求)하니 진사가 한 번 휘둘러 써 나아감에 글에는 점하나 더할 곳이 없고 산수(山水)의 경색(景色)과 당구(堂搆)의 형용을 다 나타내지 않음이 없어 가히 풍우(風雨)를 놀

---

158. 김진사의 부친.

라게 하고 귀신을 울릴 만하였습니다.

대군이 구구절절(句句節節) 칭찬하며 말하기를

'뜻밖에 오늘 다시 왕자안(王子安)¹⁵⁹⁾을 보는도다!'

하고 읊기를 마지않더니 다만 한 구절 담을 따라 몰래 풍류곡(風流曲)을 훔친다는 말에 입을 멈추고 의심하는지라 진사가 일어나 절하고 가로되

'취하여 인사(人事)를 살피지 못하는지라 원컨대 물러가고자 하나이다.'

하니 대군이 동복(童僕)에게 명하여 부축하여 보내주었습니다.

이튿날 밤에 진사가 들어와 첩에게 말하기를

'가히 가야겠소. 어제 지은 시에 대군의 의심이 든지라 오늘밤에 가지 않으면 후환이 있을까 두렵소.'

첩이 대답하여 가로되

'어제 저녁 꿈에 한 사람을 보았는데 모습이 영악(獰惡)¹⁶⁰⁾하되, 자칭 모돈선우(冒頓單于)¹⁶¹⁾라 하고 말하기를

-이미 숙약(宿約)¹⁶²⁾이 있는 고로 오래도록 장성(長城) 아래에서 기다리고 있노라.

하기에 깨닫고 놀라 일어났으니 꿈자리가 상서롭지 못함이 심히 괴이한지라 낭군도 또한 그렇게 생각하십니까?'

하니 진사가 말하기를

'꿈속의 허탄(虛誕)¹⁶³⁾한 일을 어찌 믿을 수 있겠소.'

---

159. 당대(唐代)의 문장가 왕발(王勃). 자안(子安)은 자(字).
160. 모질고 사나움.
161. 선우(單于)는 흉노(匈奴)의 추장을 이르는 명칭.
162. 묵은 약속.
163. 거짓되고 미덥지 않음.

첩이 가로되

'그 말한 장성이란 것은 궁장(宮墻)이요 그 말한 모돈이란 자는 이 특이니 낭군은 이놈의 마음을 익히 아십니까?'

진사가 가로되

'이놈이 본디 완흉(頑兇)¹⁶⁴⁾하나 나에게는 전날 충성을 다했고 지금 낭자와 좋은 인연을 맺은 것도 모두 이놈의 계략이거늘 어찌 처음에는 충성을 다 바치고 뒤에 가서는 악행을 하리오.'

첩이 가로되

'낭군의 말씀이 이처럼 간절하시니 어찌 감히 사양하리오. 다만 자란은 정이 형제와 같으니 말하지 않을 수 없습니다.'

하고 즉시 자란을 불렀습니다. 세 사람이 마주앉아 첩이 진사의 계획을 말하니 자란이 크게 놀라 꾸짖어서 말하기를

'서로 즐긴 날이 오래매 아예 스스로 속히 화를 부르고자 하느냐! 한두 달 서로 사귄 것으로 또한 족하거늘 담을 넘어 도망함이 어찌 사람으로 차마 할 수 있는 일이리오. 주군이 뜻을 기울인지 이미 오래인 것이 그 가지 못할 하나요, 부인의 사랑하심이 심히 두터우심이 그 가지 못할 둘이요, 화(禍)가 양친(兩親)에 미침이 그 가지 못할 셋이요, 죄가 서궁에 미침이 그 가지 못할 넷이라. 또 천지는 하나의 그물이라, 하늘로 오르고 땅으로 들어가지 않은즉 도망한들 어디로 가리오. 만일 혹시 잡히기라도 하면 그 화가 어찌 네 한 몸에 그치겠느냐? 꿈자리가 상서롭지 않음은 모름지기 말하지도 말고, 만약 혹시 길(吉) 하다 한들 갈 수 있겠느냐? 마음을 굽히고 뜻을 억누르고, 정절을 지키면서 편안히 앉아 천명에 귀를 기울이느니만 같지 않으리라. 낭자가

---

164. 성질이 억세고 모짐.

만약 나이가 들어 모습이 쇠해지면 주군의 사랑도 점차 풀릴 것이니, 일의 형세를 보아 병을 칭하고 오래 누워 있은즉 반드시 고향으로 돌아감을 허락할 것이라. 이때를 당하여 낭군과 더불어 손잡고 같이 돌아가 함께 해로(偕老)하는 계책만한 것이 없으리니 그대는 이를 생각지 않는가. 이런 계략이 아니라면 네가 비록 사람은 속이더라도 감히 하늘을 속일 수가 있겠느냐.'

하니 진사는 일이 이루어지지 않음을 알고 탄식하며 눈물을 머금고 나갔습니다.

하루는 대군이 서궁 수헌(繡軒)에 나와 앉았는데 왜철쭉이 성(盛)하게 피었는지라 시녀들에게 명하여 각기 오언절구(五言絶句)를 지어 바치라 하시고는 바친 시를 보고 크게 칭찬하여 가로되

'너희들의 글이 일취월장하여 내가 심히 가상히 여기는도다. 그러나 다만 운영의 시에는 뚜렷이 사람을 생각하는 뜻이 있으니, 전일 부연의 시에서도 조금 그 뜻이 보였는데 지금 또 이와 같으니 네가 좇고자 하는 자가 누구냐? 김생(金生)의 상량문(上樑文)에 의아하고 이상한 구절이 있었는데 너 그 김생을 생각하느냐?'

하시니 첩은 즉시 뜰에 내려 머리를 땅에 부딪으며 울면서 가로되

'주군께 한 번 의심을 받고 즉시 자진(自盡)[165]코자 하였으나 나이가 이십이 안 되었고, 또한 다시 부모를 뵙지 아니하고 죽으면 구천(九泉) 아래 죽어서도 여한이 남을지라 삶을 훔쳐 이에 이르렀으나 이제 또 의심을 받으매 한 번 죽는 것이 무엇이 아까우리이까. 천지귀신이 환히 살피시고 시녀 오인이 잠시도 떨어지지 않았는데, 음탕하고 더러운 이름이 홀로 첩에게 돌아오니 사는 것이 죽느니만 못한지라 첩은 이

---

165. 자결(自決).

제 죽을 바를 얻었습니다.'

하고 즉시 나건(羅巾)으로 난간에서 목을 매니 자란이 말하기를

'주군께서 이처럼 영명(英明)[166]하사 죄 없는 시녀로 하여금 스스로 사지(死地)로 나아가게 하시니 지금부터 이후로는 첩 등은 맹세코 붓을 잡아 글을 짓지 않겠습니다.'

하니 대군이 비록 매우 노(怒)했지만 마음속으로는 기실 저를 죽게 하지 않으려고 자란으로 하여금 첩을 구하여 죽지 않도록 하였습니다. 대군은 흰 비단 다섯 단(端)을 내어서 오인에게 나누어주며 말하기를

'제작(製作)이 가장 아름다운지라 이로써 상을 주노라.'

하셨습니다.

이로부터 진사는 다시는 출입하지 않고 문을 닫고 병들어 누워 눈물이 금침(衾枕)을 적셔 명(命)이 실오라기 같은지라 특이 와서 보고 가로되

'대장부가 죽으면 죽는 것이라. 어찌 차마 상사(相思)의 원한을 맺어 째째하게 아녀자의 상회(傷懷)함을 본받아 스스로 천금의 몸을 던지고자 하십니까? 이제 마땅히 계략으로 취(取)함이 어렵지 않으니, 깊은 밤 고요해졌을 때에 담을 넘어 들어가 솜으로 그 입을 틀어막고 업고 넘어서 나오면 누가 감히 저를 따르리오.'

진사가 가로되

'그 계략 또한 위태한지라 정성스럽게 두드림만 못할 것이다.'

진사가 그날 밤에 들어왔으나 첩은 병으로 일어나지 못하여 자란으로 하여금 맞아들이게 하였습니다. 술이 삼순배가 돌고 첩이 봉서(封書)를 맡기며 말하기를

---

166. 영민하고 총명함.

'이로부터 이후로는 다시는 보지 못하리니 삼생(三生)의 인연과 백년 (百年)의 약속이 오늘 저녁으로 다했습니다. 혹여 천연(天緣)[167]이 끊 어지지 않았다면 마땅히 가히 구천(九泉) 아래에서 서로 찾을 수 있을 것입니다.'

하니 진사가 편지를 안고 우두커니 서서 말없이 서로 바라보다가 가 슴을 치고 눈물을 흘리며 나갔습니다. 자란은 그 참혹한 광경을 차마 보지 못하고 기둥에 기대어 몸을 감추고 눈물을 뿌리며 서 있었습니 다. 진사가 집에 돌아와 열어 보니 글에 이르기를

'박명한 첩 운영은 재배(再拜)드리며 김랑(金郞) 족하(足下)[168]께 말 씀드립니다. 첩은 비박(菲薄)한 몸으로 불행히 낭군의 뜻이 머문바 되 어 서로 생각한 것이 몇 날이며 서로 바란 것이 몇 번이던고. 다행히 하룻밤의 즐거움을 이루니 바다 같이 깊은 정을 다하기도 전에 인간 의 좋은 일을 조물주가 시기(猜忌)하여 궁인들이 알고 주군이 의심하 매 화(禍)가 조석으로 닥친지라 죽고 난 뒤일 것입니다. 엎드려 원컨대 낭군께서는 이 이별하는 밤에 천첩(賤妾)을 가슴속에 두어 마음을 상 하게 하지 마시고, 학업에 힘쓰셔서 과거(科擧)에 급제(及第)하시고, 벼 슬길에 오르시어 세상에 이름을 날림으로써 부모를 드러내시옵소서. 그리고 첩의 의복과 보화는 다 팔아서 부처께 공양하시고, 백반(百 般)[169]으로 기축(祈祝)하고 지성(至誠)으로 발원(發願)하셔서 삼생의 미 진한 연분(緣分)으로 하여금 후세에 다시 잇게 하신다면 더한 은혜가 없겠습니다.'

---

167. 하늘이 정해준 인연.
168. 같은 또래 사이에서 상대방을 높여 일컫는 말. 흔히 편지에서 상대방의 이름 아래 에 씀.
169. 여러 가지.

진사가 다 보지 못하고 기절하여 땅에 넘어지거늘 집 사람들이 급히 구하여 비로소 소생(蘇生)한지라 특이 밖으로부터 들어와서 말하기를

'궁인의 대답이 어떠하였기에 이처럼 죽으려 하십니까?'

진사가 다른 말없이 다만 말하기를

'재보를 너는 잘 지키고 있느냐? 내 장차 다 팔아서 부처께 정성을 드림으로 묵은 약속을 지키리라.'

특이 집에 돌아와 스스로 생각하여 가로되

'궁녀가 나오지 않으면 그 재보는 하늘이 내게 준 것이다.'

하고 벽을 향하여 몰래 웃었지만 그것을 아는 사람은 아무도 없었습니다.

하루는 특이 스스로 자기 옷을 찢고 자기의 코를 쳐서 그 흐르는 피로 온 몸에 바르고서는 머리를 풀어헤치고 맨발로 뛰어 들어와 뜰에 엎드려 울며 가로되

'소인이 강도(强盜)에게 맞아 이리 되었나이다.'

하며 다시 말하지 않고 기절한 척하거늘 진사가 특이 죽으면 보화를 묻은 곳을 모를까 염려하여 친히 약을 먹이고 여러 가지로 구활(救活)하여 주육(酒肉)을 공급하였더니 십여 일만에 일어나서 말하기를

'고단(孤單)한[170] 일신(一身)이 홀로 산중을 지켰더니 도적떼가 갑자기 달려들어 형세가 장차 쳐 죽일 기세라, 그러므로 목숨을 버리고 달아나서 겨우 실 같은 목숨은 보전했지만 만일 이 보화가 아니면 저에게 어찌 이와 같은 위험이 있으리오. 받은 목숨이 이처럼 험한데 왜 속히 죽지 않을꼬!'

---

170. 외로운.

하고 즉시 발로 땅을 구르고 주먹으로 가슴을 치며 우는지라 진사는
부모가 알까 두려워 따뜻한 말로 위로하고 보내주었습니다.

　진사가 특의 소행을 알고 노복 십여 명을 거느리고 불의에 그 집을
에워싸고 찾으니 단지 금팔찌 한 쌍과 운남보경(雲南寶鏡) 한 개만 있
는지라, 이것으로 장물(贓物)¹⁷¹을 삼아 관가(官家)에 고소하여 찾고자
하나 일이 누설될까 두렵고, 이것들을 찾지 못하면 부처께 바칠 재물
이 없어 마음으로 특을 죽이고자 하나 힘으로 제압할 수 없으매 애
써 잠자코 말하지 않았습니다.

　특이 스스로 그 죄를 알고 궁장 밖의 맹인에게 물어 가로되

　'내가 지난번 새벽에 이 궁장 밖을 지날 때에 어떤 사람이 궁중으로
부터 서편 담을 넘어 나오기에 나는 그를 도적으로 알고 소리를 지르
며 좇아가니 그 사람이 가지고 있던 물건을 버리고 달아나거늘, 그것
을 가지고 돌아와 감추어 두고 본래 주인이 와 찾을 것을 기다리더니,
우리 주인이 본디 염치가 없는지라 내가 물건을 얻었다는 말을 듣고
몸소 와서 찾거늘 내가 대답하되 다른 보배는 없고 다만 팔찌와 거울
두 개 뿐이라 한즉 주인이 몸소 들어와 찾으니 과연 두 가지라. 또한
그에 만족하지 않고 바야흐로 나를 죽이고자 하는지라 내가 달아나
고자 하니 달아나는 것이 길하랴?'

　맹인이 가로되

　'길하다.'

하니 그 이웃이 곁에서 그 말을 듣고 특에게 말하기를

　'네 주인이 어떤 사람이기에 노복을 학대함이 이와 같으냐.'

하니 특이 말하기를

---

¹⁷¹. 범죄행위로 얻은 물건.

'우리 주인은 나이가 젊고 글에 능한지라 조만간 응당 급제할지나 욕심이 이와 같으니 훗날에 입조(入朝)[172]하면 그 마음 씀씀이를 알리로다.'

이 말이 퍼져서 궁중에 들어가 대군께 고하니 대군이 대노하여 남궁 사람들로 서궁을 뒤지게 한즉 첩의 의복 보화가 다 없는지라 대군이 서궁 시녀 오인을 뜰 가운데 불러 놓고 눈앞에 형장(刑杖)을 엄히 갖추고 하령(下令)하여 가로되

'이 다섯을 죽여서 타인을 경계(警戒)하겠노라.'

하고 또 집장자(執杖者)에게 명하여 가로되

'장수(杖數)를 헤아리지 말고 죽을 때까지 치라.'

하니 오인이 가로되

'원컨대 한 말씀 드리고 죽겠나이다.'

대군이 가로되

'하고 싶은 말이 뭐냐? 다 말해 보거라.'

은섬이 초사(招辭)[173]하여 가로되

'남녀의 정욕은 음양으로 품수(稟受)한 것이라 귀함도 천함도 없이 사람마다 모두 있는 것이거늘 한 번 심궁에 갇히매 형용이 고단하고 그림자가 외로워 꽃을 보면 눈물이 가리우고 달을 대하면 혼이 녹아 없어지는지라, 매화나무에 앉은 꾀꼬리로 하여금 쌍으로 날지 못하게 하고, 주렴(珠簾)[174] 위에 깃든 제비로 하여금 짝지어 깃들지 못하게 함은 다름이 아니라 스스로 부러운 마음과 투기(妬忌)하는 마음을 이기지 못함 때문입니다. 한 번 궁장(宮墻)을 넘은즉 가히 인간의 낙(樂)

---

172. 조정(朝廷)에 들어가면.
173. 죄인이 범죄사실을 진술하는 일.
174. 구슬로 엮은 발.

을 알 것이거늘 하지 않는 것은 어찌 그 힘이 능치 못하고 마음이 차
마 하지 못하기 때문이겠습니까. 오직 주군의 위엄이 두려울 따름이
니 이 마음을 굳게 지켜 궁중에서 말라 죽을 계교뿐이거늘, 이제 죄
를 범함이 없이 죽을 땅에 두고자 하시니 첩 등은 황천(黃泉)의 아래
에 죽어도 눈을 감지 못하리로소이다.'

비취가 초사하여 가로되

'주군께서 무휼(撫恤)175)하시는 은혜는 산이 높지 않고 바다가 깊지
않은지라 첩 등이 감동하고 두려워하여 오직 문묵(文墨)과 현가(絃歌)
를 일삼을 따름이더니, 이제 씻을 수 없는 악명(惡名)이 두루 서궁에
미치니 사는 것이 죽느니만 못한지라 오직 엎드려 바라건대 속히 죽
고자 하나이다.'

자란이 초사하여 가로되

'오늘의 일은 죄가 불측(不測)한 데 있는지라 마음속에 품은 바를
어찌 차마 숨기겠습니까. 첩 등은 다 여항(閭巷)의 천한 계집이라 아
비가 대순(大舜)176)이 아니요, 어미가 이비(李妃)177)가 아닌즉 남녀정
욕이 어찌 홀로 없으리이까. 목왕(穆王)178)은 천자(天子)로되 매양 요
대(瑤臺)의 즐거움을 생각했고, 항우(項羽)179)는 영웅이로되 장중(帳
中)180)의 눈물을 금치 못한지라 주군은 어찌 운영으로 하여금 홀로
운우(雲雨)의 정(情)이 없다 하십니까. 김생은 당세의 바른 선비이거늘

---

175. 어려운 사람을 위로하며 물질을 베풀어 도와줌.
176. 효자로 이름난 순(舜)임금.
177. 순(舜)임금의 두 왕비. 아황(娥皇)과 여영(女英).
178. 주(周)나라의 임금.
179. 진(秦) 말기의 장수로서 진나라를 멸망시키고 유방(劉邦)과 패권을 다투다 패하여
　　자살함.
180. 진중(陣中)과 같은 뜻.

내당(內堂)으로 이끄심도 주군이 하신 일이요, 운영에 명하여 벼루를 받들게 하심도 주군이 내리신 명이었습니다. 운영이 오래도록 심궁에 갇히매 추월춘화(秋月春花)에 매양 성정(性情)을 상하고, 오동야우(梧桐夜雨)에 몇 번이나 촌장(寸腸)이 끊어지다가 한 번 호걸을 보니 상심실성(喪心失性)하여 병이 골수에 든지라 비록 장생(長生)의 약으로도 효험을 보기가 어려우니 하루 저녁에 아침 이슬처럼 스러지면 주군이 비록 측은지심(惻隱之心)이 있어도 무슨 유익함이 있겠습니까. 첩의 어리석은 생각에는 김생으로 하여금 한 번 운영을 만나 보게 하여 두 사람의 맺힌 원한을 풀어주시면 주군의 적선(積善)은 이보다 큼이 없을 것입니다. 전 날 운영의 훼절(毀節)은 죄가 첩에게 있고 운영에게 있지 아니합니다. 첩의 한 말씀이 위로 주군을 속이고 아래로 동료를 저버림이 아닌지라 오늘 죽는다면 죽어도 또한 영광입니다. 엎드려 바라건대 주군께서는 첩의 몸으로 운영의 목숨을 잇게 해 주시옵소서.'

옥녀가 초사하여 가로되

'서궁의 영화(榮華)를 첩이 이미 함께 누렸거늘 서궁의 액화(厄禍)를 첩이 홀로 면하리이까. 불이 곤강(崑崗)[181]을 태우면 옥석(玉石)이 함께 타듯이 오늘 죽는 것은 그 죽을 곳을 얻었나이다.'

첩이 초사하여 가로되

'주군의 은혜 산과 같고 바다 같거늘 능히 그 정절을 지키지 못하였으니 그 죄 하나요, 전 날 지은바 시에서 주군께 의심을 받았으나 끝내 바르게 고(告)하지 않았으니 그 죄 둘이요, 서궁의 죄 없는 사람들이 첩의 연고로 함께 그 죄를 입게 하였으니 그 죄 셋이라. 이 세 가

---

181. 산(山)과 언덕.

지 큰 죄를 짓고, 산들 무슨 면목으로 사람들을 대하리오. 만일 혹시 죽음을 늦추신다 하여도 첩은 마땅히 자결(自決)할 것이오니 이로써 처분을 기다리겠나이다.'

대군이 보기를 마치자 자란의 초사를 다시 펼쳐 한동안 보고는 노여운 빛이 조금 풀리는지라 소옥이 무릎 꿇고 울며 고하여 가로되

'전날 완사하러 감을 성내로 하지 말자 한 것은 첩의 의론이었습니다. 자란이 밤에 남궁에 이르러 청하기가 심히 간절한지라 첩이 그 뜻을 불쌍히 여겨 뭇 의론을 물리치고 따랐으니 운영의 훼절은 그 죄가 첩의 몸에 있고 운영에게 있지 않습니다. 엎드려 바라건대 주군께서는 첩의 몸으로 운영의 명을 이어 주시옵소서.'

대군의 노함이 조금 풀려 첩을 별당에 가두고 그 나머지는 모두 풀어주었습니다. 그리고 그날 밤에 첩은 비단 수건으로 스스로 목매어 죽었습니다."

진사가 붓을 잡고 운영이 옛일을 회고하여 서술하는 대로 기록함이 매우 자세한지라 두 사람은 서로를 대하여 스스로 슬픔을 억제하지 못하였다.

운영이 진사에게 일러 가로되

"그 뒤로는 낭군이 말씀하소서."

진사가 가로되

"운영이 자결한 후에는 일궁지인(一宮之人)이 목 놓아 울지 않는 이가 없어 부모의 상(喪)을 당함과 같은지라 곡성(哭聲)이 궁문 밖을 나가니 나 또한 듣고 기절한지 오래더니 가인(家人)이 초혼(招魂)[182] 발상(發喪)[183]까지 하고 일변으로 구활(救活)하여 해가 저물녘에 비로소 깨

---

182. 죽은 사람의 혼(魂)을 불러 돌아오게 하는 일.
183. 상제가 머리를 풀고 곡하여 초상난 것을 알리는 일.

어난지라 바야흐로 정신을 차리고 스스로 생각하되, 일은 이미 이리 되었으니 공불(供佛)의 약속을 저버리지 말아 구천의 원혼이나 위로하리로다 하고 그 금팔찌와 보경(寶鏡)과 문방제구(文房諸具)를 다 팔아 쌀 사십 석(石)을 얻어 청녕사(淸寧寺)에 보내어 불사(佛事)를 베풀려 하나 믿고 부릴만한 사람이 없어 특을 불러 이르되

'내 네 전일의 죄를 다 용서하리니 이제 나를 위해 충성을 다하겠느냐?'

하니 특이 엎드려 울며 대답하여 가로되

'소인이 비록 명완(冥頑)[184]하나 또한 목석이 아닌지라, 일신의 지은 죄를 머리카락을 다 뽑아서도 헤아리기 어려울 것이거늘 이제 용서해 주시니 이는 고목에 잎이 나고 백골에 살이 오름이라 감히 진사님을 위하여 죽음에 이르지 않으리이까.'

하여 내가 말하기를

'내 운영을 위하여 재(齋)를 베풀어 공불(供佛)하여 발원(發願)하기를 바라고자 하나 믿고 맡길 사람이 없는지라 네가 가히 가겠느냐?'

하니 특이 가로되

'삼가 명을 받들겠나이다.'

하고는 즉시 절에 올라가 사흘 동안 볼기를 두드리며 누워 있다가 승(僧)을 불러 말하여 가로되

'사십 석의 쌀을 어디에 쓰리오? 공불하는 데에 다 들이겠는가? 이제 가히 주육(酒肉)을 많이 갖추어 놓고 널리 속객(俗客)을 불러 먹임이 좋으리라.'

마침 시골 여자가 지나가거늘 특이 강제로 겁박하여 승당(僧堂)에

---

184. 사리에 어둡고 완고함.

들어가 유숙(留宿)하고 이미 수십 일이 지나도록 재를 올릴 뜻이 없거늘 사승(寺僧)이 다 분개하여 건초일(建醮日)¹⁸⁵)이 다다르매 제승(諸僧)이 가로되

'공불하는 일은 시주(施主)가 중한지라 시주가 이와 같이 불결하면 일이 극히 미안(未安)하니 맑은 냇물에 목욕하여 몸을 깨끗이 하고 행례(行禮)함이 가하리라.'

특이 마지못해 나가서 잠깐 물로 씻고 들어와 부처 앞에 무릎 꿇고 빌어 가로되

'진사는 오늘 속히 죽고 운영은 내일 다시 살아나 특의 배필이 되게 하소서.'

하고 삼일주야(三日晝夜) 발원하되 오직 이 소리뿐이었습니다.

특이 돌아와 나에게 말하기를

'운영각시는 반드시 살길을 얻을 것입니다. 재를 올리는 날 밤에 제 꿈에 나타나 말하기를 지성으로 공불하여 감사함을 이기지 못하겠노라 하고 절하고 울었는데 사승의 꿈도 모두 그랬다고 합니다.'

하는지라 나는 그 말을 믿었습니다.

마침 괴황지절(槐黃之節)¹⁸⁶)을 당하여 비록 과거(科擧)의 뜻은 없지만 공부를 빙자하고 청녕사에 올라가 며칠을 머물면서 특의 일을 자세히 듣고 그 분함을 이기지 못하였으나 특을 어찌할 수 없어 목욕하여 몸을 깨끗이 하고 부처 앞에 나아가 면배(面拜)¹⁸⁷)하고 머리를 조아려 향(香)을 바치고 손을 모아 빌어 가로되

'운영이 죽을 때의 약속을 차마 저버리지 못하여 특노(特奴)로 하여

185. 재(齋)를 올리는 날.
186. 음력 7월. 괴화(槐花)가 누런 때.
187. 만나 뵙고 절함.

금 정성을 다하여 재를 올리게 하여 명우(冥佑)[188]를 바랬더니 이제 그놈이 빌었다는 말을 들으매 극히 패악(悖惡)하여 운영의 남긴 원(願)이 모두 헛곳으로 돌아갔는지라, 이런 까닭으로 소자(小子) 감히 다시 축원하옵나니 능히 운영으로 하여금 다시 살아나게 하셔서 저로 하여금 이러한 원통함을 면할 수 있게 하시고, 엎드려 바라건대 세존(世尊)께서는 특노를 죽여 철가(鐵枷)[189]를 씌우고 지옥에 가두소서. 엎드려 비나이다 세존이시여. 진실로 이와 같이 발원해 주신다면 운영은 비구니가 되어 열 손가락을 불사르고 십이 층 금탑(金塔)을 짓고, 저는 중이 되어 오계(五戒)[190]를 실천하고 세 거찰(巨刹)을 지어 그 은혜에 보답하겠나이다.'

빌기를 마치고 일어나 백 번 절하고 머리를 조아리고 나가니 그 칠일 뒤에 특이 함정에서 눌려 죽은지라, 이로부터 나는 세상일에 뜻이 없어 목욕하여 몸을 깨끗이 하고 새 옷을 입고 편안하고 고요한 방에 누워 절곡(絶穀)[191]한지 사일(四日)만에 길게 한 번 한숨짓고 인하여 마침내 일어나지를 못하였습니다."

쓰기를 마치자 붓을 던지고 양인(兩人)이 서로를 대하여 슬피 읊을 능히 스스로 억제치 못하는지라 유영(柳泳)이 위로하여 가로되

"두 사람이 다시 만났으니 소원이 이루어졌고, 원수(怨讐)를 이미 없앴으니 원한도 풀렸거늘 어찌 그리 비통함을 그치지 않는 것이요? 다시 인간 세상에 나지 못함을 한(恨)하는 것인가요?"

김생이 눈물을 흘리며 사례하여 가로되

---

188. 부처의 도우심.
189. 형틀인 쇠칼.
190. 신남신녀(信男信女)들이 지키는 다섯 가지 계율. 곧 죽이지 말 것, 훔치지 말 것, 사음하지 말 것, 거짓말하지 말 것, 술 마시지 말 것.
191. 곡기(穀氣)를 끊음.

"우리 두 사람이 모두 원한을 품고 죽은지라 명사(冥司)¹⁹²)에서 그 죄 없음을 불쌍히 여겨 인간 세상에 다시 내 보내고자 하나 지하(地下)의 낙(樂)도 인간 세상에 못지아니하거늘 하물며 천상(天上)의 낙임에랴! 이로써 세상에 나감을 원치 않았습니다. 다만 오늘 저녁에 슬퍼함은 대군이 일패(一敗)함에 옛 궁에 주인이 없고, 오작(烏雀)¹⁹³)이 슬피 울고 인적(人跡)이 이르지 않으매 극히 슬픈 것이요, 하물며 새로 병화(兵火)를 겪은 뒤라 화옥(華屋)은 재가 되고 분장(粉墻)은 허물어지고 오직 섬돌 위 꽃이 아름답고 뜰아래 풀이 무성한지라, 춘광(春光)은 옛날의 풍경을 고치지 않았는데 사람 일의 바뀜이 이와 같으니 다시 와서 옛 일을 생각하매 어찌 슬프지 않으리오."

유영이 가로되

"그렇다면 그대들은 모두 천상의 사람이 되었습니까?"

김생이 가로되

"우리 두 사람은 본디 천상선인(天上仙人)으로 길이 옥황(玉皇) 전(前)에서 모셨더니 하루는 상제(上帝)가 태청궁(太淸宮)에 납시어 나에게 명하여 옥원(玉園)의 과실을 따오라고 하시거늘 내가 반도(蟠桃)¹⁹⁴)와 경옥(瓊玉)¹⁹⁵)을 많이 취하고, 사사로이 운영에게 주었다가 들켜서 인간 세상에 적하(謫下)하여 인간의 고통을 다 겪게 하심이라. 이제는 옥황상제께서 전의 허물을 다 용서하시고 삼청(三淸)에 올리사 다시 향안전(香案前)에 모시게 하시니 때를 만나 바람을 타고 진세(塵世)에서 옛날에 놀던 곳을 다시 찾은 것입니다."

---

192. 지옥(地獄).
193. 까마귀와 참새.
194. 선계(仙界)에 있다는, 삼천 년 만에 한 번씩 열린다는 복숭아. 선도(仙桃).
195. 아름다운 옥(玉).

하고 눈물을 뿌리며 유영의 손을 잡고 말하기를

"바다가 마르고 돌이 문드러져도 이 정(情)은 다하지 않을 것이요, 땅이 늙고 하늘이 무너져도 이 한(恨)은 풀리기 어렵도다. 오늘 저녁에 그대와 더불어 서로 만나 이렇게 진실을 털어 놓게 됨은 숙세(宿世)의 연(緣)이 있지 않았다면 어찌 가히 가능하리오. 엎드려 원하건대 존군(尊君)은 이 글을 거두어 후세에 영원히 전하시고, 부박(浮薄)한[196] 사람에게 함부로 전하여 희완(戲翫)[197]의 자(資)가 되지 않도록 해 주신다면 심히 다행일까 하나이다."

하더니 진사가 취한지라 운영의 몸에 기대어 한 절구(絶句)를 읊어 가로되

꽃 떨어진 궁중에 연작(燕雀)[198]이 날았으니	花落宮中燕雀飛
봄빛은 예와 같은데 주인은 아니로다.	春光依舊主人非
한밤의 달빛은 서늘하기 이와 같은데	中宵月色涼如許
푸른 이슬은 아직 푸른 털옷에 젖지 않았도다.	碧露未沾翠羽衣

운영이 이어서 읊어 가로되

고궁(故宮)의 버들과 꽃은 새봄을 띠었고	故宮柳花帶新春
천년의 호화로움은 자주 꿈속에 들었도다.	千載豪華入夢頻
오늘 저녁에 와서 놀며 옛 자취를 찾으니	今夕來遊尋舊跡
슬픈 눈물이 저절로 수건에 젖음을 금치 못하리로다.	不禁哀淚自沾巾

---

196. 들뜨고 경솔한.
197. 장난으로 가지고 놂.
198. 제비와 참새.

　유영 또한 취하여 잠시 잠이 들었다가 이윽고 산새 우는 소리에 깨어 보니 구름과 연기 땅에 가득하고 새벽빛은 창망(蒼茫)[199]하거늘 사면을 둘러 봐도 사람 하나 없는데 단지 김생이 기록한 책자만 있을 뿐이라, 영(泳)이 창연(悵然)[200] 무료(無聊)하여 신책(神册)을 거두어 집에 돌아와 협사(篋笥)[201]에 감추어 두고 때로 열어보고는 망연자실(茫然自失)하여 침식(寢食)을 다 폐하곤 하였다. 그 뒤 두루 명산(名山)에서 놀았는데 그 마친 바는 알지 못한다 한다.

---

199. 너르고 멀어서 아득함.
200. 몹시 서럽고 슬픔.
201. 상자.

녹의인전(綠衣人傳)

천수(天水)[1]에 사는 조원(趙源)은 일찍이 부모를 여의고 장가도 들지 않고 혼자 살고 있었다. 연우(延祐)[2]년간에 전당(錢塘)[3]으로 유학하여 서호(西湖)의 갈령(葛嶺)에 거처를 정하고는 지냈다. 그 옆에는 송(宋)나라 때의 가추학(賈秋壑)[4]의 옛집이 있었다. 조원은 혼자 있기가 무료하여 어느 날 해질녘 문밖에서 우두커니 서 있었다. 이때 한 여자가 동쪽에서 오는데, 초록색 옷을 입고 머리를 두 갈래로 나누어 쪽을 쪘는데 나이는 열대여섯 가량 되어 보였다. 비록 화장도 짙게 하지 않았고 잔뜩 꾸미지도 않았지만 자색(姿色)이 보통이 아니었다. 조원은 한참동안 눈여겨보았다. 이튿날 문밖에 나갔더니 그 여자가 또 보

---

1. 감숙성(甘肅省) 남동부에 있음.
2. 원(元)나라 인종(仁宗)의 연호.
3. 절강성(浙江省) 항주부.
4. 본명은 가사도(賈似道)이고 추학(秋壑)은 호(號).

였다. 이렇게 며칠 계속 그녀가 해만 지면 오자 조원이 장난삼아 물었다.

"댁이 어디신데 저녁마다 여기에 오시나요?"

여자는 웃으면서 절하고 말했다.

"제 집은 바로 이웃에 있어요. 당신은 모르셨을 거예요."

조원이 시험 삼아 마음을 떠보았더니 여자는 기뻐하며 반응을 보였다. 그리하여 마침내는 집에서 함께 자게 되었는데 그녀는 매우 친숙하게 굴었다. 이튿날 아침에 돌아가더니 밤이 되자 또 왔다. 이렇게 지내기를 달포쯤 하다 보니 둘은 정(情)이 깊을 대로 깊어졌다. 조원이 그 이름과 사는 곳을 물으니 그녀는

"당신은 단지 아름다운 여자를 얻었으면 됐지 굳이 그런걸 아시려고 하서요?"

하는 것이었다. 조원이 계속 묻자

"제가 항상 초록 옷을 입고 있으니 그냥 녹의인(綠衣人)이라고 부르시면 되겠네요."

하면서 끝내 사는 곳을 말해 주지는 않았다. 조원은 속으로 생각하기를 그녀가 어느 대갓집의 첩인데 밤이면 나와서 사통(私通)을 하고, 일이 탄로날까 두려워 말하려고 하지 않나보다 하고 믿어 의심치 않았지만 그녀를 사랑하는 마음은 점점 깊어만 갔다. 하루 저녁에는 조원이 술에 취하여 장난으로 그 옷을 가리키며 말하기를

"이것이야말로 참으로 '초록색이여, 옷이여! 초록색 옷에 노랑 치마로다.'[5]라는 것이로군."

하고 말했다. 그러자 그녀는 부끄러워하는 빛을 보이더니 며칠 저녁

---

5. 시경 패풍(邶風)에 있는 시귀. 원문은 녹혜의혜(綠兮衣兮) 녹의황상(綠衣黃裳) 심지우의(心之憂矣) 갈유기망(曷維其亡).

은 오지를 않았다. 다시 왔을 때 조원이 그동안 오지 않은 이유를 물으니 그녀는

"저는 본래 당신과 해로하고 싶었어요. 그런데 당신은 왜 저를 비첩(婢妾)으로 대하시는거죠? 저를 부끄럽고 편치 않게 하셨기에 요 며칠 당신 곁에 오지 않았어요. 하지만 당신도 이미 알고 계시니 이제 숨김없이 다 말씀드릴께요. 저와 당신은 옛날에 서로 알던 사이였습니다. 그 깊은 정에 끌리지 않았으면 지금 이렇게 되지도 않았을 것입니다."

하였다. 조원이 그 까닭을 물으니 그녀는 슬픈 얼굴을 하며 말하였다.

"말씀드리기 어려운 일이지만, 저는 사실 이 세상 사람이 아니에요. 그렇다고 당신에게 화(禍)를 끼치는 일도 없을 거예요. 대개 명수(命數)⁶⁾는 당연(當然)하고 숙연(夙緣)이 다하지 않은 탓이에요."

조원이 깜짝 놀라서 말했다.

"그 자세한 이야기를 좀 듣고 싶소."

여자가 말했다.

"저는 옛날 송나라의 추학(秋壑) 평장(平章)⁷⁾의 시녀였어요. 본래 임안(臨安)의 양갓집 딸로 어려서 바둑을 잘 두었는데 나이 열다섯에 기동(棋童)으로 들어가 가평장(賈平章)을 모셨습니다. 매일 가평장이 조정(朝廷)에서 돌아오면 반한당(半閒堂)⁸⁾에 앉아 반드시 저를 불러 바둑을 두며 귀여워 하셨어요. 그때 당신은 그 집 하인으로 차(茶)를 달이는 일을 맡고 있었어요. 그래서 매번 차를 받쳐 들고 후당(後堂)으로

6. 운명(運命), 천명(天命), 수명(壽命).
7. 송대의 평장(平章)은 지위가 재상(宰相)의 위였으며 고령(高齡)의 덕망 있는 대신이 맡았다 함.
8. 가추학이 서호의 갈령에 지었던 별장.

오곤 했었어요. 당신은 그때 나 어린 미소년이라 제가 사모했었어요. 언제 한 번은 비단 돈주머니를 몰래 당신에게 던졌더니 당신도 대모(玳瑁)[9] 연지 분갑을 제게 주셨어요. 피차에 서로 생각은 있었지만 내외가 엄중하여 어쩔 수가 없었는데, 후에 같은 또래에게 들켜서 가평장에게 알려져서 끝내 당신과 함께 서호(西湖)의 단교(斷橋) 아래에서 죽임을 당했어요. 당신은 이제 세상에 다시 태어나 사람이 되셨지만, 저는 아직도 귀록(鬼錄)에 남아 있으니 이것도 운명이 아닐까요?"

말을 마치자 소리 내어 울었다. 조원도 그녀 때문에 마음이 아팠다. 한참 있다가 조원이 말했다.

"알고 보니 나하고 당신은 다시 이 세상에서 만날 인연이었구료. 그러니 마땅히 더욱 사랑하여 옛날의 원(願)을 풀어야지."

이로부터 그녀는 마침내 조원의 집에 머물면서 다시는 가지 않았다. 조원은 본래 바둑을 잘 못 두었지만 그녀가 바둑을 가르쳐 주고 그 묘수(妙手)를 다 전해 주어 무릇 평소 바둑으로 이름난 사람들도 모두 그를 당하지 못하였다.

그녀는 매번 가추학의 옛일을 이야기할 때마다 자기가 본 것을 아주 소상히 말하는 것이었다. 언젠가는 다음과 같은 이야기를 했다.

추학이 하루는 누대(樓臺)에 올라가 한가로이 경치를 바라보고 있을 때, 시녀들이 모두 곁에서 시중을 들고 있었는데, 마침 두 사람이 검은 두건에 흰 옷을 입고 작은 배를 타고 호수를 건너 언덕에 오르는 것이 보이니 한 시녀가

"아름답기도 하구나 저 두 소년은!"

하고 말하였다. 그때 추학이

---

9. 바다거북의 일종. 등 껍데기는 대모갑(玳瑁甲)이라 하여 공예품, 장식품으로 쓰임. 대모(玳瑁)라고도 함.

"그들을 섬기는 것이 네 소원이냐? 내 마땅히 너를 시집보내 주리라."
하니 시녀는 웃고 대답하지 않았다. 조금 있다가 추학이 사람을 시켜 합(盒)¹⁰⁾ 하나를 받쳐 들리고는 시녀들을 불러 앞으로 오게 하고 말하였다.

"그 계집애의 혼인 선물로 해라."
열고 보니 그 시녀의 머리였다. 시녀들은 모두 몸을 떨며 물러갔다.
또 언젠가는 추학이 수백 척의 소금을 도시로 보내어 팔았는데 글하는 선비가 이를 시로 읊었다.

어젯밤 강 머리에 푸른 물결을 일으킨 것은	昨夜江頭湧碧波
배 가득 실은 상공(相公)의 소금.	滿船都載相公醝
하지만 국 만드는 데에 쓴다면	雖然要作調羹用
저렇게 많이 필요하지는 않을 터인데.	未必調羹用許多

추학은 이 이야기를 듣자 마침내는 그 선비를 옥에 가두고 비방죄로 다스렸다. 또 전에는 절강 서쪽 지방에서 공전법(公田法)¹¹⁾을 실시하여 백성들의 고통이 컸는데, 어떤 사람이 길 옆에 이런 시를 써 놓았다.

양양성(襄陽城)은 여러 해 곤고(困孤)하여도	襄陽累歲困孤城
가축 치는 호숫가는 무사태평.	爹養湖山不出征

---

10. 식기의 한 가지로 둥글넓적하고 뚜껑이 있음.
11. 정전법(井田法)이라고도 함. 사전(私田)의 한 가운데에 공전(公田)을 만들어 공동으로 경작하게 하고 그 수확은 조세로 하였음.

목숨 같은 땅인 줄 알지 못하고	不識咽喉形勢地
공전(公田)으로 죽어나는 불쌍한 백성.	公田枉自害蒼生

추학은 이것을 보고 시를 쓴 사람을 붙잡아 멀리 귀양 보냈다.

또 한 번은 동냥 다니는 중들을 대접하게 되었다. 천 명이나 모여들어 그 수가 이미 넘쳤는데 마지막에 한 도사(道士)가 의복을 남루하게 차려 입고 문 앞에 와서 동냥을 청하였다. 주무자가 인원이 찼다고 안으로 들어오지 못하게 하였지만 도사는 막무가내로 버티고 가지 않았다. 어쩔 수가 없어 문 곁에서 음식을 주었더니 먹기를 마치자 바리때[12]를 상 위에 엎어놓고 가버렸는데 사람들이 모두 그것을 들려고 힘을 썼지만 꼼짝도 하지 않았다. 추학에게 알려 그가 와서 들어 올리니 거기에는 시 두 귀가 적혀 있었다.

쉬기 좋은 때를 만나면 곧바로 잘 쉬어야 하느니	得好休時便好休
꽃 지고 열매 맺음은 장주에서.	收花結子在漳州

이것을 보고 비로소 진선(眞仙)이 강림했으나 몰랐다는 사실을 알게 되었다. 하지만 끝내 장주의 의미가 무엇인지는 알지 못하였다. 그때 누가 알았으랴 장주 목면암(木綿庵)[13]에서 추학이 화(禍)를 당할 줄을!

또 언젠가는 한 뱃사공이 배를 서호의 소제(蘇堤)[14]에 대었다. 때는 바야흐로 한여름이어서 배꼬리에 누워 밤새 잠을 이루지 못하고 있었는데, 키가 한 자도 안 되는 사람 셋이 물가 모래밭에 모여 이야기하

---

12. 나무로 대접같이 만들어서 안팎으로 칠을 한 중의 밥그릇.
13. 복건성(福建省)에 있음.

는 것을 보았다.

"장공(張公)이 오면 어떻게 하지?"

"가평장은 어진 사람이 아니니 결코 용서하지 않을걸."

"나는 이미 다됐어. 그대들이나 살아서 그자가 죽는 것을 보겠지."
하고는 서로 함께 통곡하며 물속으로 들어갔다. 이튿날 어부 장공(張公)이 길이가 두자 남짓 되는 자라 한 마리를 잡아 가승상부(賈丞相府)에 바쳤다. 그러고는 삼년이 못되어 추학은 화(禍)를 당했다.

"아마도 어떤 사물이든지 앞일을 먼저 알아도 피하지는 못하는가 봐요."

이런 이야기들을 듣고 조원이 말했다.

"내가 오늘 당신과 만난 것 또한 운명이 아니겠소?"

"이것은 정말 허황된 것이 아니에요."

"그럼 당신의 정기(精氣)는 이 세상에 오래오래 남을 수 있는 거요?"

"운수가 다하면 흩어지겠지요."

"그럼 그게 언제요?"

"삼년이에요."

조원은 굳이 이를 믿으려 하지 않았다. 기한이 되니 그녀는 병들어 누워 일어나지를 못하였다. 조원이 그녀를 위해 의원을 부르러 하였더니 여자는 거절하면서

"지난번에 이미 당신에게 말했었지요. 맺어진 인연도 부부의 정도 이제는 다 됐어요."

---

14. 송초(宋初)에 소동파(蘇東坡)가 항주에 부임하여 호수 바닥에 침전된 진흙을 준설하고 대대적으로 제방을 쌓았으므로 그의 이름을 따 소제(蘇堤)로 부르게 되었다 함. 지금 서호에는 소제와 함께 백거이(白居易)가 만든 백제(白堤), 양공(楊公)이 만든 양공제(楊公堤)가 남아 있음.

하고는 손으로 조원의 팔을 붙들고 이별을 고하였다.

　"저는 음계에 있는 몸으로 당신을 모실 수 있었고, 당신은 저를 버리지 않고 허락해 주셨습니다. 지난날 잠깐 사랑하였다가 함께 뜻밖의 화를 당하였으니 바다가 마르고 돌이 문드러져도 이 한(恨)은 풀리지 않았고, 땅이 늙고 하늘이 무너져도 이 정(情)은 다하지 않았습니다. 이제 다행히 전생의 못 다한 사랑을 이을 수 있었고 전세의 맹세를 지킬 수 있어 삼년에 걸쳐 바라던 것을 다 이루었습니다. 바라건대 이 말을 좇아 다시 개의치 말아 주세요."

　말을 마치고 벽을 향해 눕더니 불러도 대답이 없었다. 조원은 너무나 마음이 아파 소리쳐 울었다. 관을 마련하고 염을 한 뒤 장사지내려 관을 들었더니 이상하게도 관이 매우 가벼웠다. 관을 열고 보니 다만 옷과 비녀와 귀고리만 있을 뿐이었다. 그리하여 북산(北山) 기슭에 빈 관만 장사지내었다. 조원은 그녀의 정(情)에 깊이 느껴 다시는 장가들지 않고 영은사(靈隱寺)에 들어가 중이 되어 일생을 마쳤다고 한다.

등목취유취경원기
(滕穆醉遊聚景園記)

　　원(元)나라 연우(延祐)[1] 초(初) 영가(永嘉)[2]에 성(姓)은 등(滕)이요 이름은 목(穆)이라는 서생(書生)이 있었는데 나이 스물여섯에 풍류를 좋아하고 시를 잘 읊어서 사람들에게 널리 알려져 있었다. 본래 임안(臨安)[3]의 산수(山水)가 빼어나다는 말을 듣고 한 번 놀러가야겠다고 생각해 오던 차에 갑인년(甲寅年)[4]에 과거(科擧)가 있다는 소문을 듣고 마침내 고향에서 추천을 받아 시험을 보기 위해 그곳에 가게 되었다.

　　임안에 도착하여서는 용금문(湧金門)[5] 밖에 거소(居所)를 정하고 매일 남북(南北)의 두 산[6]과 호수[7]가의 여러 절들 영은사(靈隱寺), 천축

---

1. 원나라 인종(仁宗)의 연호.
2. 절강성(浙江省) 영가현(永嘉縣).
3. 절강성 항주부(杭州府).
4. 1314년.
5. 항주성(杭州城)의 서문(西門).
6. 항주부 남북에 있는 남고봉(南高峯)과 북고봉(北高峯).

사(天竺寺), 정자사(淨慈寺), 보석사(寶石寺) 등과 옥천(玉泉), 호포천(虎跑泉), 천룡봉(天龍峰), 영취봉(靈鷲峰), 석옥동(石屋洞), 냉천정(冷泉亭)에 이르기까지 그윽한 골짜기, 깊은 숲속, 깎아지른 절벽 등 그의 발길이 두루 이르지 않은 곳이 없었다. 때는 칠월 보름, 국원(麴院)[8]에서 연꽃을 감상하면서 호수에서 묵기 위해 배를 뇌봉탑(雷峯塔)[9] 아래에 대었다. 이날 밤은 달빛이 낮처럼 밝고 연꽃의 향기가 몸에 가득했는데 때때로 큰 물고기가 물결 사이에서 뛰어오르는 소리와 잘 새가 언덕가를 날며 우는 소리가 들려왔다.

등목(滕穆)은 이미 크게 취했으나 누워도 잠이 오지를 않아서 옷을 입고 일어나 제방(堤防) 위를 거닐며 경치를 구경하다가 취경원(聚景園)[10]에 이르러 발 가는대로 안으로 들어갔다. 때는 송(宋)나라가 망한지 이미 사십년이라 취경원 안의 대관(臺館)들 곧 회방전(會芳殿), 청휘각(淸輝閣), 취광정(翠光亭)은 모두 이미 허물어져 버렸고 오직 요진(瑤津)과 서헌(西軒)만이 우뚝 홀로 남아 있었다. 등목이 헌(軒) 아래에 이르러 난간에 기대어 잠시 쉬고 있으려니까 잠시 뒤 한 미인이 앞서고 한 시녀가 그 뒤를 따라 밖으로부터 들어오는 것이 보였는데 바람결처럼 쪽진 머리며 아리따운 자태가 마치 선녀와 같았다. 등목은 헌 아래에서 숨을 죽이고 그 거동을 살폈다. 그 미인은

"호수와 산들은 예와 같고 풍경도 다르지 않은데 다만 시대가 옮겨 세상이 바뀌었으니 사람으로 하여금 서리지비(黍離之悲)[11]를 느끼게

하는구나."
하고 말하고는 취경원 북쪽 서호(西湖)가에 있는 바위에 가서 시 한
수를 읊는 것이었다.

호숫가 취경원 아름다워라	湖上園亭好
다시 와 옛날 놀던 때를 생각하네.	重來憶舊遊
옥수곡(玉樹曲)12)에 맞춰 노래 부르고	徵歌調玉樹
양주곡(梁州曲)13)에 맞춰 춤을 추리라.	閱舞按梁州
길에 핀 꽃은 마중 나온 가마인가	徑狹花迎輦
연못은 깊고 버들은 배를 건드리도다.	池深柳拂舟
옛사람은 모두 이미 죽었으니	昔人皆已歿
누구와 더불어 풍류를 말할까.	誰與話風流

　등목도 풍류를 즐기는 사람이라 처음 그 모습을 보고 이미 마음이
흔들렸는데 이 시를 듣고서는 자기도 재주를 자랑하고 싶어 더는 견
딜 수가 없었다. 그리하여 헌 아래에서 바로 이어서 읊었다.

호숫가 취경원 아름다워라	湖上園亭好
절대가인(絶代佳人)을 만났도다.	相逢絶代人
항아(嫦娥)14)가 달에서 내려왔나	嫦娥辭月殿

---

11. 나라가 망하여 궁궐은 다 무너지고 그 자리에 수수나 기장이 자라고 있는 것을 보
고 느끼는 슬픔.
12. 주색에 빠져 지내던 진(陳)의 후주(后主)가 행신(幸臣)들과 함께 지었다는 노래.
13. 양주(梁州) 사람들은 음악을 좋아하였는데 어떤 사람이 새 노래를 짓고는 곡명을
양주라고 하고 임금에게 헌상하였다 함.
14. 항아(姮娥)라고도 함. 남편인 예(羿)가 서왕모로부터 불사약을 얻었는데 이를 훔쳐

직녀(織女)¹⁵⁾가 은하수에서 내려왔나.	織女下天津
그대 마음속 알지 못하나	未領心中意
이 몸은 아득히 꿈속에 있는 것만 같네.	渾疑夢裏身
바라노니 추자율(鄒子律)¹⁶⁾ 불어	願吹鄒子律
그윽한 골짜기에 따뜻한 봄이 피어나게 하라.	幽谷發陽春

읊기를 마치고 바삐 나와 여자가 있는 곳으로 가니 미인은 놀라지도 의심하지도 않고 다만 천천히 말하였다.

"본래 낭군께서 이곳에 계신 것을 알고 특별히 찾아온 것이어요."

등목이 그 성명을 물으니 미인은

"저는 인간세상을 버린 지 이미 오래라 저에 대해 말씀드리면 낭군을 놀라게 해 드릴까봐 두렵습니다."

하였다. 등목은 이 말을 듣고 그녀가 귀신인줄 알았지만 또한 무서운 생각이 없어 굳이 물으니 그녀는

"제 이름은 방화(芳華)이고 성은 위(衛)인데 옛 송나라 이종(理宗)때의 궁녀로서 나이 스물셋에 죽어 이 취경원 곁에 묻혔어요. 오늘 저녁에는 연복사(演福寺)에 가서 가귀비(賈貴妃)¹⁷⁾를 찾아뵙고 오래 앉아 있다가 저도 모르게 돌아오는 것이 늦어져서 낭군으로 하여금 이곳에서 오래 기다리게 해 드린 것입니다."

가지고 월궁으로 달아났다 함.
15. 별이름. 직녀성(織女星). 은하 너머로 견우성(牽牛星)과 마주 대하여 동쪽에 있는 별. 일 년에 한 번 은하를 건너 견우성과 만난다는 전설이 있음.
16. 전국시대 연(燕)나라에 추운 골짜기가 있어 곡식이 자라지 못했는데 추연(鄒衍)이 곡(曲)을 지어 부니 온기가 이르러 곡식을 심게 되었다 함.
17. 송나라 이종(理宗)의 비(妃)이며 가사도(賈似道)의 누이. 가사도가 실권하면서 연복사(演福寺)에 유폐되었다가 그곳에서 죽음.

라고 대답하고는 곧 시녀에게 명하기를

"교교(翹翹)야 집에 가서 깔 자리와 술과 과실 좀 가져 오너라. 오늘 밤은 달빛이 이렇게 밝고 낭군 또한 오셨으니 헛되이 보낼 수 없고 이 곳에서 달구경이나 해야겠다."

하니 교교는 명을 듣고 자리를 떴다. 얼마 안 있어 자주색 털방석과 백옥에 꽃을 새긴 술병과 푸른색 유리잔을 가지고 돌아왔는데 그 술 맛과 향기는 이 세상에 있는 것이 아니었다. 그녀는 등목과 서로 웃으며 이야기도 나누고 시를 읊기도 하였는데 그 하는 말이나 시가 모두 맑고 이름다웠다. 방화는 다시 교교에게 노래로 주흥(酒興)을 돋우라고 명하였다. 교교가 유기경(柳耆卿)18)의 망해조사(望海潮詞)를 부르겠다고 하자 그녀는

"새 사람에 대하여 옛날 노래는 맞지 않다."

고 하면서 즉시 앉은 자리에서 스스로 목란화만(木蘭花慢)19) 한 곡을 지어 교교에게 명하여 노래하게 하였다.

전조(前朝)의 옛일을 기억하나니	記前朝舊事
일찍이 이곳은 신선이 모이던 곳.	曾此地會神仙
달을 바라보니 땅에는 구름이 겹겹	向月地雲階
푸른 소매 걷어잡고 꽃 비녀 줍네.	重携翠袖來拾花鈿
번화(繁華)는 모두 흐르는 물을 따라갔으매	繁華總隨流水
일장춘몽(一場春夢)처럼 아득함을 탄식하노라.	歎一場春夢杳難圓
옛적 포구에는 이슬 맺힌 연잎	廢港芙渠滴露

---

18. 송나라 사람으로 사(詞)를 잘 지었음.
19. 목란화만(木蘭花慢)은 사(詞)의 이름. 만(慢)은 느린 소리로 길게 뽑아서 부르는 곡 이라는 의미임.

끊어진 제방에는 버들이 하늘하늘.	斷隄楊柳搖煙
남북 두 봉우리는 예와 같은데	兩峯南北只依然
임금의 수레 다니던 길에는 풀만 우거져.	輦路草芊芊
별관(別館)과 이궁(離宮)[20]을 슬퍼하나니	悵別館離宮
어거(御車)는 연기되고 용선(龍船)은 물에 잠겼네.	煙銷鳳蓋波沒龍船
평생을 은(銀)병풍에 금옥(金屋)에서 살았는데	平生銀屛金屋
꺼진 등(燈)에 불 없이 지낸 밤이 몇 해이런고.	對漆燈無焰夜如年
해가 지니 소와 양이 언덕 위에서 내려오고	落日牛羊隴上
서풍이 부니 제비와 참새가 숲가에 날도다.	西風燕雀林邊

노래를 마치자 미인은 슬픔에 눈물을 주르륵 흘렸다. 등목이 여러 말로 위로하여 풀어주면서 은근히 그 뜻을 떠 보았더니 그녀는 즉시 자리에서 일어나 사례하며 말하였다.

"죽은 몸인지라 오래전에 티끌과 흙이 되었겠지만 만일 낭군을 모실 수만 있다면 죽었어도 썩지는 않았을 것이요. 또 마침 낭군께서 읊으신 시구(詩句)를 듣고는 마음속으로 이미 허락했었습니다. 바라건대 추자율을 불어 그윽한 골짜기에 따뜻한 봄이 피어나게 해 주십시오."

이에 등목은

"아까 그 시는 입에서 나오는 대로 읊은 것이어서 실로 본디 뜻이 없는 것인데 어찌 앞일을 예언하는 말이 되리라고 생각이나 하였겠소."

했다.

시간이 한참 지나자 달은 서쪽 담장에 숨고 은하수는 동쪽 산봉우

---

20. 별관(別館)과 이궁(離宮)은 모두 임금이 유람차 머무는 처소.

리로 기울었다. 그러자 그녀는 교교에게 명하여 자리를 치우게 하였다. 미인은

"저희 집은 누추하여 낭군이 거처하실 곳이 못되오니 오직 이 서헌이 좋겠네요."

하고는 마침내 손을 잡고 들어가 서헌 아래에서 임시로 잠자리를 같이 하였는데 정(情)을 나누는 일이 산 사람과 똑 같았다. 둘은 날이 샐 무렵에 눈물을 흘리며 헤어졌다.

낮이 되어 등목이 취경원 한쪽 곁을 찾아가 보았더니 과연 송나라 궁녀 위방화의 묘가 있었고, 묘 왼편의 작은 언덕은 교교가 묻힌 곳이었다. 등목이 감탄하며 시간을 보내다가 날이 저물어 다시 서헌으로 가니 미인이 이미 먼저 와 있었다. 그녀는 등목을 맞이하면서

"낮에는 낭군께서 찾아주셔서 감사했어요. 하지만 저는 밤에만 다닐 수 있고 낮에는 다닐 수가 없기 때문에 감히 인사를 드리지 못했습니다. 며칠이 지나면 밤이든 낮이든 상관없을 거예요."

하고 말했다.

이로부터 그들은 매일 저녁 만났다. 열흘이 지난 후부터는 낮에도 볼 수가 있어서 등목은 마침내 그녀를 자기가 거처하고 있는 집으로 데리고 갔다. 얼마 안 가 등목은 과거에 낙방하여 고향으로 돌아가게 되었는데 방화는 따라가기를 원하였다. 등목이

"교교는 왜 데리고 가지 않소?"

하고 물으니 그녀는

"제가 낭군을 모심으로써 옛집에 사람이 없게 되어 그 아이를 머무르게 하고 집을 지키려는 거예요."

하였다.

등목은 그녀와 함께 고향 마을로 돌아가 가족 친지들에게 항주(杭

州)의 양가 규수를 얻었다고 말하였다. 사람들은 그녀의 몸가짐이 온유하고 말씨가 지혜로운 것을 보고 믿고 기뻐했다. 그녀는 등목의 집에 살면서 윗사람은 예로써 받들고 비복(婢僕)들은 은혜로써 대하니 사방 이웃 사람들의 환심을 얻게 되었다. 또한 집안 다스리기를 부지런히 하고 몸 지키기를 청결하게 하여, 비록 중문(中門)밖이라도 가벼이 나간 적이 없으니 사람들은 모두 등목이 좋은 아내를 얻었다고 축하했다.

어언 삼년의 세월이 흘러 정사년(丁巳年)[21] 초가을이 되자 등목은 또 채비를 하고 절강성(浙江省) 향시(鄕試)를 보기 위해 떠나게 되었다. 떠나기 며칠 전에 방화는 등목에게 청했다.

"임안은 저의 고향이에요. 당신을 따라 이곳에 온지도 벌써 삼년이 되었네요. 이번에 저도 같이 가서 교교 좀 만났으면 좋겠어요."

등목은 이를 허락하였다. 둘은 배를 빌려 함께 타고 곧장 전당(錢塘)[22]으로 가서 집을 빌려 머물렀다. 도착한 다음날은 마침 칠월 보름날이었다. 방화가 등목에게 말하였다.

"삼년 전 바로 이날 밤에 당신과 만났어요. 오늘 마침 그 때를 당했으니 함께 취경원에 가서 옛날에 놀던 것을 다시 이어서 하면 어떻겠어요?"

등목은 그녀의 말대로 술을 배에 싣고 갔다. 밤이 되자 달은 동쪽 담장 위로 떠오르고, 연꽃은 남쪽 포구에 피고, 이슬 먹은 버들과 안개에 싸인 대나무는 제방 언덕에서 한들거리니 완연히 옛날 그 때의 풍경이었다. 가다가 취경원 앞에 이르니 교교가 길목에서 맞이하며 절하고 말했다.

---

21. 1317년.
22. 항주부.

"아가씨께서는 낭군님을 모시고 성내(城內)로 놀러 가신지가 지금까지 삼년, 인간세상의 즐거움을 누리시느라 홀로 옛집을 잊으셨었나요?"

세 사람은 취경원 안으로 들어가 서헌에 이르러 앉았다. 그때 미인이 갑자기 눈물을 흘리며 등목에게 말했다.

"당신이 저를 저버리지 않으심에 감사하여 낭군으로 모셨습니다만 깊은 즐거움을 다 누리지도 못했는데 또 영원히 헤어져야겠어요."

등목이 무슨 까닭이냐고 물으니 대답하기를

"저는 본디 음계(陰界)에 있는 몸이기에 오래도록 양명(陽明)한 세상에 나와 있는 것은 아주 옳지 못한 일이에요. 하지만 특별히 낭군과는 숙세(夙世)의 인연이 있어 계율을 범하는 것을 무릅쓰고 모셨던 것이지만 이제 인연이 다하였기에 스스로 이별의 말씀을 드리는 것이어요."

하니 등목이 놀라서 물었다.

"그렇다면 그게 언제요?"

그녀가 대답하기를

"바로 오늘 저녁입니다."

등목은 슬프고 기가 막혀 견딜 수가 없었다. 이에 미인은

"제가 당신을 죽을 때까지 모셔서 영원히 즐거움을 함께하고 싶지 않아서가 아니라 정해진 운명에는 한계가 있어 어길 수가 없기 때문이에요. 만약 다시금 머무는 것이 지체된다면 저는 반드시 붙잡혀갈 거예요. 그렇게 되면 그 해로움이 저에게만 그치지 않고 장차 낭군 또한 이롭지 않게 될 것인즉 어찌 월랑(月娘)23)의 일을 모르시나요?"

라고 말했다. 등목은 그녀의 말뜻을 조금은 알아들었지만 그래도 애달프고 슬픈 마음에 밤새 잠을 이루지 못하였다. 산사(山寺)의 종소리

가 들리고 수촌(水村)의 닭이 우니 방화는 급히 일어나 등목과 헤어지
면서 옥가락지를 빼어 그의 옷고름에 매어주며
"훗날 이것을 보시고 옛정을 잊지 말아주세요."
하고 말하고는 마침내 잡았던 손을 놓고 떠나갔다. 하지만 자주 돌아
보다가 한참 지나니 비로소 완전히 사라졌다. 등목은 큰 소리로 울고
객사로 돌아왔다. 이튿날 등목은 술과 안주를 갖추어 방화의 무덤에
가서 지전(紙錢)을 불사르고 글을 지어 조상(弔喪)했다.

　　생각하건대 그대의 영혼은 날 때부터 맑고 아름다워 무리에서 뛰어났
고, 기이한 자태는 선녀로부터 받았으며 빼어난 기상은 건곤(乾坤)으로
부터 모았도다. 찬연하기는 꽃의 아름다움이요, 순수하기는 옥의 맑음이
로다. 달(達)하면 천상의 금옥(金屋)이요, 궁(窮)하면 길가의 거친 무덤이
로다. 무덤가 나무들에 기대어 함께 살며, 여우와 토끼가 무리로 뛰놂을
대하도다. 낙화유수(落花流水)하고 단우잔운(斷雨殘雲)하도다. 중원(中
原)에 일이 많고, 고국에 임금이 없도다. 광음이 지나 감을 어루만지고,
일월이 바삐 돌아감을 보도다. 그러나 정령(精靈)은 사라지지 않고, 성식
(性識)은 길이 남으리라. 소옹(少翁)[24]의 기술(奇術)에 기대지 않고도 스
스로 능히 천녀(倩女)[25]의 방혼(芳魂)을 되돌렸도다. 옥갑(玉匣) 참란(驂

23. 귀신의 몸으로 양순유(楊舜兪)를 사랑했으나 남자에게 해가 미칠까봐 스스로 떠
나간 여인.
24. 한(漢)나라 시대의 도사. 한무제가 총애하던 이부인(李夫人)이 젊은 나이에 죽어
슬픔에 빠졌을 때에 소옹(少翁)이 도술로 그녀의 혼을 불러내어 한무제에게 보여
주었다 함.
25. 당대(唐代)의 전기소설인 이혼기(離魂記)에 나오는 인물. 천녀는 장일(張鎰)의 딸로
일찍이 왕주(王宙)와 결혼을 약속했으나 그의 아버지가 더 좋은 혼처가 있다고 다
른 곳으로 시집을 보내려 하여 병이 들어 자리에 누웠는데 그녀의 혼이 왕주를 따
라가 살다가 함께 집으로 돌아와서는 누워있는 천녀의 몸과 합해져서 살아나 부부
로 잘 살았다는 이야기임.

鸞)의 부채[26]요, 금니(金泥) 족접(簇蹀)의 치마[27]로다. 목소리 냉랭함은
환패(環珮)와 같고[28], 향내가 애애(靄靄)[29]함은 난손(蘭蓀)[30]과 같도다.
바야흐로 함께 즐겨 해로코자 하였더니 어찌하여 만나고는 다시 헤어지
는가! 물 위를 걷던 낙비(洛妃)[31]의 버선이요, 왕모(王母)[32] 요지연(瑤池
宴)의 술통이라. 가까이 가도 보이지 않고, 두드려도 다시 들리지 않는도
다. 다시 만날 수 없음을 슬퍼하고, 전사(前事)를 누구와 논할지 가슴 아
프도다. 양류춘풍(楊柳春風)의 뜰은 막혔고, 이화야우(梨花夜雨)의 문은
닫혔도다. 은정(恩情)이 끊어지니 하늘이 막막하고, 애원(哀怨)이 맺히니
구름이 어둡도다. 그 목소리, 그 얼굴 아득하여 접할 수 없고, 마음은 산
란하여 어지럽도다. 삼가 슬픔을 머금고 조문을 올리나니 바라건대 이
글에 감응 있으시라. 아아 슬프도다! 바라노니 흠향(歆饗)하소서.

이로부터는 마침내 완전히 끊어졌다. 등목은 홀로 객사에 머물면서
아내를 잃은 사람처럼 슬퍼하며 지냈다. 시험 날이 다가왔지만 응시할
마음이 없어 슬픔에 젖어 집으로 돌아갔다. 친척들이 그 까닭을 물으
니 비로소 모든 사실을 다 말해 주었다. 그 말을 듣고 모두들 탄식하
며 기이하게 여겼다. 등목은 종신토록 장가들지 않고 지내다가 안탕
산(鴈蕩山)[33]에 약을 캐러 들어가서는 끝내 다시 돌아오지 않았다.

---

26. 옥갑(玉匣)속에 있는 난조(鸞鳥)의 깃털로 만든 부채.
27. 금 물감으로 나비를 그려 넣은 치마.
28. 환패(環珮)는 몸에 차는 옥구슬. 목소리가 옥이 부딪듯 맑다는 말.
29. 애애(靄靄)는 아름답고 성(盛)한 모양.
30. 난(蘭)과 손(蓀)은 모두 향기로운 풀의 이름.
31. 복희씨(伏羲氏)의 딸. 낙수(洛水)에 빠져 죽어 낙신(洛神)이 되었다 함.
32. 곤륜산에 살았다는 중국 신화속의 선녀 서왕모(西王母).
33. 절강성 온주부(溫州府)에 있음.

취취전(翠翠傳)

취취(翠翠)의 성은 유씨(劉氏)이고 회안(淮安)[1] 지방의 평민의 딸이었다. 날 때부터 총명하여 시서(詩書)에 능하니 부모는 그녀의 뜻을 빼앗을 수 없어 서당에 보냈다. 같은 서당에 김씨(金氏) 집 아들로 이름이 정(定)이라는 아이가 있었는데 동갑인데다가 총명하고 잘생겨서 서당 아이들이 장난으로

"동갑네는 부부가 된다더라."

하고 놀리니 두 사람도 어느덧 그렇게 되려니 생각하게 되었다.

김생(金生)은 취취에게 시 한 수를 지어 주었다.

| 열두 난간 칠보대(七寶臺)에 | 十二欄干七寶臺 |
| 봄바람 불어오니 예쁘게 꽃 피었네. | 春風到處艶陽開 |

---

1. 지금의 남경(南京).

동원(東園)의 복숭아나무 서원(西園)의 버드나무	東園桃樹西園柳
어찌 옮겨 한 데 심지 아니하나.	何不移教一處栽

취취도 이에 화답했다.

평생을 매양 축영대(祝英臺)²⁾를 한하노니	平生每恨祝英臺
슬픈 가슴 어찌 열어 보이지 않을까.	悽抱何爲不肯開
바라노니 동군(東君)³⁾이여 부지런히 뜻을 모아	我願東君勤用意
꽃나무 빨리 옮겨 양지에 심으소서.	早移花樹向陽栽

얼마 지나 취취가 나이 들자 더는 서당에 나갈 수 없게 되었고, 나이 열여섯이 되었을 때 부모가 시집보낼 일을 의론하니 그녀는 슬피 울면서 밥을 먹지 않았다. 부모가 다정하게 물었더니 처음에는 말하려 하지 않다가 한참 지나니까 이렇게 말했다.

"저는 서쪽에 사는 김정에게 시집가기로 이미 마음을 먹었어요. 만약 그렇게 되지 않는다면 죽음만 있을 뿐 맹세코 다른 사람에게는 가지 않겠어요."

부모는 어쩔 수가 없어 들어주기로 했으나, 유씨네는 부유했지만 김

---

2. 진대(晉代)에 형성된 전설 속의 여인. 축영대(祝英臺)는 남장을 하고 유학을 떠나 중도에 만난 양산백(梁山伯)과 깊은 우정을 나눈다. 축영대는 양산백에게 연정을 느끼지만 이를 감춘 채 서당에서 동문수학하다가 아버지의 부름을 받아 먼저 귀향한다. 만나기로 약속한 기한을 넘겨서 찾아온 양산백이 뒤늦게 이 사실을 알고 청혼을 하지만 축영대는 이미 다른 사람과 정혼한 뒤이다. 둘은 다음 생애에서 부부가 될 것을 기약하고 눈물로 이별한다. 은현의 현령이 된 양산백이 병으로 죽고, 시집가는 길에 묘 근처를 지나던 축영대가 묘를 찾아 통곡을 하자 천둥번개가 치면서 묘가 갈라졌고 축영대가 그 속으로 뛰어들자 묘가 다시 원래대로 돌아갔다고 한다.
3. 주인. 남편.

씨네는 가난하여 그 아들이 비록 총명하고 준수하더라도 집안이 상대가 되지를 않았다. 중매쟁이를 그 집에 보내 보았더니 과연 가난함을 이유로 사양하면서 부끄럽지만 감당할 수 없다는 것이었다. 그러자 중매쟁이는 이렇게 말했다.

"유씨 댁 아가씨는 꼭 댁의 아드님에게 시집가려고 하고 부모 또한 허락했습니다. 만약 가난함을 이유로 사양한다면 이것은 그 성의를 저버리는 것이고 한 좋은 인연을 잃어버리는 것입니다. 그러니 이렇게 말씀하십시오.

'가난한 집 아들이 시(詩)나 예(禮)를 좀 안다고 귀댁에서 잘 보시고 사위로 삼으려고 하시니 감히 따르지 않을 수 있겠습니까마는, 다만 저희는 봉필(蓬蓽)[4]에서 태어나 빈천한대로 편안히 살아온 지 오래입니다. 만약 사돈간의 인사치례나 혼례의 예를 구한다면 저희로서는 감당하기가 어렵습니다.'

라고 하십시오. 저쪽은 귀여운 따님인지라 그런 것은 생각하지도 않을 것입니다."

그 집에서는 그 말을 따르기로 하였다. 중매쟁이가 유씨 부모에게 이대로 전하니 과연

"혼인에서 재물을 논하는 것은 오랑캐들이나 하는 일이 아니겠소. 내가 알고 사위를 골랐을 뿐이니 다른 것은 생각할 필요가 없습니다. 다만, 저쪽은 넉넉지 않고 나는 여유가 있어 내 딸이 저쪽으로 가면 틀림없이 시집살이를 감당하지 못할 것이니 내 집에 데릴사위로 오는 편이 좋겠구려."

하고 말하는 것이었다. 중매쟁이가 이 말을 전하러 다시 가니 그 집에

---

4. 가난한 사람의 집.

서는 크게 다행으로 여겨서 마침내 날을 가려 혼례를 올리게 되었다.
폐백에 쓰는 물품이나 전안(奠雁)[5] 같은 것들은 전부 여자 집에서 준
비했다. 서로 절하고 둘이 마주 보았으니 기뻤으리라는 것은 가히 알
만하다. 이날 저녁에 취취는 베갯머리에서 임강선(臨江仙) 한 곡을 지
어 김생에게 주었다.

일찍이 서당에서 함께 배운 친구	曾向書齋同筆硯
옛 친구가 이제는 새 낭군이 되었네.	故人今作新人
신방 밝힌 촛불에는 봄기운이 한창	洞房花燭十分春
분칠한 얼굴은 땀에 젖고	汗沾蝴蝶粉
몸은 사향내로 가득.	身惹麝香塵
운우(雲雨)의 일은 아직 서툴러	殢雨尤雲渾未慣
베갯머리 부끄러워 눈썹 찡그리네.	枕邊眉黛羞顰
아껴주소서 싫다 마시고	輕憐痛惜莫嫌頻
낭군께 바라노니 이제부터는	願郎從此始
날로 가까워지고 친해지기를.	日近日相親

　그리고 김생에게 이어서 화답해 달라고 조르므로 드디어 운을 달
아 다음과 같이 읊었다.

서당 글동무를 기억하노니	記得書齋同講習
새로운 내 아내는 다름 아닌 그녀.	新人不是他人

---

5. 혼례의 절차로서, 신랑이 기러기를 가지고 신부 집에 가서 상위에 놓고 절하는 예. 대
　개 나무로 만든 기러기를 씀.

쪽배로 무릉(武陵)[6]의 봄을 찾아오니	扁舟來訪武陵春
신선 사는 곳은 이웃이요	仙居隣紫府
풍진세계는 멀었도다.	人世隔紅塵
바다와 산에 맹세하고 마음 이미 허락하였으니	誓海盟山心已許
옅은 웃음 가벼운 찌푸림 몇 번이던가.	幾番淺笑輕顰
사람보고 혼잣말 자주 하지만	向人猶自語頻頻
다른 생각은 없도다.	意中無別意
친한 뒤이니 또 누구와 친할까.	親後有誰親

그날 두 사람이 부부가 된 즐거움은 비록 공작이 하늘을 날고 원앙이 물에서 노니는 것도 이보다 더할 수는 없었다.

그로부터 일년이 못되어 장사성(張士誠)[7] 형제가 고우(高郵)에서 군사를 일으켜 회수(淮水) 연안을 다 점거하니 여러 고을의 여자들이 그 부장(部將)인 이장군(李將軍)의 포로가 되었다. 지정(至正) 말년에 장사성은 세력을 더 넓혀서 회수의 남북을 전부 차지하고, 절강성 서쪽을 뒤덮은 다음 원(元)나라 조정에 글을 보내 제후(諸侯)가 되기를 원하였다. 그리하여 비로소 길이 열려 왕래할 수 있게 되었다. 이때 김생은 양가 부모에게 작별하고 아내를 찾아 떠나면서 만약 찾지 못하면 돌아오지 않겠다고 다짐했다. 가다가 평강(平江)[8]에 이르러 소문

---

6. 무릉도원(武陵桃源). 도연명(陶淵明)의 도화원기(桃花源記)에 나오는 말로 이상향을 가리킴.

7. 1353년 회동(淮東)에서 군사를 일으켜 원(元)에 저항한 반란군 지도자. 1355년 이후 세력이 확대되어 절강(浙江) 서쪽까지 미쳤으나 1357년 주원장과의 싸움에서 패배하고 원에 투항하였음. 이후 절강 서부와 회동 등지에서 할거하였으나 1367년 주원장의 포로가 되어 금릉(金陵)에서 자결하였음.

8. 오늘날의 소주(蘇州).

을 들으니 이장군은 소흥(紹興)[9]의 수어직(守禦職)[10]을 맡고 있다고 하였다. 소흥에 가 보니 또 안풍(安豐)[11]에 주둔하고 있다는 것이다. 다시 안풍에 가니까 주둔지를 호주(湖州)[12]로 옮겼다고 한다. 김생은 이렇게 양자강과 회수를 왕래하다 보니 험한 일도 많이 겪었고, 세월이 흐름에 따라 노자도 떨어졌다. 그러나 그 마음만은 조금도 느슨해지지 않아 길에서도 자고 남에게 구걸도 하면서 겨우겨우 호주에 도달했다. 거기에서도 이장군은 중요한 일을 맡고 있어 그 위세가 대단했다. 김생은 문 앞에 우두커니 서서 어찌할 바를 몰라 망설이면서 안의 동정만 살필 뿐 감히 앞으로 나아가 말도 해 보지 못하고 있었다. 문지기가 괴이히 여겨 물으니 김생은

"저는 회안 사람이온데 전란 이후에 누이가 귀부(貴府)에 있다는 말을 듣고 불원천리하고 여기까지 찾아왔습니다. 그러니 온 김에 한 번 만나보았으면 합니다."

하였다. 그러자 문지기는

"그러면 네 이름은 무엇이며 누이의 나이와 생김새는 어떠한지 자세히 말해 보거라. 사실인지 알아보겠다."

하는 것이었다. 김생이

"저의 성은 유가요, 이름은 김정이며, 누이의 이름은 취취입니다. 글자를 알고 시문(詩文)도 지을 줄 알며, 헤어질 때 나이가 열일곱이었으니 세월을 헤아려보면 지금은 스물넷이겠네요."

라 하자 문지기는 이 말을 듣고

---

9. 절강성에 있음.
10. 방위사령관.
11. 안휘성(安徽省)에 있음.
12. 절강성에 있음.

"부중(府中)에 과연 유라는 회안 사람이 있기는 하다. 나이도 네가 말한 것과 같다. 글도 알고 시도 잘 하고 성품도 총명해서 장군께서 끔찍이 총애하고 계시다. 네 말이 거짓이 아닌 것 같으니 내 안에 가서 말씀드리마. 잠시만 여기서 기다리고 있거라."

하더니 안으로 급히 달려 들어갔다. 그리고는 조금 있다가 다시 나와서는 김생을 데리고 들어가 장군에게 보였다. 장군은 대청 위에 앉아 있었다. 김생은 재배하고 일어나 온 까닭을 자세히 말했다. 그랬더니 장군은 무인(武人)이라 그 말을 믿고 의심치 않았다. 그리하여 심부름하는 아이에게 명하여 취취에게 다음과 같이 알리도록 하였다.

"네 오라비가 고향에서 찾아왔으니 나와서 만나보도록 하여라."

취취는 명을 받고 대청 앞에 나와 형제의 예로 서로 만났다. 부모의 안부를 묻고는 그 밖의 말은 한 마디도 못한 채 다만 서로 마주보고 슬피 울 뿐이었다. 장군이 말했다.

"너는 먼 길을 찾아오느라 몸이 피곤하겠다. 잠시 이곳에 머물면서 쉬도록 해라. 내가 천천히 네가 할 일도 찾아보마."

바로 새 옷 한 벌을 내주어 입도록 하고, 휘장과 이부자리 등속을 문간 서쪽의 작은 방에 차려주고는 김생으로 하여금 거처하게 하였다.

이튿날 장군이 김생에게 말했다.

"네 누이가 글을 잘 아니 너도 할 줄 아느냐?"

"저는 고향에 있을 때 유학(儒學)으로 업(業)을 삼고 글로써 근본을 삼아 경사자집(經史子集)[13]을 모두 섭렵하였습니다. 글이라면 제가 평소에 늘 익히고 있는 터이니 또 무엇을 의심하겠습니까?"

---

13. 경서(經書), 사서(史書), 제자백가(諸子百家), 문집(文集).

장군은 기뻐하며 말했다.

"나는 어려서 배우는 것을 잃어버리고 전란을 틈타 입신하였는데, 지금은 때에 따라 많은 사람을 쓰고 있지만, 귀한 손님이 오셔도 맞아 접대할 사람이 없고 편지가 와도 답장 하나 쓸 사람이 없었다네. 그러니 자네는 내 밑에서 비서 일을 해 주면 좋겠어."

김생은 총명한 사람인데다가 성품이 온화하고 재주 또한 뛰어났으므로 그곳에서 일하면서 더욱 스스로를 단속하여 윗사람은 받들고 아랫사람은 잘 대접하여 모든 사람의 환심을 얻게 되었다. 회신(回信)을 대필할 때에도 그 뜻이 자세히 잘 드러나게 하니 장군은 아주 좋은 사람을 얻었다고 대접을 매우 후하게 하였다. 그러나 김생은 본래 아내를 찾기 위해 온 것이다. 대청 앞에서 한 번 본 이후로는 다시는 만날 수가 없었고, 내실(內室)은 깊고 멀어 김생이 거처하고 있는 곳과는 단절되어 있어 다만 한 번이라도 그 뜻을 전하고자 하나 끝내 그 기회를 얻지 못하였다. 그러면서 어언 몇 달이 지나 때는 수의(授衣)[14]가 되었다. 서풍(西風)은 저녁에 불고 이슬은 서리가 되니 김생은 혼자 빈 방을 지키느라 밤새 잠을 못 이루다가 시 한 수를 지었다.

예쁜 꽃 옥난간 둘린 곳에 옮겨져	好花移入玉闌干
봄날이 와도 다시는 볼 수가 없네.	春色無緣得再看
즐거운 곳에 살며 어찌 근심하는 사람의 아픔을 알리	樂處豈知愁處苦
헤어지긴 쉬워도 만나기는 어려워.	別時雖易見時難
변경(邊境)에 간 말은 언제나 돌아오려나	何年塞上重歸馬
이 밤 뜰 가운데 홀로 춤추는 난새[15].	此夜庭中獨舞鸞

14. 음력 9월의 별칭.
15. 중국 전설에 나오는 서조(瑞鳥)로 꼽는 상상의 새. 모양은 봉황과 비슷하고 붉은 깃

안개에 덮인 문 구름에 가린 창은 멀기만 해	霧閣雲窓深幾許
슬프다 둥근 달 저버리지 말기를.	可憐辜負月團團

시를 다 짓자 쪽지에 적어 옷깃을 뜯어 안에 넣어 꿰맨 다음 심부름하는 아이에게 백전(百錢)을 주고 말하였다.

"날씨가 추워졌는데 내 옷이 너무 얇으니 이 옷을 가져다 내 누이에게 주고 빨아서 지어달라고 일러라. 그래서 한기(寒氣)를 막아야겠다."

아이는 그 말대로 옷을 가지고 가서 취취에게 전하였다. 취취는 그의 뜻을 알고 옷을 뜯어 시를 보고는 너무나 가슴이 아파서 소리를 삼키며 울었다. 그리고는 자기도 시 한 수를 지어 옷에 넣고 꿰매어서는 김생에게 보냈다.

고향 마을이 한 번 전란에 휩쓸린 뒤로	一自鄕關動戰鋒
근심과 원한은 얼마나 쌓이었던고.	舊愁新恨幾重重
창자는 비록 끊겼어도 정은 못 끊어	腸雖已斷情難斷
살아 못 따른다면 죽어서라도 따르리.	生不相從死亦從
길이 덕언(德言)으로 깨어진 거울을 감추게 하니	長使德言藏破鏡
마침내는 자건(子建)¹⁶⁾의 부(賦)¹⁷⁾로 용을 노닐게 하리.	終敎子建賦游龍
녹주(綠珠)¹⁸⁾ 벽옥(碧玉)¹⁹⁾ 심중의 일	綠珠碧玉心中事

에 오채(五彩)가 섞여 있으며, 그 소리는 오음(五音)과 같다고 함.
16. 삼국시대 위(魏)나라 조식(曹植)의 자(字). 시문에 뛰어났음.
17. 조식이 지은 낙신부(洛神賦).
18. 진(晉)나라 석숭(石崇)의 애첩. 매우 아름다웠기에 석숭이 자기 집 후원에 금곡원 (金谷園)이라는 별장을 지어 살게 했음. 당시 세도가인 손수(孫秀)가 녹주의 미색을 탐하여 군사를 보내 석숭을 잡아오게 하자 녹주는 금곡원의 누각에서 몸을 던져 자결하였다 함.
19. 당(唐)나라 교지지(喬知之)의 애첩. 아름다운데다 가무를 잘하였음. 측천무후(則

누가 알아주리 나의 그 마음.   今日誰知也到儂

　김생이 시를 받아보니 죽음을 생각하고 있다는 뜻이라, 이제 더는
희망이 없는데다가 더욱 억울한 생각이 들어 상심한 나머지 마침내는
자리에 눕게 되었다. 취취가 장군에게 간청하여 비로소 김생의 침상
앞에 이르러 살펴보니 김생의 병세는 이미 극히 위중하였다. 취취가
두 팔로 김생을 부축하여 일으키자 그는 고개를 돌려 취취를 바라보
는데 눈에는 눈물이 가득했다. 그리고 길게 한 번 숨을 내쉬더니 그
만 숨이 끊어져 버렸다. 장군은 그를 불쌍히 여겨 도장산(道場山)[20] 기
슭에 장사지내 주었다. 취취는 장례를 마치고 돌아오자 그날 밤에 병
이 들어 약도 먹지 않고 자리에서 뒤척이며 괴로워하다가 두 달이 다
된 어느 날 아침에 장군에게 이렇게 말했다.
　"첩이 집을 떠나 장군을 모신지 벌써 팔년이 되었습니다. 타향을 떠
돌아 다녀보아도 부모는 계시지 않았습니다. 오라비 하나를 만났지만
그마저 이제 죽었습니다. 저의 병은 필시 낫지 않을 것이오니 바라건
대 제 뼈를 오라비 옆에 묻어주십시오. 황천에서나마 서로 의탁하여
타향의 외로운 혼을 면할까 합니다."
　말을 마치자 숨을 거두었다. 장군은 그 뜻을 어기지 않고 김생의 무
덤 왼쪽에 묻어주었다. 그것은 마치 동쪽과 서쪽의 나란한 두 언덕과
같았다.
　홍무(洪武)[21] 초(初)에 장사성이 이미 패했을 때, 취취의 집에 있던

　　天武后)의 조카인 무승사(武承嗣)가 불러 가무를 시키고 돌려보내지 않자 교지지
　　가 벽옥을 원망하는 시를 지어 벽옥에게 보내니 시를 본 벽옥은 우물에 몸을 던
　　져 자결하였다 함.
20. 호주성(湖州城) 남쪽에 있음.
21. 명(明)나라 태조(太祖)의 연호.

옛 하인 한 사람이 장사를 하러 호주(湖州)로 가는 길에 도장산 아래를 지나가게 되었다. 산 아래에 이르렀을 때 붉은 대문의 화려한 집이 느티나무와 버드나무 사이로 보였는데 그곳에서 취취와 김생이 어깨를 기대고 서서 그를 부르는 것이었다. 집 안에 들어가자 취취는 부모의 안부를 묻고 고향의 옛 일들을 물었다. 그러자 하인이 물었다.

"아가씨와 서방님께서는 어찌하여 여기에 계십니까?"

"처음에 병란으로 내가 이장군에게 붙잡혀 있었는데 서방님께서 멀리서 찾아 오셨다오. 그때 장군이 나를 잡아두지 않고 돌아가게 하였기에 임시로 이곳에서 살고 있는 것이라오."

"제가 지금 회안으로 돌아가는 길이오니 아가씨께서 편지를 한 통 써 주시면 부모님께 전해 드리도록 하겠습니다."

취취는 그날 저녁 하인을 머물게 하고는 오흥(吳興)[22]의 찹쌀로 밥을 짓고, 초계(苕溪)[23]의 붕어로 국을 끓이고, 오정주(烏程酒)[24]를 내어 대접했다. 이튿날 아침에는 부모님께 드리는 편지를 써서 주었다.

엎드려 생각컨대, 아버지께서 낳으시고 어머니께서 기르사 그 망극한 은혜에 보답하기 어려우며, 부창부수(夫唱婦隨)[25]하는 아내로서 삼종지의(三從之義)[26]를 나타냄은 인륜으로 이미 정해져 있는 것이지만 세상 일이 어찌 이리도 다난(多難)한지요. 옛날 한(漢)나라 때 햇빛이 흐려 망

22. 절강성 북부에 있는 도시. 호주(湖州)라고도 함.
23. 오흥현(吳興縣)에 흐르는 강.
24. 오정현(烏程縣)에서 나는 명주(名酒). 오정현이라는 이름은 진(秦)나라 때 오(烏)씨와 정(程)씨가 술을 잘 빚었기 때문에 그렇게 일컫게 되었다 함.
25. 남편이 주장하고 아내는 이에 잘 따름.
26. 여자가 지켜야 되는 세 가지 도. 집에 있어서는 아버지를, 시집가서는 남편을, 남편이 죽은 뒤에는 아들을 좇는 것을 이름.

국(亡國)의 징조를 보임같이, 모반자는 칼자루를 거꾸로 쥐고 날뛰며 난
리를 일으켜 세상을 소란케 하였습니다. 이는 마치 큰 돼지와 큰 뱀이
서로 물고 삼키려는 형세이며, 그런 중에 수벌과 암나비는 각자 살길을
찾아 도망하는 것과 같았습니다. 어지러운 세상에 옥같이 부서지지 못
하고 창졸간에 구차한 목숨만 이어왔습니다. 전마(戰馬)의 쫓김에 따라
이리저리 유랑하는 몸이 되어, 높은 하늘을 날고자 하나 날개가 없어 날
지 못하고 고국을 그리는 마음에 혼백은 사방으로 흩어졌습니다. 아름
답던 시절은 쉽게 지나가고, 청란(靑鸞)²⁷)이 목계(木鷄)²⁸)의 짝이 된 것
을 슬퍼하듯 남편은 원망으로 원수가 되었고, 두대중(杜大中)²⁹)의 애첩
같이 맞아죽을까 두렵기도 하였습니다. 비록 겉으로는 즐거운 척 응수
했지만 가슴 속에는 끝내 슬픔이 맺혀 있었습니다. 달밝은 밤 두견새 소
리와 봄바람에 한들거리는 나비의 꿈으로 때는 바뀌고 세상은 변하여
괴로움은 다하고 즐거움이 찾아왔습니다. 이제는 양소(楊素)³⁰)가 약탈했
던 남의 아내를 돌려보냄같이, 왕돈(王敦)³¹)이 뒷문을 열어 미인들을 돌
려보냄같이, 당(唐)의 현종(玄宗)과 양귀비(楊貴妃)가 봉래산(蓬萊山)에
서 맺은 약속을 지킴같이, 소상(瀟湘)³²)에서 옛 님을 만난다는 구절같
이, 스스로 타고난 운명을 불쌍히 여기면서 봄이 더디 찾아온 것을 원망

---

27. 꿩과의 새. 전체 길이 약 2미터. 공작을 닮았는데, 수컷은 머리가 검은 색, 얼굴과 목
은 털이 없이 청회색, 깃털은 갈색이며 날개는 둥근 무늬가 있어 아름다움. 번식기에
는 날개를 펴고 구애의 춤을 춤.
28. 나무로 만든 닭. 청란과 목계는 어울리지 않는 짝을 의미.
29. 두 대중은 무인이었음. 그의 애첩이 시를 잘 지었는데 그녀가 지은 시에 '꽃다운 봉(鳳)
에 까마귀가 따른다.'는 구절이 있는 것을 보고 그녀를 때려 죽였음.
30. 수(隋)나라의 재상(宰相).
31. 진(晉)나라 때 왕돈(王敦)은 여색에 빠져 몸이 상하니 뒷문을 열어 기녀 수십 명을
풀어주었다 함.
32. 소수(瀟水)와 상강(湘江).

치 않습니다. 장대(章臺)³³)의 버들은 비록 남에게 쉽게 꺾이지만 현도(玄
都)³⁴)의 꽃은 그 아름다움이 변치 않습니다. 물속에 가라앉은 은병(銀
甁)이요 허리 꺾인 옥잠(玉簪)³⁵)이라 할지니 어찌 옥(玉)이 돌아오고 구
슬이 돌아오기를³⁶) 기약할 수 있겠습니까. 옥소녀(玉簫女)가 양세(兩世)
에 걸쳐 인연을 가짐³⁷)과 같고 홍불기(紅拂妓)가 한때의 배합(配合)을
가진 것³⁸)과는 견줄 수 없게 되었습니다. 하늘이 제게 배필을 주신 것
은 우연이 아닙니다. 난새를 고아 만든 아교로 끊어진 거문고 줄을 이었
으니 마음속 깊이 맺힌 정념은 겹겹이 쌓여 있습니다. 여기 삼가 글월을
지어 뵙지 못한대로 먼저 부모님께 안부를 전하옵니다.

취취의 부모는 이 편지를 받고는 날듯이 기뻐했다. 그녀의 아버지
는 즉시 배를 세내어 하인을 데리고 회하(淮河)로부터 절강(浙江)을 지
나 곧장 오흥(吳興)으로 달려가 도장산 아래에 이르렀다. 그러나 전에
하인이 유숙했던 곳에는 황량한 들판에 거친 풀만 자라 있고, 여우와
토끼의 흔적만 길에 흩어져 있을 뿐, 먼저 본 집터에는 동서의 두 무
덤만 있을 뿐이었다. 바야흐로 의아해 하던 차에 마침 시골 중 한 사

---

33. 유곽(遊廓).
34. 선경(仙境).
35. 옥으로 만든 비녀.
36. 후한(後漢)의 맹상(孟嘗)이 합포(合浦)의 태수가 되어 선정을 베풀었더니 없어졌던 바
다의 보배가 되돌아왔다는 고사(故事).
37. 당나라 위고(韋皐)가 옥소(玉簫)라는 여자를 만났으나 아직 여자의 나이가 어린 까
닭에 옥가락지를 주면서 5년을 기다렸다가 결혼하자고 약속하였으나 기한이 지나도
위고가 돌아오지 않으므로 그녀는 식음을 폐하고 죽었다 함. 후에 위고가 한 가희(
歌姬)를 얻어 호(號)를 옥소라 불렀더니 손가락에 살로 된 가락지가 생겨나 옥가락
지 모양이 되었다 함.
38. 수나라 양소(楊素)의 시녀였던 홍불기(紅拂妓)는 알현차 양소를 찾은 이정(李靖)을
보고 반하여 객사로 찾아가 통정하였음.

람이 석장(錫杖)을 짚고 지나가기에 물으니 대답하기를

"이것은 옛날 이장군이 김생과 취취를 장사지낸 무덤일 뿐인데 어찌 사람 사는 집이 있겠소?"

라고 한다. 깜짝 놀라 편지를 꺼내어 보니 백지 한 장이었다. 이때 이장군은 이미 명나라 조정에 의해 죽임을 당했으니 그 자세한 것을 물어볼만한 데는 어디에도 없었다. 취취의 아버지는 무덤 앞에서 통곡하며 말했다.

"네가 편지로 나를 속여 천리 머나먼 길을 여기까지 오게 한 것은 나를 보고 싶어서 그런 것이로구나. 이제 나는 여기 왔건만 너는 흔적도 없고 자취도 없으니… 나와 너는 살아서 부모 자식이었는데 죽었으면 어떠랴. 네게 혼령이 있다면 한 번 나타나 내 의심을 풀어주려무나."

이날 밤은 무덤가에서 묵었다. 삼경(三更)이 지났을 무렵 취취와 김생이 아버지 앞에 나타나 엎드려 절하고는 몸을 가누지 못하며 통곡했다. 아버지 역시 울면서 달래며 물었더니 취취는 자초지종을 자세히 이야기했다.

"지난번 일어난 전란에 우리 고을에도 반란군이 몰려 들어오매 두씨녀(竇氏女)[39]의 절의(節義)를 본받지 못하고 사타리(沙吒利)에게 핍박받은 유씨(柳氏)[40]와 같은 몸이 되어 부끄러움을 참고 목숨을 부지하여 고향을 떠났습니다. 그리고는 혜란(蕙蘭)[41]과 같은 가냘픈 몸은 농

---

39. 당나라 영태(永泰)년간에 두씨(竇氏)라는 사람에게 두 딸이 있었는데 도적들에게 잡히게 되자 몸을 더럽히지 않으려고 모두 자살하였다 함.

40. 유씨(柳氏)는 한익(韓翊)의 첩이었으나 전란중에 그녀의 미모를 탐낸 장군 사타리(沙陀利)에게 잡혀 강제로 첩살이를 한다. 한익은 나중에 이 사실을 알았지만 사타리의 위세 때문에 어쩌지 못하던 차에, 허준이라는 청년장교가 용기를 내어 유씨를 빼내어 오고, 재상 후회일이 황제에게 아룀으로써 다시 함께 살게 되었다는 이야기.

락거리로 팔렸으니, 옛날 한때 매소부(賣笑婦)로서 초왕(楚王)에게 겁탈당하고 한 마디 말도 하지 않았다는 식부인(息夫人)⁴²을 불쌍히 여길 겨를도 없었으며, 하늘을 우러러 소리쳐도 달아날 길이 없었으니, 하루를 보내는 것이 삼년을 보내는 것 같았습니다. 남편이 옛정을 버리지 않고 애써 먼 길을 찾아왔지만 남매라는 이름으로 겨우 한 차례 만났을 뿐 멀리 떨어져 있어 끝내 부부의 정을 나누지도 못하였습니다. 저 사람이 병에 걸려 먼저 죽으니 저도 원한을 품고 이어서 죽었습니다. 합장을 바랬더니 다행히 이루어져 한 곳으로 돌아왔습니다. 대강 이와 같으며, 자세한 말씀 드리자면 끝이 없습니다."

"내가 여기 온 것은 너를 집으로 데리고 돌아가 함께 살려고 했던 것인데 너는 이렇게 되었구나. 이제 네 뼈를 가져다 선영 아래 묻으려고 하니 이번에 온 것이 허행은 아니었구나."

아버지의 말을 듣고 취취는 또 울면서

"저는 살았을 때도 불행히 진지상 조차 받들지 못하고, 죽어서도 인연이 없어 머리를 선영에 두지 못했습니다. 하지만 이곳 땅속이 아직 조용하고 편안하오니 만약 다시 옮긴다면 오히려 수고롭고 요란하기만 할 것입니다. 하물며 산천이 수려하고 초목이 우거져 이미 안정되었으니 옮기지 말아 주셨으면 합니다."

하고 말하고는 아버지를 부둥켜안고 대성통곡을 하였다. 아버지가 깜짝 놀라 깨어보니 한바탕 꿈이었다. 이튿날 아버지는 고기와 술을 준비하여 묘 앞에서 제사를 지내고 하인과 함께 배를 돌려 돌아갔다.

---

41. 난초의 한 종류.
42. 강제로 납치되어 초왕(楚王)의 아내가 된 식부인(息夫人)은 아들 둘을 낳고 사는 중에도 초왕과 일체 말을 하지 않았다고 함. 답답하게 여긴 초왕이 이유를 묻자 그녀는 "저는 한 부인으로 두 남편을 섬기고 있습니다. 죽을 수는 없지만 무슨 면목으로 다른 사람에게 말을 건넬 수 있겠습니까."라고 답했다 함.

지금도 이곳을 지나는 사람은 그 무덤을 가리켜 김취묘(金翠墓)라고
부른다고 한다.

비연전(非烟傳)

임회(臨淮)의 무공업(武公業)이라는 사람은 함통(咸通)년간에 하남부(河南府)의 공조참군(功曹參軍)에 임명되었다. 비연(非烟)이라는 이름의 애첩은 성이 보씨(步氏)였는데 그 생김새와 거지(擧止)가 가냘프고 아름다워서 비단옷을 걸치고 있는 것조차 힘들어 보였다. 그녀는 진(秦)나라 음악에 정통한데다 문필을 좋아했으며, 거기에 격구(擊甌)[1]에도 조예가 깊어 그 연주할 때의 소리는 사죽(絲竹)[2]이 합하여 나는 것 같이 아름다웠으므로 공업은 그녀를 매우 사랑하였다.

그 이웃에 천수(天水)[3] 사람 조씨(趙氏)의 집이 있었는데 그 또한 명문거족 출신이어서 아무도 그의 말을 거역하는 사람이 없었다. 그의

---

1. 12개의 사기그릇에 각각 다른 양의 물을 담아 젓가락으로 두드려 연주하는 악기의 한 가지.
2. 사(絲)는 현악기, 죽(竹)은 관악기.
3. 감숙성(甘肅省) 남동부에 있음.

아들 상(象)은 용모가 준수하고 문장에도 뛰어났는데 나이는 이제 겨
우 약관(弱冠)⁴⁾이었다. 이 조상(趙象)이 상례(喪禮)를 치르느라 집에
와 머물고 있었는데, 하루는 남쪽 담장 사이로 우연히 비연의 모습을
보고는 혼백이 흩어져 먹지도 자지도 못하는 지경에 이르렀다. 이에
조상은 공업의 집을 지키는 문지기에게 후하게 사례하고 속마음을 말
하니 문지기는 난색을 보이는 것이었다. 그리하여 한 번 더 후하게 대
접하였더니 문지기는 그제야 마음이 움직여 그의 아내를 시켜 비연의
처소를 살피다가 비연에게 조상의 뜻을 전하게 하였다. 그랬더니 비연
은 그녀의 말을 듣고는 단지 웃음을 머금고 바라만 볼 뿐 대답을 하
지 않았다. 이 사실을 문지기의 아내가 조상에게 와서 자세히 말하자
조상은 마음이 흐트러지고 미칠 것만 같아 견딜 수가 없었다. 그리하
여 설도전(薛濤牋)⁵⁾을 꺼내어 시를 한 수 지었다.

경성(傾城)의 미모를 한 번 보고는	一覩傾城貌
티끌 같은 이 마음 스스로 원망했노라	塵心只自猜
소사(蕭史) 따라 하늘로 간 선녀⁶⁾가 아니라면	不隨蕭史去
부처님 말씀 배우러 온 불제자가 아닐까.	擬學阿蘭來

조상은 이 시를 밀봉한 뒤 문지기의 아내에게 부탁하여 비연에게

---

4. 남자의 20세 전후의 나이.
5. 당(唐)나라 때 이름난 기녀였던 설도(薛濤)가 만년에 완화계(浣花溪)란 곳에 물러나 살
면서 꽃물을 넣어 만든 붉은 색종이. 설도는 이 종이에 시를 적어서 사람들에게 보냈
다는데 너무나 아름다워서 다투어 수장하려고 하여 매우 귀하게 되었다 함.
6. 춘추시대 진(秦)나라 목공(穆公)에게 농옥(弄玉)이라는 딸이 있었는데 어려서부터 악
기를 좋아하여 퉁소를 잘 불었다고 함. 목공은 그녀를 위해 퉁소의 명인인 소사(蕭史)
라는 청년을 배필로 구해 주었는데, 어느 날 밤 소사가 멋지게 퉁소를 불자 하늘에서
봉황과 용이 내려 와 두 사람은 각각 그것을 타고 하늘로 올라갔다 함.

보냈더니 비연은 시를 읽어 보고는 한숨을 쉬더니 한참 있다가 그 여자에게 말했다.

"저도 또한 조랑(趙郞)을 담장 사이로 엿보고는 그 재모(才貌)에 반했습니다. 하지만 인생이 박복하여 어쩔 수가 없네요."

이 말은 무공업이 거칠고 사나워서 자기에게는 좋은 배우자가 못되어 수치스럽다는 뜻이었다. 그리고 그녀는 금봉전(金鳳牋)에 다음과 같이 화답하는 시를 적어 문지기의 아내에게 주고 조상에게 전해 달라고 부탁했다.

녹주(綠珠)[7]의 처참함에 견줄 이 몸 견딜 수 없어	綠慘雙娥不自持
가슴속 깊은 한(恨) 새 시에 담아 보냅니다.	只緣幽恨在新詩
낭군의 마음 응당 금심(琴心)[8]의 원한 같사오니	郞心應似琴心怨
맥맥히 샘솟는 정 다시 누구를 생각하리.	脉脉春情更擬誰

시를 펼쳐 본 조상은 입으로 서너 번 읊조리더니 손뼉을 치며 기뻐서 말했다.

"내 일이 이루어졌구나!"

그러더니 또 섬계(剡溪)의 옥엽지(玉葉紙)에다 감사의 뜻을 시로 적어 보냈다.

귀하신 가인(佳人)께서 좋은 소식 주시니	珍重佳人贈好音
비단 종이에 향기로운 편지 두 정이 깊습니다.	綵牋芳翰兩情深
매미날개보다 얇아 이 한 다 사뢰기 어렵고	薄於蟬翼難供恨

---

7. 취취전 18번 주(註) 참조.
8. 거문고 소리에 유혹하는 마음을 담아 보냄.

파리머리처럼 빽빽하여 이 마음 다 그리지 못합니다.　密似蠅頭未寫心

떨어진 꽃이 푸른 골짜기를 헤매듯　　　　　　　疑是落花迷碧洞

오직 그대생각으로 가랑비에 옷깃이 젖습니다.　只思輕雨灑幽襟

백 번 소식 기다리고 천 번 꿈꾸면서　　　　　百回消息千回夢

긴 노래 지어내어 거문고에 맡깁니다.　　　　裁作長謠寄綠琴

　시를 보낸 지 열흘이 되었는데도 문지기 처는 다시 오지 않았다. 그
래서 조상은 일이 탄로가 난 것인가, 아니면 비연이 후회하여 마음이
변한 것인가 하는 생각에 걱정이 되고 두려웠다. 이러던 중 어느 봄날
저녁에 조상은 앞뜰에 혼자 앉아 있다가 시를 한 수 지었다.

붉은 꽃 감춘 녹음에 어둑어둑 안개가 이는데　綠暗紅藏起暝煙

홀로 깊은 한 품고 뜰 앞에 앉았도다.　　　　獨將幽恨小庭前

조용한 이 좋은 밤 누구와 말할까　　　　　　沉沉良夜與誰語

별은 은하에서 먼데 중천에는 달이로다.　　　星隔銀河月半天

　이튿날 새벽에 일어나 시를 읊고 있을 때 문지기의 아내가 찾아왔
다. 그녀는 열흘 동안 소식이 없었던 것은 몸이 약간 불편해서였으니
의아해 하지 말라는 비연의 말을 전하면서 얇은 비단을 이어 만든 향
주머니를 주고 또 벽태전(碧苔牋)에 쓴 시를 주었는데 시는 이와 같았
다.

힘없어 억지로 갇혀 지내는 몸　　　　　　　無力嚴杖倚繡楹

몰래 비단에 쓰는 시 생각이 끝이 없습니다.　暗題蟬錦思難窮

근래 심히 봄 앓는 병을 얻으니　　　　　　　近來嬴得傷春病

버들과 꽃잎처럼 약하여 새벽바람 겁납니다.	柳弱花欹怯曉風

　조상은 비단 향주머니를 품안에다 묶고, 편지글을 자세히 읽으면서 비연이 자기를 생각하는 마음에 병이 더해질까 봐 걱정이 되었다. 이에 조상은 오사란(烏絲闌) 종이를 잘라 회신을 썼다.

　"봄날이 더디 가니 사람의 마음도 고요해 지는 것 같습니다. 담장 사이로 잠깐 본 이후로 이 몸은 길이 꿈속에서 지내고 있습니다. 옷에 날개가 돋는다 해도 만나기가 어려운지라 지극 정성의 마음으로 밝은 해에 맹세하고 만날 방도를 강구하던 차에, 봄을 당하여 다감(多感)하심으로 옥체에 조화를 잃었다는 소식을 들었습니다. 빙설(氷雪) 같은 자태가 쇠해지고 혜란(蕙蘭) 같은 기상에 근심이 쌓였을 것을 생각하니 걱정스런 마음 말할 수 없지만 날지 못함이 한스러울 뿐입니다. 바라기는 뜻을 너그럽게 가져 몸을 초췌함에 이르게 하지 마시고, 시를 지을 때에 홀로 외로워하지 마시고, 뒤에 만날 날을 생각하며 마음을 즐겁게 갖으시기를 바랍니다. 정신이 흐릿하니 어찌 글로 다할 수 있겠습니까. 아울러 변변치 않은 시 한 수로 보내주신 아름다운 시를 잇고자 합니다."

봄을 타 몸이 상하셨다는 말을 듣고	見說傷情爲見春
주신 글월 보면서 아름다운 그대 얼굴 그립니다.	想封蟬錦綠哦鸎
머리를 조아리며 비연씨게 말하노니	叩頭爲報烟卿道
제일가는 풍류9)가 사람 몸을 가장 상케 한다오.	第一風流最損人

---
9. 시를 짓는 일.

문지기 처는 편지를 받아 즉시 비연의 침실로 가지고 갔다. 무공업은 관청의 관리로 있어서 공무가 많아 며칠 밤에 한 번 근무를 설 때도 있지만 어떤 때는 종일 집에 돌아오지 않는 날도 있었다. 이때는 마침 공업이 관청에 들어갔을 때여서 비연은 편지를 열고 다정한 눈길로 차분히 읽어 내려갔다. 그리고 읽기를 마치자 비연은 길게 한숨을 쉬고 말했다.

"장부의 뜻과 여자의 마음에 정이 맺어지고 혼이 섞이니 먼 것도 가깝게 보이는구나."

그러더니 비연은 문을 닫고 휘장을 내리고 편지를 썼다.

"저는 불행이도 어려서 고아가 되었고, 살아가던 중간에는 중매쟁이에게 속아 마침내는 천한 사람의 배필이 되었습니다. 그리하여 맑은 바람이 불고 밝은 달이 뜨는 밤이면 거문고를 타면서 스스로를 위로했고, 가을바람 부는 휘장 속과 겨울밤 등잔불 아래에서도 거문고에 한을 맡겼었습니다. 그런데 공자(公子)께서 갑자기 좋은 소식을 주실 줄 어찌 기약이나 하였을까요? 빛나는 글월을 펼쳐보고는 넋이 나갔고, 아름다운 구절을 읊조리고는 다른 글은 눈에 들어오지도 않았습니다. 그간 한스러웠던 것은 낙수(洛水)의 물결이 가로막혀 있음이요, 가오(賈午)[10]의 담장이 높음이요, 길게 뻗은 구름이 진(秦)나라 높은 대(臺)에는 미치지 못함이요, 상사의 꿈이 아직도 초나라 산봉우리에서 서성임이었으니 다만 하늘이 소원을 들어주고 귀신이 도와주기만 바랄 뿐이었습니다. 이제 귀체(貴體)를 한 번만이라도 뵐 수 있다면 아홉 번 죽더라도 여한이 없을 것입니다. 겸하여 짧은 글을 지어 그윽한 회포를 부칩니다."

---

10. 진(晉)나라 사람 가충(賈充)의 딸. 한수(韓壽)라는 잘생긴 청년과 은밀한 관계를 가졌는데 한수가 가오의 집 담장을 넘나들 때에 그 담장이 높음을 한탄했다 함.

처마 밑 봄 제비는 암수가 함께 잠자는데	畵簷春燕須同宿
낙포(洛浦)의 쌍(雙)원앙은 기꺼이 혼자 날고자 하네.	洛浦雙鴛肯獨飛
한스럽다 도원(桃源)의 여자들 짝 얻어 살더니	長恨桃源諸女伴
쓸쓸히 꽃밭에서 낭군과 이별하네.	等閒花裏送郎歸

　그녀는 편지를 봉하고 문지기의 아내를 불러 조상에게 전하게 했다. 조상은 글과 시를 읽어보고는 비연의 마음이 조금 더 절실해졌다고 생각하여 기뻐 어쩔 줄을 몰랐다. 그리하여 그는 방을 정결히 하여 향을 피우고 경건히 빌면서 오직 일이 순조로이 이루어지기만 기다렸다.

　하루는 저녁 무렵에 문지기 아내가 빠른 걸음으로 들어와 웃으며 절하고 말했다.

　"조랑(趙郎)! 선녀를 보고 싶지 않으세요?"

　조상이 놀라서 곧이어 물으니 그녀는 다음과 같이 비연의 말을 전하는 것이었다.

　"오늘밤 남편이 관청에서 숙직을 하니 가히 좋은 때라고 할 수 있습니다. 저의 집 뒤뜰은 낭군의 집 앞 담입니다. 그 담을 넘지 않는다면 우리의 인연을 어떻게 이을 수 있겠습니까? 오직 오시기만 바라면서 마음을 굳게 먹고 뵈올 때만 기다리겠습니다."

　날이 어두워지자 조상이 사다리를 밟고 앞 담장으로 올라갔더니 비연은 이미 담장 아래에 긴 평상을 포개어 쌓아놓고 기다리고 있었다. 담장에서 내려가 보니 비연은 얼굴을 예쁘게 화장을 하고 좋은 옷을 차려입고 꽃 아래 서 있었다. 마주보고 서로 절을 하였는데 그 순간 두 사람의 기쁨은 말로 형언할 수 없는 것이었다. 두 사람은 곧 서로 손 잡고 뒷문을 통해 안으로 들어가서는 등잔불을 끄고 휘장을 내리고 마침내 그리워했던 정을 다 풀었다. 새벽을 알리는 첫 번째 종이 울리자 비연은 다시 담장 아래에서 조상을 떠나보냈다. 보내기에 앞서 비연은 조상의 손을 잡고 울면서 말했다.

"오늘 우리가 만난 것은 전생에 인연이 있었기 때문이에요. 제발 저를 옥결(玉潔)과 송정(松貞)[11]의 절개가 없는 여자라고 말하지는 말아 주세요. 이와 같이 방탕한 행동을 한 것은 낭군의 고아한 풍모에 마음을 빼앗겨 저 스스로를 돌아볼 수 없었기 때문이니 깊이 헤아려 주시기 바랍니다."

이 말을 듣고 조상이 말했다.

"세상에 드문 미모에 끌렸고 뛰어난 마음씨를 보았기에 저는 이미 당신과 영원토록 즐거움을 함께하기로 스스로 맹세하였습니다."

말을 마치자 조상은 담을 넘어 돌아갔다.

이튿날 조상은 문지기의 아내에게 부탁하여 비연에게 시 한 편을 보냈다.

십동(十洞)과 삼청(三淸)[12]의 길은 막혀 있어도	十洞三淸雖路沮
마음만 있으면 가까이에서 요대(瑤臺)[13]를 만날 수 있네.	有心還得傍瑤臺
향기로운 바람이 깊은 밤의 일을 생각나게 하니	瑞香風引思深夜
선궁(仙宮)에서 선녀가 내려온 것을 알겠노라.	知是藥宮仙馭來

비연은 시를 보고서 미소를 짓고는 자기도 조상에게 줄 시 한 수를 지었다.

---

11. 옥과 같은 순결함과 소나무와 같은 굳센 절개.
12. 십동(十洞)과 삼청(三淸)은 모두 신선이 산다는 곳.
13. 신선이 살고 있는 누대(樓臺).

임 그릴 땐 임이 몰라줄까 두렵고	相思只怕不相識
만난 뒤엔 또 헤어질 것을 근심하네.	想見還愁却別君
원하노니 소나무 아래 학이나 되어	願得化爲松下鶴
같이 함께 날아올라 떠가는 구름 속에 들기를.	一雙飛去入行雲

비연은 이 시를 봉해서 문지기 처에게 주면서 이런 말까지 전해달라고 부탁했다.

"저로 인해 그간 소소한 시나 지으셨군요. 그렇지 않았으면 큰 재주를 드러내는 좋은 글을 많이 지으셨을 텐데."

이로부터는 열흘이 되기 전에 항상 뒤뜰에서 한 번씩 만나 은밀한 정을 주고받았고 간직해 온 정염을 모두 불태웠다. 그러면서 두 사람의 일은 귀신도 모르고 하늘과 사람이 함께 도와주는 것이라고 생각했다. 어떤 때는 계절에 따라 바뀌는 경치를 함께 감상하기도 하고, 시로써 서로에 대한 애틋한 정을 주고받기도 하면서 빈번히 왕래한 이야기는 필설로 다할 수 없는 정도였다.

이렇게 일 년을 아무 탈 없이 지내다가, 한 번은 비연이 작은 잘못을 저지른 여종에게 매질을 하였는데 그 여종이 원한을 품고 틈을 타 공업에게 모든 사실을 다 고해 바쳐버렸다. 이 말을 들은 공업은 여종에게

"너는 말조심하고 있거라. 내가 한번 몰래 확인해 봐야겠다."

하고 뒤에 숙직일이 되었을 때 거짓 구실로 휴가를 얻어서는 저녁이 되자 평시처럼 숙직을 선다고 집에서 나갔다. 그리고는 마을 어귀에 숨어 있다가 밤 시각을 알리는 북소리가 울리자 살금살금 기듯이 집으로 돌아왔다. 공업이 집 담장을 돌아 뒤뜰 쪽으로 가 보니 비연은 방문에 기대어 낮은 소리로 시를 읊고 있었고 조상은 담장 위에서 그

녀를 비스듬히 내려다보고 있었다. 공업은 이를 보고 분을 참지 못해 앞으로 달려가 조상을 붙잡으려고 하였다. 하지만 조상이 이를 알고 펄쩍 뛰어오르며 달아났기에 공업이 손에 쥔 것은 조상의 찢어진 속옷 천 조각뿐이었다. 이에 공업이 집안으로 들어가 비연을 불러 힐문하니 비연은 낯 색이 변하고 목소리도 떨렸지만 사실을 말하지는 않았다. 그러니까 공업은 더욱 화가 나서 비연을 큰 기둥에 묶어놓고 채찍으로 매질을 하니 비연의 몸에서는 피가 흘렀다. 그런 와중에 비연은 다만

"살아서 서로 친하였으니 죽은들 무슨 여한이 있겠는가."

라고 말할 뿐이었다.

밤이 깊어 공업이 방심하여 잠깐 잠이 드니 비연은 그녀가 사랑하는 여종을 불러 물 한 사발만 갖다 달라고 하였다. 여종이 물을 가져다주자 비연은 한 사발 물을 다 마시더니 숨이 끊어지고 말았다.

공업이 잠에서 깨어 다시 매질을 하려고 보니 비연이 이미 죽었는지라 묶은 것을 풀고 비연의 시신을 방 가운데로 들어다 누여 놓고는 비연의 이름을 연달아 소리쳐 불러댔다. 그리고는 비연이 갑자기 병으로 죽었다고 말을 퍼트렸다. 며칠이 지나 공업은 비연을 북망산(北邙山)14)에다 묻었는데 마을 사람들은 모두 그녀가 공업에 의해 억지로 죽은 것을 알고 있었다. 그 뒤 조상은 옷을 다르게 입고 이름을 바꾸고는 멀리 강절(江浙) 사이로 달아나 숨어살았다.

낙양의 문사(文士) 중에 최생(崔生)과 이생(李生)이라는 두 사람이 비연과 무공업이 놀던 곳을 찾아 시를 지었는데 최생은 끝 귀에서

---

14. 하남성(河南省) 낙양(洛陽) 북쪽에 있는 산.

| 흡사 전화(傳花)놀이[15] 하던 술자리 파하고 | 恰似傳花人飮散 |
| 빈 상위에 버려진 가장 활짝 핀 꽃가지 같도다. | 空牀抛下最繁枝 |

라고 하였더니 그날 밤 꿈에 비연이 나타나 사례하면서

"제 모습이 비록 복숭아꽃이나 오얏꽃에는 미치지 못하지만 떨어질 때는 그 꽃들보다 심히 모질게 졌는데, 옥운(玉韻)에서 칭찬해 주시니 부끄럽기 그지없습니다."

라고 말했다. 그리고 이생은 끝 귀에서

| 만약 아름답고 향기로운 혼백이 남아 있다면 | 艶魄香魂如有在 |
| 누각에서 몸 던진 사람[16] 보기가 부끄러울 것을. | 還應羞見墜樓人 |

라고 하였는데 그날 밤 꿈에 비연이 손에 창을 들고 나타나 이렇게 말했다.

"선비에게는 백행(百行)이 있지만 당신의 행실은 모두 온전한 것이었나요? 어찌 거만한 한마디 말로 사람을 아프게 배척하십니까? 마땅히 저승에 데리고 가서 당신을 내 앞에 무릎 꿇게 하고 말겠어요."

그리고 며칠 뒤 이생이 죽었으니 당시 사람들이 기이하게 여겼다.

---

15. 술자리에서 술 마실 사람을 정하기 위해 꽃을 가지고 하던 놀이.
16. 정조를 지키기 위해 누각에서 떨어져 죽은 석숭(石崇)의 애첩인 녹주(綠珠). 취취전 18번 주(註) 참조.

곤륜노(崑崙奴)

당(唐)나라 대력(大曆)년간에 최생(崔生)이라는 사람이 있었는데, 그의 아버지는 높은 벼슬을 하고 있으면서 당대의 훈신(勳臣)[1]인 일품(一品)이란 사람과 친했었다. 최생은 이때 천우(千牛)[2] 벼슬을 하고 있었는데, 하루는 아버지가 그에게 일품의 병문안을 다녀오도록 시켰다.

최생은 나이가 젊은데다 얼굴은 관옥 같고 성품은 고결하고 거지(擧止)는 찬찬하고 말소리는 청아했다. 일품은 기녀에게 명하여 발을 걷어 올리게 하고 최생을 방으로 들게 했다. 최생이 절하고 부친의 명을 전하자 일품은 기뻐하며 다정스럽게 앉으라 하고는 함께 이야기를 나누었다.

이때 일품의 기첩(妓妾) 셋은 모두 미모가 절색이었는데 앞에 와 앉

---

1. 공훈이 있는 신하.
2. 천우도(千牛刀)를 잡고 군왕을 호위하는 무사. 천우위(千牛衛)의 약칭.

았다. 이들이 금사발에 담아 놓았던 복숭아를 쪼개어 달콤한 과즙을 적셔 내 놓으니 일품은 붉은 비단옷을 입은 기녀에게 명하여 한 사발을 최생에게 주어 먹게 하였다. 그러나 최생은 나이가 젊은지라 기생들 앞에서 부끄러워서 끝내 먹지 않았다. 일품이 붉은 비단옷을 입은 기생, 곧 홍초기(紅綃妓)에게 명하여 수저로 떠 넣어 주라고 하니 최생은 어쩔 수가 없어 받아먹었는데, 이때 기녀는 최생을 보고 살며시 미소를 지어 보였다.

이럭저럭 시간을 보내다 떠나는 인사를 하고 가려고 하자 일품은
"젊은이, 한가하면 꼭 한 번 더 와서 이 늙은이와 친해져 보세나."
하고 말하였다. 그리고 홍초기에게 명하여 그를 전송하게 하였다. 최생이 집을 나오면서 뒤를 돌아보니 기녀는 세 손가락을 세웠다가 손바닥을 세 번 뒤집고, 또 그런 다음 가슴 앞에 걸린 작은 거울을 손가락으로 가리키면서
"잊지 마세요."
하고 말하는 것이었다. 그리고 다시 다른 말은 하지 않았다.

최생은 집으로 돌아와 일품의 안부를 전하고 공부방으로 돌아오니 정신이 혼미하여 아무 생각이 없고, 말수가 적어지면서 얼굴이 상하고, 멍하니 그녀 생각만 하느라 밥 먹는 것도 거르고 단지 이 시만 읊조릴 뿐이었다.

잘못 봉래산에 올라 정상에서 놀았는데　　　誤到蓬山頂上遊
옥 같은 미인이 샛별 같은 눈동자로 눈짓하네.　明璫玉女動星眸
붉은 대문 반쯤 닫힌 심궁(深宮)속 달은　　　朱扉半掩深宮月
눈처럼 흰 미인의 근심스런 얼굴 비추고 있으리.　應照璃芝雪艶愁

그러나 주위에서는 아무도 그 뜻을 아는 사람이 없었다.

이때 집에는 곤륜산(崑崙山)[3]에서 온 마륵(磨勒)이란 종이 있었는데 최생의 얼굴을 살펴보다가 말했다.

"마음속에 무슨 일이 있으시기에 이처럼 한을 품고 계십니까? 왜 이 늙은 종에게 말하지 않으시나요?"

최생이

"너희들이 무얼 안다고 내 회포간의 일을 묻는 거냐?"

하니 마륵은

"제게 말씀만 하시면 마땅히 도련님을 위해 무슨 일이든 해결해 이루어드리겠습니다."

하였다. 최생은 마륵의 이 이상한 말에 놀라 마침내 자세히 말해 주니까 마륵은

"이것은 작은 일일 뿐인데 왜 일찍 말씀하시지 않고 혼자 괴로워하셨어요."

하는 것이었다. 최생이 또 홍초기가 손짓으로 보여준 은어(隱語)에 대하여 말하니 마륵은 이렇게 풀이해 주는 것이었다.

"풀기가 뭐 어려울 게 있나요. 손가락 세 개를 세운 것은 일품 댁에 기녀의 방이 열이 있는데 이는 그중 세 번째 방이란 뜻이고, 손바닥을 세 번 뒤집은 것은 손가락 수가 열다섯이 되니 십오일을 가리키는 것입니다. 가슴 앞의 작은 거울은 보름날 밤의 달이 거울 같이 둥그니 낭군으로 하여금 이날 오시라는 뜻입니다."

최생이 이 말을 듣고 기쁨을 이기지 못하여 마륵에게

"그렇다면 무슨 계략으로 내 답답한 마음을 풀어줄 수 있겠느냐?"

---

3. 중국 서쪽에 있는 높은 산. 전설에 의하면 그곳에는 서왕모가 살고 있으며 불사(不死)의 물이 흐른다고 함.

하고 물으니 마륵이 웃으면서 대답했다.

"오늘밤이 바로 보름날 밤입니다. 도련님께서는 푸른 비단 두 필만 구해 주십시오. 도련님을 위해서 몸을 묶을 수 있는 옷을 만들어야겠습니다. 일품 댁에는 사나운 개가 기녀들의 방을 지키고 있어 낯선 사람은 들어갈 수가 없고 만약 들어간다면 반드시 물어 죽인답니다. 그 지키는 것이 귀신같고 사나움은 호랑이 같으니 곧 조주(曹州) 맹해(孟海)의 개라, 세상에 이 늙은 종이 아니면 이 개를 죽일 수가 없습니다. 오늘 저녁 도련님을 위해 이놈을 꼭 쳐 죽이겠습니다."

최생이 술과 고기를 먹여 힘을 돋우어 주니 마륵은 삼경이 되자 쇠몽둥이를 가지고 나갔다. 그리고 식경(食頃)⁴⁾쯤 지나 돌아와서는

"개는 이미 죽었으니 이제 장애물은 없습니다."

하고 말했다.

이날 밤 삼경에 마륵은 최생과 함께 푸른 옷을 입고 나가 최생을 업고 열 겹의 담장을 넘어 기녀들의 방이 있는 원내(院內)로 들어갔다. 세 번째 방문 앞에 이르니 비단으로 장식된 방문은 잠겨있지 않고 금 등잔의 등불이 희미하게 비치고 있는 가운데 기녀가 앉아서 길게 탄식하는 소리가 들려왔는데 누군가를 기다리고 있는 것 같았다. 기녀는 비취 귀고리를 늘어뜨린 발그레한 뺨이 이제 막 피어나 옥이 예쁘지 않음을 한탄하고 구슬이 빛을 잃음을 슬퍼하는 것 같았다. 그리고 그녀는 이런 시를 읊조리고 있었다.

깊은 골짜기에 앵무새 우니 완랑(阮郎)⁵⁾이 한스러워　深洞鶯啼恨阮郎
꽃 아래 살며시 와서 옥구슬을 내려놓도다.　　　　　偸來花下解珠璫

---

4. 한 끼의 밥을 먹는 데에 걸리는 정도의 시간. 잠깐 동안.

푸른 구름이 바람에 날리어 소식이 끊기니[5]　　　　碧雲飄斷音書絶

헛되이 옥피리에 의지하여 봉황[6] 오지 않음을 근심하네.　空依玉簫愁鳳凰

　곁에서 시중드는 사람들이 모두 잠이 들고 주위가 고요해졌을 때 마침내 최생은 드리워진 발을 천천히 걷고 안으로 들어갔다. 기녀는 한참 기다리던 중에 과연 최생이 온지라 너무나 기쁜 나머지 탑(榻)[7]에서 내려와 최생의 손을 잡고 말했다.

　"낭군께서 총명하사 반드시 말이 아니라도 아시리라 생각하여 수어(手語)로 했던 것이었어요. 그런데 낭군님은 무슨 신기한 술수가 있어 여기까지 오실 수가 있었나요?"

　최생이 마륵의 꾀로 업고 넘어왔다고 하니 그녀는 지금 마륵은 어디 있느냐고 물었다. 최생이 주렴 밖에 있다고 하자 그녀는 마륵을 안으로 불러들여 금사발에 술을 따라 주어 마시게 했다. 그리고 기녀는 최생에게 이렇게 말했다.

　"저의 집은 본래 북방(北方)에서 부자로 살았는데, 지금 주인이 그곳을 다스릴 적에 핍박하여 기첩을 삼았는데 스스로 죽지를 못하여 지금까지 목숨을 이어오고 있습니다. 얼굴은 분칠을 하고 있어도 가슴 속에는 울분이 맺혀 있어 옥 젓가락으로 음식을 먹고, 금향로에 향을 피우고, 구름 같은 병풍을 치고, 매일 비단옷을 입고 비취 이불 속

---

5. 한(漢)나라 명제(明帝) 영평(永平) 5년에 절강성 회계군(會稽郡) 섬현(剡縣)에 사는 유신(劉晨)과 완조(阮肇)라는 사람이 약초를 캐러 천태산(天台山)에 들어갔다가 두 아름다운 선녀를 만나 집으로 초대를 받아 가서 함께 그 집의 사위가 되었다는 고사가 있음. 완랑(阮郞)은 완조를 가리키는 말이고 후에는 미인과 결연한 남자를 칭하는 말로 쓰이게 되었음.

6. 여기서는 지위가 높고 인품이 고상한 남자를 비유하는 뜻으로 쓰였음.

7. 길고 좁게 만든 평상(平床).

에 잠을 자도 모두 제가 바라는 것이 아니니 저는 질곡(桎梏)8) 속에 있는 것이나 같습니다. 낭군을 모시고 있는 저분은 이미 신술(神術)이 있으니 저를 감옥에서 벗어나게 하는 데 무슨 어려움이 있겠습니까? 제 소원을 이미 말씀드렸으니 저는 죽어도 후회는 하지 않을 것입니다. 청컨대 저를 종으로 삼아 주시고 원컨대 귀하신 몸을 모시고 싶습니다. 낭군의 높으신 뜻은 어떠하신지요?"

최생이 걱정스런 마음에 말이 없으니 마륵이 말했다.

"낭자의 굳은 뜻이 이와 같으니 이 또한 작은 일일 뿐입니다."

이 말에 기녀는 매우 기뻐했다. 마륵은 먼저 그녀를 위해 그녀가 쓰던 물건들을 등에 져서 옮겼다. 이처럼 세 차례에 걸쳐 다 운반해 내고서는 늦어져 날이 밝아올까 걱정이라고 하면서 마침내는 최생과 기녀를 함께 업고 높은 담 십여 겹을 날아 넘어 나왔다. 그때 일품의 집을 지키는 사람들은 잠에서 깬 사람이 없었으므로 집으로 돌아와서는 자기의 서재에 그녀를 숨겼다.

아침이 되어서야 일품의 집 사람들은 이 사실을 알았다. 또한 개가 죽어 있는 것을 보고 일품은 크게 놀라서 말했다.

"우리 집의 문과 담은 깊숙하고 높은데다 자물쇠도 심히 튼튼하건만, 형세가 마치 날아올라간 듯 고요하고 흔적도 없으니 이는 반드시 협사(俠士)가 끌고 간 것일 것이다. 더구나 아무 들리는 이야기도 없으니 참으로 낭패로다."

기녀가 최생의 집에 숨어 산지 두 해가 지나 꽃 피는 때를 맞아 작은 수레를 타고 곡강(曲江)에 놀러 갔는데 일품 집 사람이 그녀를 몰래 알아보고는 이 사실을 일품에게 알렸다. 일품이 이상히 여겨 최생

---

8. 차꼬와 수갑.

을 불러 캐물으니 최생은 겁이 나서 감히 숨기지 못하고 마침내 사실을 자세히 고하였다. 그리고 모든 것은 종 마륵이 엎어다 주었기 때문이라고 말하였다. 일품은 이 말을 듣더니

"이 계집은 큰 죄를 지었지만 그대가 해를 넘겨 데리고 살았으니 내 시비를 묻지 않겠노라. 하지만 내 천하 사람들을 위해 해악을 없애리라."

하고 갑옷 입은 병사 오십 명에게 무기를 가지고 가 최생의 집을 포위하고 마륵을 잡으라 명하였다. 마륵은 이때 단검 한 자루만 지닌 채 높은 담을 뛰어올라 순식간에 날아가 버렸는데 그 빠르기가 매와 같았다. 병사들이 화살을 비 오듯이 쏘아댔지만 맞힐 수가 없었고 잠깐 사이에 간 곳을 모르게 되니 최생 집 사람들도 크게 놀랐다.

그 뒤 일품은 두려운 생각이 들어 매일 밤 많은 하인들을 시켜 무기를 가지고 집을 지키게 하였지만 그렇게 일 년쯤 지나자 그만 두었다.

뒤에 십여 년이 지난 어느 날, 최생 집 사람이 마륵이 낙양(洛陽)의 시장에서 약을 파는 것을 보았는데 얼굴은 예와 같았다고 한다.

배항(裵航)

　당(唐)나라 장경(長慶)년간에 배항(裵航)이라는 젊은이가 과거에 낙방하고 악저(鄂渚)를 유람하다가 옛날 친구였던 최상국(崔相國)[1]을 찾아갔더니 상국이 돈 20만전을 주었다. 그리하여 배항은 멀리 서울인 장안으로 돌아가기 위해 큰 배 한 척을 빌려 상한(湘漢)에서 타고 떠났다. 함께 탄 사람 중에는 번부인(樊夫人)도 있었는데 미모가 국색(國色)이었다. 그녀는 다른 사람을 통해서만 말을 했는데 그녀 일행이 거처하는 휘장 속은 언제나 화기가 넘쳤다.

　배항은 그녀에게 친절을 베풀어 보기도 했지만 직접 이야기를 나눌 수도, 얼굴을 접할 수도 없어서 시첩(侍妾)인 요연(裊烟)에게 뇌물을 주고 다음과 같은 시 한 수를 전해달라고 부탁했다.

---

1. 상국(相國)은 재상(宰相)의 총칭.

호월(胡越)²⁾에 떨어져 있어도 가슴엔 그리움뿐이요   同爲胡越猶懷想

천선(天仙)을 만났건만 비단 병풍에 가로막혀 있네.   況遇天仙隔錦屛

만일 옥경(玉京)³⁾에 조회(朝會)하러 가신다면   儻若玉京朝會去

난학(鸞鶴) 따라 같이 푸른 구름에 들고 싶네.   願隨鸞鶴入靑雲

시를 보낸 지 오래되었는데도 답이 없어 요연에게 따져 물었더니 요
연은

"낭자께서 시를 보시고도 모른 척하시니 어쩌겠어요."

한다. 이 말을 듣고 배항은 방법이 없어 가는 중에 이름난 술과 진귀
한 과실을 구하여 부인에게 드렸더니 부인은 마침내 요연을 시켜 배
항을 불러 서로 만나게 되었다. 휘장을 걷으니 옥 같은 차가운 광채
를 발하고 꽃같이 아름다운 모습을 한 부인이 거기 있었다. 머리는
구름모양으로 나지막이 쪽을 쪘는데 눈썹은 연한 초승달 같았고, 거
동하는 모습도 이 세상 밖의 사람이 속인과 짝이 된 것처럼 보였다.
배항이 재배하고 읍한 뒤 한참 놀란 눈으로 바라보고 있으니까 부인
이

"제 남편이 한남(漢南)에 있는데 이제 관직을 버리고 깊은 산속에서
조용히 살겠다고 하여 한번 보고 헤어지려고 가는 길입니다. 너무 슬
퍼서 정신이 없는데다 기한에 대지 못할까 걱정하는 마음 밖에 없으
니 어떻게 다시 다른 사람에게 눈을 돌려 정을 줄 겨를이 있겠습니
까? 정말 그렇지 않겠어요? 낭군과 같이 배를 타고 가는 것은 기쁘지
만 농지거리 할 생각은 없습니다."

---

2. 호(胡)는 북쪽 끝, 월(越)은 남쪽 끝에 있는 나라. 즉 두 사람의 사이가 호월처럼 멀다
   는 뜻.
3. 도가(道家)에서 말하는 천제(天帝)의 거소(居所).

라고 말했다. 이 말에 배항은

"제가 어찌 감히 그러겠습니까?"

하고는 술을 나누어 마신 뒤 돌아왔지만 부인의 절개가 서릿발 같아서 도저히 범접할 수가 없었다.

　부인은 그 뒤 요연을 시켜 다음과 같은 시 한 편을 보내왔다.

경장(瓊漿)4) 한 번 마시면 백감(百感)5)이 생겨나고	一飮瓊漿百感生
신선 약 다 찧으면 운영(雲英)을 볼 수 있다네.	玄霜擣盡見雲英
남교(藍橋)가 곧 신선굴(神仙窟)이거늘	藍橋便是神仙窟
어찌 반드시 고생하며 옥청(玉淸)6)에 오르리오.	何必崎嶇上玉淸

　배항은 시를 읽어보고는 그간 헛된 생각을 했다는 것을 깨닫고 부끄러워졌다. 하지만 그 시의 뜻을 정확히 알 수는 없었다. 그 후로 번부인은 다시는 모습을 보이지 않고 단지 요연을 통해서 안부를 전할 뿐이었다. 마침내 양한(襄漢)에 도착하니 부인은 여종에게 짐을 들게 하고는 작별의 말도 없이 가버렸다. 그리고 나서 부인이 간 곳을 아는 사람은 아무도 없었다. 배항은 그녀의 행방을 두루 찾아다녀 보았지만 종적을 감추고 사라져버린 까닭에 끝내 그 자취를 찾을 수가 없었다.

　배항이 마침내 장안에 도착하여 남교 옆 가까운 곳을 지날 때 목이 심히 말라 말에서 내려 물을 구해 마시려 하였는데 마침 서너 칸 돼 보이는 나지막하고 자그마한 초가집 한 채가 눈에 띄었다. 안에 한

---

4. 옥액(玉液)과 같은 뜻으로 신선이 마시는 음료수. 좋은 술을 나타낼 때도 있음.
5. 백가지 감상(感想).
6. 도교에서 신선이 산다는 세 궁(玉淸, 上淸, 太淸)중 하나.

노파가 모시를 꿰매고 있어 배항이 읍하고 물 한 그릇을 청하자 노파
는

"운영아! 물 한 사발 좀 내오너라. 낭군님이 마시고 싶다 하신다."
하고 소리치는 것이었다. 배항이 의아하게 생각하던 차 번부인의 시
에 운영이란 구절이 있었던 것이 떠올랐지만 그 깊은 뜻을 이해할 수
가 없었다. 이윽고 갈대 발 아래로 물그릇을 받쳐 든 두 손이 나오자
배항이 받아 마셨는데 참으로 옥액(玉液)이었다. 그리고 문 밖으로 이
상한 향내가 풍겨 나오는 것을 느낄 수가 있었다. 사발을 돌려주려고
발을 걷어 올리니 한 여자가 보였는데 꽃처럼 아름다운 얼굴에 눈처
럼 흰 피부, 뺨은 매끄럽기가 옥을 업신여길 만하고 머리는 짙은 구름
모양을 한 미인이었다. 교태를 보이며 얼굴을 가리고 몸을 감추는데
비록 붉은 난초가 그윽한 골짜기에 숨어있다 해도 그녀의 아름다움
에 비하기는 부족할 듯 보였다.

배항은 놀라서 발이 땅에 붙은 듯 걸음을 옮길 수가 없었다. 그리
하여 노파에게 말했다.

"제 종과 말이 심히 굶주리고 있으니 이곳에서 쉬게 해 주신다면
마땅히 후하게 답례할 것이오니 허락해 주신다면 다행이겠습니다."

노파가 편할 대로 하라고 하자 배항은 종에게 밥을 먹이고 말에게
도 여물을 주었다. 그리고 한참 있다가 노파에게 말했다.

"실은 아까 낭자를 보니 아름답기가 사람을 놀라게 할 만하고 자태
와 용모가 세상에 뛰어나 망설이고 가지 못했던 것입니다. 원컨대 후
하게 사례하고 제 아내로 삼았으면 하는데 하락해 주시겠습니까?"

이 말에 노파가 말했다.

"그 아이는 벌써 어떤 사람에게 시집보내기로 허락을 했지만 아직
때가 되지 않아서 가지 못하고 있는 것이라오. 나는 지금 늙고 병든

데다 오직 이 손녀 하나밖에 없는데, 어제 신선이 와서 영단(靈丹)[7] 한 숟가락을 주고 갔습니다. 반드시 옥저구(玉杵臼)[8]로 백일동안 찧어야만 삼킬 수가 있고, 마땅히 그것을 먹어야만 늙도록 오래오래 살 수가 있답니다. 젊은이가 만약 이 아이에게 장가들고 싶다면 옥저구를 구해 오시오. 그러면 내 마땅히 이 아이를 주리라. 그 밖에 금이나 비단 따위는 다 소용이 없습니다."

이 말을 듣고 배항은 절하고 사례하며

"원컨대 백일 기한으로 반드시 옥저구를 가지고 올 터이니 다른 사람에게 보내지는 말아 주십시오."

하고 말하니 노파가 그러겠다고 하는지라 배항은 마음을 모질게 먹고 그곳을 떠났다.

장안에 도착한 이래 배항은 어떤 일에도 관심이 없고 사람들로 붐비는 시장이나 거리들을 구석구석 다니면서 큰 소리로 옥저구를 찾았지만 옥저구는 어디에도 없었다. 어떤 때는 친구를 만났는데 모르는 사람처럼 대하자 사람들은 그가 미쳤다고까지 말하였다. 이렇게 몇 개월이 지난 어느 날 옥을 파는 한 노인을 만났는데 노인은 배항에게

"얼마 전에 괵주(虢州)에서 약국을 하는 변(卞)노인의 편지에 옥저구를 판다고 하였는데 젊은이가 이렇게 간구하니 내 마땅히 이 사람에게 편지를 써서 만나도록 해 주리다."

하고 말하는 것이었다. 그리하여 배항은 노인이 써준 편지를 가지고 과연 그 변노인을 만날 수가 있었다. 그런데 변노인은 돈 이백꿰미가 아니면 팔수가 없다는 것이었다. 배항은 이에 주머니를 다 털고 종과 말까지 팔아서 가까스로 돈을 채워 셈하고는 혼자 걷기도 하고 뛰기

---

7. 도교에서 신선이 되기 위하여 먹는 영약(靈藥).
8. 옥으로 만든 절구 공이와 절구.

도 하면서 드디어 남교에 이르렀다.

초가를 찾으니 전날의 노파가 크게 웃으며

"이렇게 신용이 있는 젊은이가 있나."

하면서 또 미소를 지으며

"비록 그렇다 해도 나를 위해 다시 백일 동안 약을 찧어줘야만 비로소 혼인 문제를 의론할 수 있다네."

하는 것이었다. 노파가 옷깃 사이에서 약을 내어 주니 배항은 그것을 즉시 찧기 시작했다. 낮에는 일을 하고 밤에는 쉬었는데 밤이 되면 노파가 약과 옥저구를 거두어 내실로 가지고 들어갔다. 그러고 나면 또 약을 찧는 소리가 들리는지라 배항이 안을 몰래 들여다보았더니 한 옥토끼가 약을 찧고 있었는데 눈처럼 하얀 밝은 빛이 방안을 비추고 있어 털 한 오라기라도 분간할 수 있는 정도였다. 그것을 본 배항은 그 뜻이 더욱 굳어졌다.

이렇게 하여 날이 차자 노파는 약을 삼키고 말했다.

"내가 깊은 골에 들어가 인척들에게 고하고 배낭군을 위해 혼례 준비를 시키겠네."

이어서 운영을 데리고 산으로 들어가면서 배항에게는 여기서 잠시만 머물러달라고 하였다.

얼마를 기다리니 종들이 거마(車馬)로 배항을 맞이하여 태우고 갔다. 가다보니 구름에 연하여 구슬로 된 대문이 휘황한 큰 집이 나타났는데, 안에는 휘장이며 병풍이며 구슬과 보석으로 꾸며진 것들이 없는 것이 없어 화려하기가 귀족의 집보다도 훨씬 더하였다. 선동(仙童)과 시녀(侍女)들이 배항을 인도하여 휘장 안에 들어가 혼례를 마치니 배항은 노파에게 절하고 눈물을 흘리며 그 은혜에 감사를 표했다. 그랬더니 노파는

"배랑(裵郎)은 원래부터 청랭(淸冷)한 배진인(裵眞人)[9]의 자손이라 마땅히 신선이 될 운명이었으니 이 늙은이에게 그렇게 고마워할 것은 없다오."

하고 말하고는 여러 빈객들에게 보이니 거의가 신선들이었다. 뒤쪽에 한 선녀가 머리를 틀어 올리고 무지개 같은 옷을 입고 있었는데 처의 언니라고 했다. 그 선녀는 배항이 절을 마치자

"배랑은 저를 모르세요?"

하고 물었다. 배항이

"전에는 인척이 아니었기에 뵌 적이 있는지 모르겠습니다."

라고 답하자

"악저(鄂渚)에서 함께 배를 타고 가다가 양한(襄漢)에 도착해 헤어진 것을 기억 못하세요?"

하고 말했다. 이 말에 배항은 깜짝 놀라 정성을 다해 사과하였다. 뒤에 가까이 있는 사람들에게 들으니 그녀는 운영의 언니인 운교부인(雲翹夫人)으로 유강(劉綱) 선군(仙君)의 아내인데 이미 높은 선녀로 옥황상제의 여리(女吏)가 되어 있다고 하였다.

노파는 마침내 배항으로 하여금 아내를 데리고 옥봉동(玉峰洞)에 들어가 옥으로 만들어진 집에서 살게 하였다. 그 뒤 강설경영단(絳雪瓊英丹)을 먹으니 체성(體性)이 청허(淸虛)해지고 모발이 감록(紺綠)[10]색으로 변하면서 저절로 신선이 되어 상선(上仙)의 자리에까지 올랐다.

태화(太和)년간에 배항의 친구 노호(盧顥)가 남교 역(驛) 서쪽에서 배항을 만나서 배항이 득도한 이야기를 들었다. 그리고 남전(藍田)[11]의

---

9. 진인(眞人)은 도교에서 도를 통하여 신선이 된 사람. 남자 신선.
10. 감색(紺色)은 검은빛을 띤 깊은 남색.
11. 섬서성(陝西省)에 있는 산 이름으로 아름다운 옥이 나기로 유명함.

미옥(美玉) 열 근(斤)과 자부(紫府)의 운단(雲丹) 한 알을 선물로 받고, 종일 이야기를 나누고는 친구들에게 전해달라는 편지도 받았다. 그때 노호가 이마가 땅에 닿도록 절하면서

"형은 이미 득도하였으니 나에게도 한 마디 가르쳐 주면 어떻겠나?" 하였다. 이에 배항이

"노자(老子)가 말하기를 그 마음은 비우고 그 배는 채우라 하였는데 지금 사람들은 오히려 그 마음을 채우고 있으니 어찌 득도하는 이치를 깨달을 수 있겠는가?"

하고 말하니 노호는 그 뜻을 이해하지 못하는 표정을 지었다. 그러니까 배항은 다시

"마음에는 헛된 생각이 많고, 뱃속의 것은 새어 나가고, 정(精)은 흘러넘쳐 버리니 즉 그 허실(虛實)을 알 수 있는 것이야. 무릇 사람은 스스로 죽지 않는 법과 선약(仙藥)을 만드는 법을 알고 있어. 다만 그대는 가르치기에 편치 않으니 다른 날에 이야기하도록 하자."

라고 말했다. 이에 노호는 더 이상 부탁해야 소용없음을 알고 술자리가 끝나자 헤어졌다. 그 후 그를 만난 사람은 아무도 없었다고 한다.

원 문

雲英傳

壽聖宮 卽安平大君舊宅也. 在長安城西仁旺山之下 山川秀麗 龍盤虎踞 社稷在其南 慶福在其東. 仁旺一脈 逶迤而下 臨宮屹起 雖不高峻 而登臨俯覽 則通衢市廛 滿城第宅 碁布星羅 歷歷可指 宛若絲列分派. 東望則宮闕縹緲 複道橫空 雲烟積翠 朝暮獻態 眞所謂絶勝之地也. 一時酒徒射伴 歌兒笛童 騷人墨客 三春花柳之節 九秋楓菊之時 則無日不遊於其上 吟風咏月 嘯翫忘歸.

青坡士人柳泳 飽聞此園之勝槪 思欲一遊焉. 而衣裳藍縷 容色埋没 自知爲遊客之取笑 況將進而趑趄者久矣. 萬歷辛丑春三月旣望 沽得濁醪一壺 而旣乏童僕 又無朋知 躬自佩酒 獨入宮門 則觀者相顧 莫不指笑. 生慙而無聊 乃入後園 登高四望 則新經兵燹之餘 長安宮闕 滿城華屋 蕩然無有 壞垣破瓦 廢井堆砌 草樹茂密 唯東廊數間 歸然獨存.

生步入西園 泉石幽邃處 則百草叢芊 影落澄潭 滿地落花 人跡不到 微風一起 香氣馥郁. 生獨坐岩上 乃咏東坡 '我上朝元春半老 滿地落花無人

掃'之句 輒解所佩酒 盡飲之 醉臥岩邊 以石支頭. 俄而酒醒 擡頭視之 則
遊人盡散 山月已吐 烟籠柳眉 風動花腮. 時聞一條軟語 隨風而至. 生異
之 起而訪焉 則有一少年 與絶色靑娥 斑荊對坐 見生至 欣然起迎. 生與
之揖 因問曰『秀才何許人? 未卜其晝 只卜其夜.』少年微哂曰『古人云 傾
蓋若舊 正謂此也.』相與鼎足而坐話. 女低聲呼兒 則有二丫鬟 自林中出
來. 女謂其兒曰『今夕邂逅故人之處 又逢不期之佳客 今日之夜 不可寂
寞而虛度. 汝可備酒饌 兼持筆硯而來.』二丫鬟承命而往 少旋而返 飄然
若飛鳥之往來. 琉璃樽盃 紫霞之酒 珍果奇饌 皆非人世所有. 酒三行 女
口新詞 以勸其酒 詞曰

重重深處別故人　　天緣未盡見無因.
幾番傷春繁花時　　爲雲爲雨夢非眞.
消盡往事成塵後　　空使今人淚滿巾.

歌竟 欷歔飮泣 珠淚滿面. 生異之 起而拜曰『僕雖非錦繡之腸 早事儒
業 稍知文墨之事. 今聞此詞 格調淸越 而意思悲凉 甚可怪也. 今夜之會
月色如晝 淸風徐來 猶足可賞 而相對悲泣 何哉? 一盃相屬 情義已孚 而
姓名不言 懷抱未展 亦可疑也.』生先言己名而强之 少年歎息而答曰『不
言姓名 其意有在 君欲强之 則告之何難 而所可道也 言之長也.』愀然不
樂者久之 乃曰『僕姓金 年十歲 能詩文 有名學堂 而年十四 登進士第二
科 一時皆以金進士稱之. 僕以年少俠氣 志意浩蕩 不能自抑. 又以此女之
故 將父母之遺體 竟作不孝之子 天地間一罪人之名 何用强知? 此女之名
雲英 彼兩女之名 一名緣珠 一名宋玉 皆故安平大君之宮人也.』生曰『言
出而不盡 則初不如不言之爲愈也. 安平盛時之事 進士傷懷之由 可得聞
其詳乎?』進士顧雲英曰『星霜屢移 日月已久 其時之事 汝能記憶否?』雲

英答曰『心中畜怨 何日忘之? 妾試言之 郎君在傍 補其闕漏.』乃言曰『莊
憲大王子 八大君中 安平大君最爲英睿. 上甚愛之 賞賜無數 故田民財貨
獨步諸宮. 年十三 出居私宮 宮名卽壽聖宮也. 以儒業自任 夜則讀書 晝
則或賦詩 或書隷 未嘗一刻之放過. 一時文人才士 咸萃其門 較其長短
或知鷄叫參橫講論不怠 而大君尤工於筆法 鳴於一國. 文廟在邸時 每與
集賢殿諸學士 論安平筆法曰「吾弟若生於中國 雖不及於王逸少 豈後於
趙松雪乎!」稱賞不已.

一日 大君於妾等曰「天下百家之才 必就安靜處 做工而後可成. 都城門
外 山川寂寥 閭落稍遠 於此做業 可以專精.」卽搆精舍十數間于其上 扁
其堂曰 '匪懈堂' 又築一壇于其側 名曰 '盟詩壇' 皆顧名思義之意也. 一時
文章鉅筆 咸集其壇 文章則成三問爲首 筆法則崔興孝爲首. 雖然 皆不及
於大君之才也.

一日 大君乘醉 呼諸侍女曰「天之降才 豈獨豊於男而嗇於女乎? 今世以
文章自許者 不爲不多 而皆莫能相尙 無出類拔萃者 汝等亦勉之哉!」於
是 宮女中 擇其年少美容者十人敎之. 先授諺解小學 讀誦而後 庸學論孟
詩書通史盡敎之. 又抄李杜唐音數百首敎之 五年之內 果皆成才.

大君入則使妾等 不離眼前 作詩斥正 第其高下 明用賞罰 以爲勸獎 其
卓犖之氣像 縱不及於大君 而音律之淸雅 句法之婉熟 亦可以窺盛唐詩人
之藩籬也. 十人之名 則小玉 芙蓉 飛瓊 翡翠 玉女 金蓮 銀蟾 紫鸞 寶蓮
雲英 雲英卽妾也. 大君皆甚撫恤 常畜宮內 使不得與人對語 日與文士
盃酒戰藝 而未嘗以妾等 一番相近者 盖慮外人之或知也. 常下令曰「侍女
一出宮門 則其罪當死 外人知宮女知名 其罪亦死.」

一日 大君自外而入 呼妾等曰「今日與文士某某飮酒 有祥靑烟 起自宮
樹 或籠城堞 或飛山麓. 我先占五言一絶 使坐客次之 皆不稱意. 汝等以
年次 各製以進.」小玉先呈曰

緣烟細如織　　隨風伴入門.
依微深復淺　　不覺近黃昏.

芙蓉次呈曰

飛空遙帶雨　　落地復爲雲.
近夕山光暗　　幽思尙楚君.

翡翠呈曰

覆花蜂失勢　　籠竹鳥迷巢.
黃昏成小雨　　窓外聽蕭蕭.

飛瓊呈曰

小杏難成眼　　孤篁獨保靑.
輕陰暫見重　　日暮又昏冥.

玉女呈曰

蔽日輕紈細　　橫山翠帶長.
微風吹漸散　　猶濕小池塘.

金蓮呈曰

山下寒烟積　　橫飛宮樹邊.
風吹自不定　　斜日滿蒼天.

銀蟾呈曰

山谷繁陰起　　池臺緣影流.
飛歸無處覓　　荷葉露珠留.

紫鷥呈曰

早向洞門暗　　橫連高樹低.
須臾忽飛去　　西岳與前溪.

妾亦呈曰

望遠靑烟細　　佳人罷織紈.
臨風獨惆悵　　飛去落巫山.

寶蓮呈曰

短墼春陰裡　　長安水氣中.
能令人世上　　忽作翠珠宮.

　大君看罷 大驚曰「雖比於晚唐之詩 亦可伯仲 而謹甫以下 不可執鞭也.」再三吟咏 莫知其高下 良久曰「芙蓉詩 思戀楚君 余甚嘉之. 翡翠詩

比前騷雅. 玉女詩 意思飄逸 末句有隱隱然餘意 以此兩詩當爲居魁.」又
曰「我初見時 優劣莫辨 一再翫繹 則紫鸞之詩 意思深遠 令人不覺嗟嘆
而蹈舞也. 餘詩亦皆淸雅 而獨雲英之詩 顯有惆悵思人之意 未知其所思
者何人 事當訊問 而其才可惜 故姑置之.」

妾卽下庭 伏泣而對曰「追辭之際 偶然而發 豈有他意乎! 今見疑於主君
妾萬死無惜.」大君命之坐曰「詩出於性情 不可掩匿 汝勿復言.」卽出綵帛
十端 分賜十人. 大君未嘗有私於妾 而宮中之人 皆知大君之意 在於妾也.

十人皆退在洞房 晝燭高燒 七寶書案 置唐律一卷 論古人宮怨詩高下
妾獨倚屛風 悄然不語 如泥塑之人. 小玉顧見妾曰「日間賦烟之詩 見疑
於主君 以此隱憂而不語乎? 抑主君向意 當有錦衾之歡 故暗喜而不語
乎? 汝心所懷 未可知也.」妾斂容而答曰「汝非我 安知我之心哉? 我方賦
一詩 搜奇未得 故苦思不語耳.」銀蟾曰「意之所向 心不在焉 故旁人之言
如風過耳. 汝之不言 不難知也 我將試之.」卽以窓外葡萄爲題 使作七言
四韻促之 妾應口卽吟 其詩曰

蜿蜒藤草似龍行	翠葉成陰忽有情.
署日嚴威能徹照	晴天寒影反虛明.
袖絲攀檻如留意	結果垂珠欲效誠.
若待他時應變化	會乘雨雲上三淸.

小玉見詩 起而拜曰「眞天下之奇才也! 風格之不高 雖似舊調 而倉卒製
作如此 此詩人之最難處也. 我之心悅誠服 如七十子之服孔子也.」紫鸞
曰「言不可不愼也 何其許如之太過耶? 但文字婉曲 且有飛騰之態 則有
之矣.」一座皆曰「確論也.」妾雖以此詩解之 而群疑猶未盡釋.

翌日 門外有車馬騈闐之聲 閽者奔入而告曰「衆賓至矣.」大君掃東閣延

入 皆文人才士也. 坐定 大君以妾等所製賦烟詩示之 滿坐大驚曰「不意今日復見盛唐音調. 非我等所可比肩也 如此至寶 進賜何從得之?」大君微笑曰「何爲其然耶? 童僕偶然得於街上而來. 未知何人之所作 而想必出於閭閻才之手也.」

群疑未定 俄而成三問至曰「才不借於異代 自前朝迄于今 而已六百餘年 以詩鳴於東國者 不知其幾人 或沈濁而不雅 或輕淸而浮藻 皆不合音律 失其性情 吾不欲觀諸. 今觀此詩 風格淸眞 思意超越 小無塵世之態 此必深宮之人 不與俗人相接 只讀古人之詩 而晝夜吟誦 自得於心者也. 詳味其意 其曰'臨風獨惆悵'者 有思人之意. 其曰'孤篁獨保靑'者 有守貞節之意. 其曰'風吹自不定'者 有難保之態. 其曰'幽思向楚君'者 有向君之誠. 其曰'荷葉露珠留''西岳與前溪'者 非天上神仙 則不得如此形容矣. 格調雖有高下 而薰陶氣象 則大約皆同. 進賜宮中 必儲養此十仙人 願毋隱一見.」大君內自心服 而外不頷可曰「誰謂謹甫有詩鑑乎 我宮中豈有此等人哉! 可謂惑之甚矣.」

于時 十人從窓隙暗聞 莫不歎服. 是夜 紫鸞以至誠問於妾曰「女子生而願爲有嫁之心 人皆有之. 汝之所思 未知何許情人 悶汝之形容 日漸減舊 以情悃問之 汝須毋隱.」妾起而謝曰 宮人甚多 恐有囑喧 不敢開口 今承悃愊 何敢隱乎? 上年秋 黃菊初開 紅葉漸凋之時 大君獨坐書堂 使侍女磨墨張縑 寫七言四韻十首. 小童自外而進曰「有年少儒生 自稱金進士見之.」大君喜曰「金進士來矣.」使之迎入 則布衣革帶士 趨進上階 如鳥舒翼 當席拜坐 容儀神秀 若仙中人也. 大君一見傾心 卽趨席對坐 進士避席而拜辭曰「猥荷盛眷 屢辱尊命 今承警咳 無任悚恢.」大君慰之曰「久仰聲華 坐屋冠盖 光動一室 錫我百朋.」

進士初入 已與侍女相面 而大君以進士年少儒生 中心易之 不令以妾等避之. 大君謂進士曰「秋景甚好 願賜一詩 以此堂生彩.」進士避席而辭曰

"虛名蔑實 詩之格律 小子安敢知乎?"大君以金蓮唱歌 芙蓉彈琴 寶蓮吹
簫 飛瓊行盂 以妾奉硯. 于時 妾年十七 一見郎君 魂迷意闌. 郎君亦顧
妾 而含笑頻頻送目. 大君謂進士曰"我之待君 誠款至矣. 君何惜一吐瓊
琚 使此堂無顏色乎?"進士卽握筆 書五言四韻一首曰

旅雁向南去　　宮中秋色深.
水寒荷折玉　　霜重菊垂金.
綺席紅顏女　　瑤絃白雪音.
流霞一斗酒　　先醉倚難禁.

　大君吟咏再三而驚之曰"眞所謂天下之奇才也. 何相見之晚耶!"侍女十
人 一時回顧 莫不動容曰"此必王子晋 駕鶴而來于塵寰. 豈有如此人哉!"
大君把盂而問曰"古之詩人 孰爲宗匠?"進士曰"以小子所見言之 李白天
上神仙 長在玉皇香案前 而來遊玄圃 餐盡玉液 不勝醉興 折得萬樹琪花
隨風雨散落人間之氣象也. 至於盧王 海上仙人 日月出沒 雲華變化 滄波
動搖 鯨魚噴薄 島嶼蒼茫 草樹薈鬱 浪花菱葉 水鳥之歌 蛟龍之淚 悉藏
於胸襟 此詩之造化也. 孟浩然音響最高 此學師曠 習音律之人也. 李義
山學得仙術 早沒詩魔 一生篇什 無非鬼語也. 自餘紛紛 何足盡陳."大君
曰"日與文士論詩 以草堂爲首者多 此言何謂也?"進士曰"然. 以俗儒所
尙言之 猶膾炙之悅人口 子美之詩 眞膾與炙也."大君曰"百體俱備 比興
極精 豈以草堂爲輕哉?"進士謝曰"小子何敢輕之. 論其長處 則如漢武帝
御未央之宮 憤四夷之猖夏 命將薄伐 百虎萬熊之士 連互數千里. 言其短
處 則如使相如賦長楊 馬遷草封禪. 求神仙 則如使東方朔侍左右 西王母
獻天桃. 是以杜甫之文章 可謂百體之俱備矣. 至比於李白 則不啻天壤之
不侔 江海之不同也. 至比於王孟 則子美驅車先適 而王孟執鞭爭道矣."

大君曰 "聞君之言 胸中怊悵 若御長風上太淸. 第杜詩 天下之高文 雖不
足於樂府 豈與王孟爭道哉? 雖然 姑舍是非 願君又費一吟 使此堂增倍一
般光彩." 進士卽賦七言四韻一首 其詩曰

烟散金塘露氣凉　　　碧天如水夜何長.
微風有意吹垂箔　　　白月多情入小堂.
庭畔陰開松反影　　　盃中波好菊留香.
阮公雖少頗能飮　　　莫怪瓮間醉後狂.

大君益奇之 前席攗手曰 "進士非今世之才 非余之所能論其高下也. 且
非徒能文章 筆法又極神妙 天之生君於東方 必非偶然也." 又使草書 揮
筆之際 筆墨誤落於妾之手指 如蠅翼. 妾以此爲榮 不爲拭除 左右宮人
咸顧微笑 比之登龍門.
　時夜將半 更漏方催 大君欠伸思睡曰 "我醉矣. 君亦退休 勿忘'明朝有
意抱琴來'之句." 翌日 大君再三吟其兩詩而歎曰 "當與謹甫爭雄 而其淸雅
之態 則過之矣." 妾自是 寢不能寐 食減心煩 不覺衣帶之緩 汝未能識之
乎? 紫鸞曰 "我忘之矣. 今聞汝言 恍若酒醒."
　其後 大君頻接進士 而以妾等不相見. 故妾每從門隙而窺之 一日 以薛
濤牋寫五言四韻一首曰

布衣革帶士　　　玉貌如神仙.
每從簾間望　　　何無月下緣.
洗顔淚作水　　　彈琴恨鳴絃.
無限胸中怨　　　攙頭獨訴天.

以詩及金鈿一隻同裏 重封十襲 欲寄進士 而無便可達. 其夜月夕 大君
開酒大會賓客 咸稱進士之才 以二詩示之 俱各傳觀 稱贊不已 皆願一見
大君卽送人馬請之. 俄而 進士至而就坐 形容癯瘦 風槪消沮 殊非昔日之
氣象. 大君慰之曰「進士未憂楚之心 而先有澤畔之憔悴乎?」滿坐大笑.
進士起而謝曰「僕以寒賤儒生 猥蒙進賜之寵眷 福過災生 疾病纏身 食飮
專廢 起居須人 今承厚招 扶曳來謁矣.」坐客皆斂膝而致敬.

進士以年少儒生 坐於末席 與內只隔一壁 夜已將闌 衆賓大醉. 妾穴壁
作孔而窺之 進士亦知其意 向隅而坐 妾以封書 從穴投之. 進士拾得歸家
拆而視之 悲不自勝 不忍釋手 思念之情 倍於曩時 如不能自存. 卽欲答
書以寄 而靑鳥無憑 獨自愁歎而已.

聞有一巫女 居在東門外 以靈異得名 出入其宮中 甚見寵信. 進士訪至
其家 則其巫年未三旬 姿色殊美 早寡 以淫女自處. 見進士至 盛備酒饌
而待之甚厚. 進士把盃不飮曰「今日有忙迫之事 明日再來矣.」翌日又往
則亦如之. 進士不敢開口 但曰「明日又再來矣.」

巫見進士容貌脫俗 中心悅之 而連日往來 不出一言. 意謂年少之人 必
以羞澁不言 我先以意挑之 挽留繼夜 要以同枕. 明日 沐浴梳洗 盡態凝
粧 多般盛飾 布滿花氈瓊瑤席 使小婢坐門外候之. 進士又至 見其容飾
之華 鋪陳之美 中心怪之. 巫曰「今夕何夕? 見此至人.」進士意不在焉 不
答其語 愀然不樂. 巫怒曰「寡女之家 年少之男 何往來之不憚煩!」進士
曰「巫若神異 則豈不知我來之意乎?」巫卽就靈座 拜于神前 搖鈴祝說
遍身寒戰 頃之 動身而言曰「郎君誠可怜也. 以齟齬之策 欲遂其難成之
計 非但其意不成 未及三年 其爲泉下之人哉.」進士泣而謝曰「巫雖不言
我亦知之. 然中心怨結 百藥未解. 若因神巫 幸傳尺素 則死亦榮矣.」巫
曰「卑賤巫女 雖因神祀 時或出入 而非有招命 則不敢入. 然爲郎君 試一
往焉.」進士自懷中出一封書 以贈曰「愼毋枉傳以作禍機.」

巫持入宮門 則宮中之人皆怪其來 巫權辭以對 乃得間目引妾于後庭無人處 以封書授之. 妾還房拆而視之 其書云「自一番目成之後 心飛魂越 不能定情 每向城西 幾斷寸腸. 曾因壁間之傳書 敬承不忘之玉音 開未盡而咽塞 讀未半而淚滴濕字. 自是之後 寢不能寐 食不下咽 病入膏盲 百藥無效 九原可見 唯願溘然而從. 蒼天俯憐 神鬼黙佑 倘使生前 一洩此恨 則當紛身磨骨 以祭于天地百神之靈矣. 臨楮哽咽 夫復何言 不備謹書.」書下復有七韻一詩云

樓閣重重掩夕扉	樹陰雲影總依微.
落花流水隨溝出	乳燕含泥趁檻歸.
倚枕未成蝴蝶夢	回眸空望鴈魚稀.
玉容在眼何無語	草綠鶯啼淚濕衣.

妾覽罷 聲斷氣塞 口不能言 淚盡繼血 隱身於屏風之後 唯畏人知.

自是厥後 頃刻不忘 如癡如狂 見於辭色 主君之疑 人言之怪 實不虛矣. 紫鸞亦怨女 及聞此言 含淚而言曰「詩出於性情 不可欺也.」一日 大君呼翡翠曰「汝等十人 同在一室 業不專一 當分五人置之西宮.」妾與紫鸞 銀蟾 玉女 翡翠 卽日移焉. 玉女曰「幽花細草 流水芳林 正似山家野庄 眞所謂讀書堂也.」妾答曰「旣非舍人 又非僧尼 而鎖此深宮 眞所謂長信宮也.」左右莫不嗟惋. 其後 妾欲作一書 以致意於進士 以至誠事巫 請之甚懇 而終不肯來 蓋不無挾憾於進士之無意於渠也.

一夕 紫鸞密言于妾曰「宮中之人 每歲仲秋 浣紗於蕩春臺下之水 仍說盃酌而罷. 今年則設於昭格署洞 而往來尋見其巫 則此第一良策.」妾然之 苦待仲秋 度一日如三秋. 翡翠微聞其語 佯若不知 而語妾曰「汝初來時 顔色如梨花 不施鉛粉 而有天然綽約之恣. 故宮中之人 以虢國夫人稱

之. 比來容色減舊 漸不如初 是何故耶?」妾答曰「稟質虛弱 每當炎節 則
例有署渴之病 梧桐葉落 繡幕生凉 則自至稍蘇矣.」翡翠賦一詩戲贈 無
非翫弄之態 而意思絶妙 妾奇其才而羞其弄.

荏苒數月 節屬淸秋 凄風夕起 細菊吐黃 草虫歛聲 皓月流光. 妾知西
宮之人 已不可隱 以實告之曰「願勿使南宮之人知之.」于時 旅雁南飛 玉
露成團 淸溪浣紗 正當其時 欲與諸女 牢定日期 而論議甲乙 未定浣濯之
所. 南宮之人曰「淸溪白石 無踪於蕩春臺下.」西宮之人曰「昭格署洞泉石
不下於門外 何必舍邇而求諸遠乎.」南宮之人 固執不許 未決而罷.

其夜 紫鸞曰「南宮五人中 小玉主論 我以奇計 可回其意.」以玉燈前導
至南宮 金蓮喜迎曰「一分西南 如隔秦楚 不意今夕玉體左臨 深謝厚意.」

小玉曰「何謝之有? 此乃說客也.」紫鸞歛袵正色曰「他人有心 予忖度
之 其子之說歟?」小玉曰「西宮之人 欲往昭格署洞 而我獨堅執. 故汝中
夜來訪 其謂說客 不亦宜乎.」紫鸞曰「西宮五人中 吾獨欲往城內也.」小
玉曰「獨思城內 其何意哉?」

紫鸞曰「吾聞昭格署洞 乃祭天星之處 而洞名三淸云. 吾徒十人 必是三
淸仙女 誤讀黃庭經 謫下人間. 旣在塵寰 則山家野村 農墅漁店 何處不
可? 而牢鎖深宮 有若籠中之鳥 聞黃鸝而歎息 對綠楊而歔欷. 至於乳燕
雙飛 棲鳥兩眠 草有合歡 木有連理 無知草木 至微禽鳥 亦稟陰陽 莫不
交歡. 吾儕十人 獨有何罪 而寂寞深宮 長鎖一身 春花秋月 伴燈消魂 虛
抛靑春之年 空遺黃壤之恨 賦命之薄 何其至此之甚耶! 人生一老 不可復
少 子更思之 寧不悲哉! 今可沐浴於淸川 以潔其身 入于太乙祠 扣頭百拜
合手祈祝 冀資冥佑 欲免來世之此苦也. 豈有他意哉? 凡我宮之人 與汝
等情若同氣 而因此一事 疑人於不當疑之地耶? 緣我無狀 言不見信之致
也!」

小玉起而謝曰「我燭理未瑩 不及於君遠矣. 初不許城內者 城中素多無

賴俠客之徒 慮有意外强暴之辱 故疑之 今汝能使余 不遠而復通. 自今以
後 雖白日昇天 而吾可從之 雖憑河入海 而亦可從之 所謂因人成事 而及
其成功則一也.」芙蓉曰「凡事心定上言未定 兩人爭之 終夜未決 事不順
矣. 一家之事 主君不知 而僕妾密議 心不忠矣. 日間所爭之事 宵未半而
屈之人 人不信矣. 且淸湫玉川 無處不有 而必往城祠 似不宜矣. 匪懈堂
前 水淸石白 每歲浣洗於此 而今欲改故轍 亦不宜矣. 一擧而有此五失
妾不從命.」寶蓮曰「言者文身之具 謹與不謹 慶殃隨之. 是故 君子愼之
守口如甁. 漢時 丙吉 張相如 終日不語 而事無不成 嗇夫喋喋利口 而張
釋之 秦詆之. 以妾觀之 紫鸞之言 隱而不發 小玉之言 强而勉從 芙蓉之
言 務在文飾 皆不合吾意 今此之行 妾不與焉.」金蓮曰「今夜之論 終不
歸一 我且黙卜.」卽展羲經而占之 得卦解之曰「明日 雲英必遇丈夫矣. 雲
英容貌擧止 似非人世間者也. 主君傾心已久 而雲英以死拒之 無他故也
不忍負夫人之恩也. 主君之威令雖嚴 而恐傷雲英之身 故不敢近之. 今舍
此寂寞之處 而欲往彼繁華之地 遊俠少年見其色 則必有喪魂欲狂者. 雖
不能相近 而指點送目 斯亦辱矣. 前日 主君下令曰“宮女出門 外人知名
其罪皆死.”今此之行 妾不與焉.」

　紫鸞知事不偕 憮然不樂 方欲辭去. 飛瓊泣把羅帶 强留之 以鸚鵡盃
酌雲乳勸之 左右皆飮. 金蓮曰「今夕之會 務在從容 而飛瓊之泣 妾實悶
之.」飛瓊曰「初在南宮時 與雲英交道甚密 死生榮辱 約與同之 今雖異
居 寧忍忘之. 前日 主君前問安時 見雲英於堂前 纖腰瘦盡 容色憔悴. 聲
音細縷 若不出口. 起拜之際 無力仆地 妾扶而起之 以善言慰之. 雲娘答
曰“不幸有疾 朝夕將死. 妾之微命 死無足惜 而九人之文章才華 日就月
長 他日 佳篇麗什 聳動一世 而妾不及見矣 是以悲不能禁”其言頗極悽
切 妾爲之下淚 到今思之 其疾實在於所思也. 嗟呼! 紫鸞 雲娘之友也.
欲以垂死之人 置之於天壇之上 不亦難哉. 今日之計 若不得成 則泉壤

之下 死不暝目 怨歸南宮 其有旣乎? 書曰 "作善降之百祥 不善降之百殃" 今此之論 善乎? 不善乎?」小玉曰「妾旣許諾 三人之志 旣已順矣 豈可半塗而廢乎. 設或事泄 雲英獨被其罪 他人何與焉哉. 妾不爲再言 當爲雲英死之.」紫鸞曰「從之者半 不從者半 事不諧矣.」欲起而還坐 更探其意 或欲從之 而以兩言爲恥. 紫鸞曰「天下之事 有正有權 權而得中 是亦正矣. 豈無變通之權 而膠守前言乎.」左右一時從之. 紫鸞曰「余非好辯 爲人謀忠 不得不爾.」飛瓊曰「古者蘇秦 使六國合從 今紫鸞能使五人承順 可謂辯士.」紫鸞曰「蘇秦能佩六國相印 今吾以何物贈之乎?」金蓮曰「合從者 六國之利也. 今此承順 有何所利於五人乎?」因相對大笑. 紫鸞曰「南宮之人皆善 而能使雲英復繼垂絶之命 豈不拜謝?」乃起而再拜 小玉亦起而拜. 紫鸞曰「今日之事 五人從之 上有天 下有地 燈燭照之 鬼神臨之 明日 豈有他意乎?」乃起拜而去 五人皆拜送于中門之外.

紫鸞歸於妾 妾扶壁而起 再拜而謝曰「生我者父母也 活我者娘也. 入地之前 誓報此恩.」坐以待朝 小玉與南宮四人 入而問安 退會於中堂. 小玉曰「天朗水冷 正當浣紗之時 今日設帳於 昭格署洞 可乎?」八人皆無異辭.

妾退還西宮 以白羅衫 書滿腔哀怨而懷之 與紫鸞故爲落後 謂執馬者曰「東門外巫女 最爲靈驗云 我將往其家 問病而行.」僮僕如其言. 至其家 巽辭哀乞曰「今日之來 本欲爲一見金進士耳. 可急通之 則終身報恩.」巫如其言送人 則進士顚到而至矣. 兩人相見 不得出一言 但流涕而已. 妾以封書給之曰「乘夕當還 郎君於此留待.」卽上馬而去.

進士拆封書而視之 其辭曰

曩者 巫山神女 傳致一札 琅琅玉音 滿紙叮嚀. 敬奉三復 悲歡交至 意不自定. 卽欲答書 而旣無信便. 且恐漏泄 引領懸望 欲飛無翼 斷腸消魂. 只待

死日 而未死之前 憑此尺素 吐盡平生之懷 伏願郎君留神焉. 妾鄉南方也 父母愛妾 偏於諸子中 出遊嬉戲任其所欲. 園林溪水之涯 梅竹橘柚之蔭 日以遊翫爲事. 苔磯釣漁之徒 罷牧弄笛之兒朝暮入眼. 其他山野之態 田家之興 難以毛擧. 父母初教以三綱行實 七言唐音. 年十三 主君招之 故別父母 遠兄弟 來入宮門. 不禁思歸之情 日以蓬頭垢面 襤褸衣裳 欲爲觀者之陋 伏庭而泣 宮人曰 "有一朵蓮花 自生庭中" 夫人愛之 無異己出. 主君亦不以尋常視之. 宮中之人 莫不親愛如骨肉. 一自從事學問之後 頗知義理 能審音律 故宮人莫不敬服. 及徙西宮之後 琴書專一 所造益深. 凡賓客所製之詩 無一掛眼 才難不其然乎! 恨不得爲男立身揚名 而爲紅顏薄命之軀 一閉深宮 終成枯落而已 豈不哀哉! 生一死之後 誰復知之. 是以恨結心曲 怨塡胸臆. 每停刺繡 而付之燈火 罷織錦 而投杼下機 裂破羅幃 折其玉簪. 暫得酒興 則脫爲散步 剝落階花 手折庭草 如癡如狂情不自抑. 上年秋月之夜 一見君子之容儀 意謂天上神仙 謫下塵寰. 妾之容色 最出於九人之下 而有何宿世之緣 那知筆下之一點 竟作胸中怨結之祟. 以簾間之望 擬作奉箒之緣 以夢中之見 將續不忘之恩. 雖無一番衾裡之歡 玉貌秀容 恍在眼中. 梨花杜鵑之啼 梧桐夜雨之聲 慘不忍聞 庭前細草之生 天際孤雲之飛 慘不忍見. 或倚屛而坐或憑欄而立 搥胸頓足 獨訴蒼天而已. 不識郎君亦念妾否? 只恨此身未見郎君之前 先自溘然 則地老天荒 此情不泯. 今日浣紗之行 兩宮侍女皆已集故不得久留於此. 淚和墨汁 魂結羅縷 伏願郎君 俯賜一覽. 又以拙句謹答前惠 非此之爲弄 聊以寓咏好意.

其文則傷秋之賦 其詩則相思之詩也.

是夕來時 紫鸞與妾又先出. 而向東門 則小玉微笑 賦一絕以贈之 無非譏妾之意也. 妾中心羞恧 而含忍受之 其詩曰

太乙祠前一水回　天壇雲盡九門開.
細腰不勝狂風急　暫避林中日暮來.

紫鸞卽次其韻 翡翠玉女 相繼次之 亦皆譏妾之意也.

妾騎馬 而先來至巫家 則巫顯有含慍之色 向壁而坐 不借顏色. 進士抱羅衫 終日飮泣 喪魂失性 尙不知妾之來矣. 妾解左手所着雲南玉色金環 納于進士之懷中曰「郞君不以妾爲菲薄 屈千金之軀 來待陋舍 妾雖不敏 亦非木石 敢不以死許之 妾若食言 有此金環」行色忽遽 起以將別 流涕如雨. 與進士附耳語曰「妾在西宮 郞君來. 暮夜 由西墻而入 則三生未盡之緣 庶可續矣.」言訖 拂衣而去 先入宮門 則八人繼至.

其夜二更 小玉與飛瓊 明燭前導 而來西宮曰「日間之詩 出於無情 而言涉戲翫. 是以不避深夜 負荊來謝耳.」紫鸞曰「五人之詩 皆出南宮. 一自分宮之後 頗有形跡 有似唐時牛李之黨 何不爲其然也. 女子之情則一也. 久閉離宮 長弔隻影 所對者燈燭而已 所爲者絃歌而已. 百花含葩而笑 雙燕交翼而戱 薄命妾等 同銷深宮 覽物懷春 情思如何. 朝雲岱神 而頻入楚王之夢 王母仙女 而幾參瑤臺之宴. 女子之意 宜無異同 而南宮之人 何獨與姮娥苦守貞節 不悔靈藥之偸乎!」

飛瓊與玉女 皆不禁涙流曰「一人之心 卽天下人之心也. 今承盛敎 悲憾之懷 油然而出矣.」起拜而去. 妾謂紫鸞曰「今夕 妾與進士有金石之約. 今若不來 明日必踰墻而來矣. 來則何以待之?」紫鸞曰「繡幕重重 綺席燦爛 有酒如河 有肉如坡 有不來則已 來則待之何難.」其夜果不來.

進士密窺其處 則墻垣高峻 自非身俱羽翼 莫能至矣. 還家 脉脉不語 憂形於色. 其奴名特者 素稱能而多術. 見進士之顏色 進而跪曰「進士主 必不久於世矣.」伏庭而泣. 進士跪而執其手 悉陳其懷抱 特曰「何不早言? 吾當圖之.」卽造梯橋 甚爲輕捷 能捲能舒. 捲之則如貼屛風 舒之則

五六丈許 而可運於掌上. 特敎之日「持此橋 上宮墻而還 捲舒於內 下之
來時 亦如之.」

進士使特試於庭 果如其言 進士甚喜之. 其夕將往時 特又自懷中出給豹
皮襪日「非此難越.」進士用着而行之 輕如飛鳥 所踐無足聲. 進士用其計
跳墻而入 伏於竹林中 月色如晝 宮中寂廖. 少焉 有人自內而出 散步微
吟. 進士披竹出頭日「何人來此?」其人笑而答日「郞出郞出.」進士趨而揖
日「年少之人 不勝風流之興 冒犯萬死 敢至于此 願娘怜我.」紫鸞日「苦
待進士之來 若大旱之望雲霓也. 今幸得見 妾等蘇矣. 郞君 願勿疑焉.」
卽引而入 進士由層階循曲欄 竦肩而入.

妾開紗窓 明玉燈而坐 以獸形金爐 燒鬱金香 琉璃書案 展太平廣記一
卷 見進士至 起而迎拜. 郞亦答拜 以賓主之禮 分東西坐 使紫鸞設珍羞
奇饌 而酌紫霞酒飲之. 酒三行 進士佯醉日「夜如幾何?」紫鸞會知其意
垂帳閉門而出. 妾滅燈同枕 喜可知矣. 夜旣向晨 群鷄報曉 進士起而去.
自是以後 昏入曉出 無夕不然. 喜深意密 自不知止. 墻內雪上 頗有踐痕.
宮人皆知其出入 莫不危之.

一日 進士忽慮好事之終成禍機 中心大懼 終日不樂. 特奴自外而進日
「吾功甚大 迄不論賞可乎?」進士日「銘懷不忘 早晚當重賞矣.」特日「今
見顔色 亦似有憂 未知何故耶?」進士日「不見則病在心骨 見之則罪在不
測 何之不憂?」特日「然則何不竊負而逃乎?」進士然之 其夜 以特之謀告
於妾日「特之爲奴 素多智謀 以此計指揮 其意如何?」妾許之日「妾之父
母 家財最饒. 故妾來時 衣服寶貨 多載而來. 且主君之所賜甚多 此不可
棄置而去. 今欲運之 則雖馬十匹 不能盡輸矣.」

進士歸於特 特大喜日「何難之有?」進士日「若然則計將安出?」特日
「吾友力士十七人 以日强韌爲事 人莫能當 而與我甚結 唯命是從. 使此輩
運之 則泰山亦可移矣.」進士入語妾 妾然之 夜夜收拾 七日之夜 盡輸于

外. 特曰「如此重寶 積置于本宅 則大上典必疑之 積置于奴家 則人必疑之. 無已則堀坑於山中 深瘞而堅守之可矣.」進士曰「若或見失 則吾與汝難免盜賊之名矣 汝可愼守.」特曰「吾計如此之深 吾友如此之多 天下無難事 有何畏乎? 況持長劍 晝夜不離 則吾目可抉 此寶不可奪. 吾足可斷 則此寶不取 願勿疑焉.」蓋特意 得此重寶而後 姜與進士 引入山谷 屠殺進士 而妾與財寶 自占之計 而進士迂儒 不可知也.

大君以前搆匪懈堂 欲得佳製懸板 而諸客之詩 皆未滿意 强邀進士 設宴懇之 一揮而就 文不加點 而山水之景色 堂搆之形容 無不盡焉 可以驚風雨 泣鬼神. 大君句句稱賞曰「不意今日復見王子安!」吟咏不已. 但一句有隨墻暗竊風流曲之語 停口疑之. 進士起而拜曰「醉不省人事 願爲之辭退.」大君命童僕 扶而送之.

翌日之夜 進士入語妾曰「可以去矣. 昨日之詩 疑入大君之意 今夜不去 恐有後禍.」妾對曰「昨夕夢見一人 狀貌獰惡 自稱冒頓單于曰"旣有宿約 故久待長城之下."覺而驚起 甚怪夢兆之不祥 郎君其亦思之乎?」進士曰「夢裡虛誕之事 何可信也? 妾曰「其曰長城者 宮墻也. 其曰冒頓者 此特也. 郎君熟知此奴之心乎?」進士曰「此奴素頑兇 然於我則前日盡忠 今日與娘結此好緣 皆此奴之計也. 豈獻忠於始 而爲惡於後乎?」妾曰「郎君之言 如是懇眷 何敢辭乎? 但紫鸞 情若兄弟 不可不告.」卽呼紫鸞.

三人鼎足而坐 妾以進士之計告之 紫鸞大驚 罵之曰「相歡日久 無乃自速禍敗耶! 一兩月相交 亦可足矣 踰墻逃走 豈人之所忍爲也? 主君之傾意已久 其不可去一也. 夫人之慈恤甚重 其不可去二也. 禍及兩親 其不可去三也. 罪及西宮 其不可去四也. 且天地一網罟 非陞天入地 則逃之焉往. 倘或被捉 則其禍豈止於子之身乎? 夢兆之不祥 不須言之 而若或吉祥 則汝肯往之乎? 莫如屈心抑志 守貞安坐 以聽於天耳. 娘子若年貌衰謝 則主君之恩眷漸弛矣. 觀其事勢 稱病久臥 則必許還鄕矣. 當此之時 與郎君

携手同歸 與之偕老 計莫大焉 不此之思耶. 當此之計 汝雖欺人 敢欺天乎?」進士知事不成 嗟歡含淚而出.

　一日 大君坐西宮繡軒 矮躑蠋盛開. 命侍女各賦五言絶句以進. 大君大加稱賞曰「汝等之文 日漸就將 余甚嘉之 而第雲英之詩 顯有思人之意. 前日賦烟之詩 微見其意 今又如此 汝之欲從者 何人耶? 金生之祭文 語涉疑異 汝無乃金生有思乎.」妾卽下庭 叩頭而泣曰「主君之一番見疑 卽欲自盡 而年未二旬 且以更不見父母而死 九泉之下 死有餘憾. 故偸生至此 又今見疑 一死何惜? 天地鬼神 昭布森列 侍女五人 頃刻不離 淫滅之名 獨歸於妾 生不如死 妾今得所死矣.」卽以羅巾 自縊於欄干. 紫鸞曰「主君如是英明 而使無罪侍女自就死地 自此以後 妾等誓不把筆作句矣.」大君雖盛怒 而中心則實不欲其死 故使紫鸞救之而不得死. 大君出素練五端 分賜五人曰「製作最佳 是以賞之.」

　自是進士不復出入 杜門病臥 淚濺衾枕 命如一縷. 特來見曰「大丈夫死則死矣 何忍相思怨結 屑屑如兒女之傷懷 自擲千金之軀乎? 今當以計取之不難也. 半夜入寂之時 踰墻而入 以綿塞其口 負而超出 則孰敢追我.」進士曰「其計亦危矣. 不如以誠叩之.」其夜入來 而妾病不能起 使紫鸞迎入. 酒三行 妾以封書寄之曰「自此以後 不得更見 三生之緣 百年之約 今夕盡矣. 如或天緣未絶 則當可相尋於九泉之下矣.」進士抱書佇立 脉脉相看 叩胸流涕而出. 紫鸞慘不忍見 倚柱隱身 揮淚而立. 進士還家 拆而視之 其書曰

　薄命妾雲英 再拜白金郎足下. 妾以菲薄之資 不幸以爲郎君之留意 相思幾日 相望幾時. 幸成一夜之交歡 未盡如海之深情 人間好事 造物多猜 宮人知之 主君疑之 禍迫朝夕 死而後已. 伏願郎君 此別之夜 毋以賤妾置於懷抱間 以傷思慮 勉加學業 擢高第 登雲路 揚名於世 以顯父母 而妾之衣服寶貨

盡賣供佛 百般祈祝 至誠發願 使三 生未盡之緣分 再續於後世 至可至可
矣.

　　進士不能盡看 氣絶踣地 家人急救乃甦. 特自外而入曰「宮人答之何語
如是其欲死!」進士無他語 只曰「財寶汝愼守乎? 我將盡賣 薦誠於佛 以
踐宿約矣.」特還家自思曰「宮女不出來 其財寶天與我也.」向壁竊笑 而
人莫知之矣.

　　一日 特自裂其衣 自打其鼻 以其流血 遍身糢糊 被髮跣足奔入 伏庭而
泣曰「五爲强賊所擊.」仍不復言 若氣絶者然. 進士慮特死則不知埋寶之
處 親灌藥物 多般救活 供饋酒肉 十餘日乃起曰「孤單一身 獨守山中 衆
賊突入 勢將剝殺 故捨命而走 僅保縷命. 若非此寶 我安有如此之危乎?
賦命之險如此 何不速死!」卽以足頓地 以拳叩胸而哭. 進士懼父母知之
以溫言慰之而送之.

　　進士知特之所爲 率奴十餘名 不意圍其第搜之 則只有金釧一雙 雲南寶
鏡一面. 以此爲贓物 欲呈官推得 而恐事泄. 不得此物 則無以供佛之需.
心欲殺特 而力不能制 電黙不語. 特自知其罪 問於宮墻外盲人曰「我向者
晨過此宮墻之外 有人自宮中踰西垣而出. 我知其爲賊 高聲進逐 其人棄
所持物而走. 我持歸藏之 以待本主之來推. 吾主素乏廉隅 聞吾得物 躬
來索出 吾答以無他寶 只得釧鏡二物云 則主人躬入搜之 果得二物. 亦其
無厭 方欲殺之 故吾欲走去 走之吉乎?」盲曰「吉矣.」其隣在旁 多聞其
語 謂特曰「汝主何許人? 虐奴如是耶?」特曰「吾主年少能文 早晚應爲及
第者 而爲貪婪如此 他日立朝 用心可知.」

　　此言傳播 入於宮中 告于大君. 大君大怒 使南宮人搜西宮 則妾之衣服
寶貨盡無矣. 大君招致西宮侍女五人于庭中 嚴具刑杖於眼前 下令曰「殺
此五人 以警他人.」又敎執杖者曰「勿計杖數 以死爲準.」五人曰「願一

言而死.」大君曰「所言何事? 悉陳其情.」

銀蟾招曰「男女情欲 稟於陰陽 無貴無賤 人皆有之. 一閉深宮 形單隻影 看花掩淚 對月消魂. 梅子擲鶯 使不得雙飛 簾帳燕幕 使不得兩巢 此無他 自不勝健羨之意 妬忌之情耳. 一踰宮垣 則可知人間之樂 而所不爲者 豈力不能而心不忍哉? 唯畏主君之威 固守此心 以爲枯死宮中之計. 今無所犯之罪 而欲置之於死地 妾等黃泉之下 死不瞑目矣.」

翡翠招曰「主君撫恤之恩 山不高 海不深. 妾等憾懼 惟事文墨絃歌而已. 今不洗之惡名 偏及西宮 生不如死矣 惟伏願速就死地矣.」

鶯鸞招曰「今日之事 罪在不測 中心所懷 何忍諱之. 妾等皆閭巷賤女 父非大舜 母非二妣 則男女情欲 何獨無乎? 穆王天子 而每思瑤臺之樂 項羽英雄 而不禁帳中之淚 主君何使雲英獨無雲雨之情乎? 金生乃當世之端士也. 引入內堂 主君之事也. 命雲英奉硯 主君之命也. 雲英久鎖深宮 秋月春花 每傷性情 梧桐夜雨 幾斷寸腸. 一見豪男 喪心失性 病入骨髓 雖以長生之樂 難以見效. 一夕如朝露之溘然 則主君雖有惻隱之心 顧何益哉? 妾之愚意 一使金生得見雲英 以解兩人之怨結 則主君之積善 莫大乎此 前日雲英之毀節 罪在妾身 不在雲英. 妾之一言 上不欺主君 下不負同儕 今日之死 死亦榮矣. 伏願主君 以妾之身續雲英之命矣.」

玉女招曰「西宮之榮 妾旣與焉 西宮之厄 妾獨免哉? 火炎崑崗 玉石俱焚 今日之死 得其所死矣.」

妾之招曰「主君之恩 如山如海 而不能苦守貞節 其罪一也. 前日所製之詩 見疑於主君 而終不直告 其罪二也. 西宮無罪之人 以妾之故 同被其罪 其罪三也. 負此三大罪 生亦何顏? 若或緩死 妾當自決 以待處分矣.」

大君覽畢 又以紫鸞之招 更展留眼 怒色稍霽.

小玉跪而告泣曰「前日浣紗之行 勿爲於城內者 妾之議也. 紫鸞夜至南宮 請之甚懇 妾怜其意 排群議從之. 雲英之毀節 罪在妾身 不在雲英.

伏願主君 以妾之身續雲英之命.」大君之怒稍解 囚妾于別堂 而其餘皆放
之 其夜妾以羅巾 自縊而死.』

　進士把筆而記 雲英引古而敍 甚詳悉. 兩人相對 悲不自抑. 雲英謂進士
曰『自此以下 郎君言之.』進士曰『雲英自決之後 一宮之人 莫不號慟 如
喪考妣. 哭聲出於宮門之外 我亦聞之 氣絶久矣 家人將招魂發喪 一邊救
活 日暮時乃甦. 方定精神 自念事已決矣. 無負供佛之約 庶慰九泉之魂
其金釧寶鏡及文房諸具盡賣之 得四十石之米 欲上淸寧寺設佛事 而無可
信使喚者 呼特而言曰「我盡宥前日之罪 今爲我盡忠乎?」特伏泣而對曰
「奴雖冥頑 亦非木石 一身所負之罪 擢髮難數 今而宥之 是枯木生葉 白
骨生肉 敢不爲進士致死乎!」我曰「我爲雲英 設醮供佛 以冀發願 而無信
任之人 汝未可往乎?」特曰「謹受教矣」即上寺 三日叩臀而臥 招僧謂之
曰「四十石之米何用? 盡入於供佛乎? 今可多備酒肉 廣招俗客而饋之宜
矣.」

　適有村女過之 特强劫之 留宿於僧堂 已過數十日 無意設齋. 寺僧皆憤
之 及其建醮日 諸僧曰「供佛之事 施主爲重 而施主不潔如此 事極未安
可沐浴於淸川 潔身而行禮可矣.」特不得已出 暫以水沃濯 而入跪於佛前
祝曰「進士今日速死 雲英明日復生 爲特之配.」三晝夜發願之說 唯此而
已. 特歸語我曰「雲英閣氏 必得生道矣. 設齋之夜 現於奴夢曰 至誠供
佛 不勝感謝. 拜且泣之 寺僧之夢 亦皆然矣.」我信其說矣.

　適當槐黃之節 雖無赴擧之意 托以做工 上淸寧寺 留數日 細聞特之事
不勝其憤 而無特如何. 沐浴潔身 而就佛前面拜 叩頭薦香 合掌而祝曰
「雲英死時之約 慘不忍負 使特奴虔誠設齋 冀資冥佑 今聞所祝之言 極其
悖惡 雲英之遺願 盡歸虛地 故小子敢復祝願. 能使雲英復生 使金生得
免如此之冤痛 伏望世尊 殺特奴 着鐵架 囚于地獄. 伏乞世尊 苟如此發
願 則雲英爲尼 燒十指 作十二層金塔 金生爲僧舍五戒 創三巨刹 以報其

恩.」祝訖 起而百拜 叩頭而出 後七日 特壓於陷井而死. 自是我無意於世
事 沐浴潔身 着新衣 臥于安靜之房 不食四日 長吁一聲 因遂不起.』

寫畢擲筆 兩人相對悲泣 不能自抑. 柳泳慰之曰『兩人重逢 志願畢矣.
讐奴已除 憤惋洩矣. 何其悲痛之不止耶? 以不得再出人間而恨乎?』金
生垂淚而謝曰『吾兩人皆含怨而死 冥司怜其無罪 欲使再生人世 而地下
之樂 不減人間 況天上之樂乎! 是以不願出世矣. 但今夕之悲傷 大君一
敗 故宮無主人 鳥雀哀鳴 人跡不到 已極悲矣. 況新經兵火之後 華屋成
灰 粉墻摧毀 而唯有階花芬荓 庭草藪榮 春光不改昔時之景 而人事之變
易如此 重來憶舊 寧不悲哉!』柳泳曰『然則子皆爲天上之人乎?』金生曰
『吾兩人素是天上仙人 長侍玉皇前 一日 帝御太淸宮 命我摘玉園之果 我
多取蟠桃瓊玉 私與雲英而見覺 謫下塵寰 使之備經人間之苦. 今則玉皇
已宥前愆 俾陞三淸 更侍香案前 而時乘飆輪 復尋塵世之舊遊耳.』乃揮
淚而執柳泳之手曰『海枯石爛 此情不泯 地老天荒 此恨難消. 今夕與子
相遇 攄此悃愊 非有宿世之緣 何可得乎? 伏願尊君 俯拾此藁 傳之不朽
而勿浪傳於浮薄之口 以爲戲翫之資 幸甚!』進士醉倚雲英之身 吟一絶句
曰

花落宮中燕雀飛　　春光依舊主人非.
中宵月色凉如許　　碧露未沾翠羽衣.

雲英繼吟曰

故宮柳花帶新春　　千載豪華入夢頻.
今夕來遊尋舊跡　　不禁哀淚自沾巾.

　柳泳亦醉暫睡 小焉 山鳥一聲 覺而視之 雲烟滿地 曉色蒼茫 四顧無人 只有金生所記册子而已. 泳悵然無聊 收神册而歸 藏之篋笥 時或開覽 則茫然自失 寢食俱廢 後遍遊名山 不知所終云爾.

綠衣人傳

　天水趙源 早喪父母 未有妻室. 延祐間 遊學至於錢塘 僑居西湖葛嶺之
上. 其側即宋賈秋壑舊宅也. 源獨居無聊 嘗日晚徒倚門外. 見一女子 從
東來 綠衣雙鬟 年可十五六. 雖不盛裝濃飾 而姿色過人. 源注目久之. 明
日出門又見. 如此凡數度. 日晚輒來. 源戲問之曰『家居何處 暮暮來此?』
女笑而拜曰『兒家與君為鄰. 君自不識耳.』源試挑之 女欣然而應. 因遂留
宿 甚相親昵. 明旦 辭去 夜則複來. 如此凡月餘 情愛甚至. 源問其姓氏
居址. 女曰『君但得美婦而已 何用強知.』問之不已 則曰『兒常衣綠 但
呼我為綠衣人可矣.』終不告以居址所在. 源意其為巨室妾媵 夜出私奔
或恐事蹟彰聞 故不肯言耳. 信之不疑 寵念轉密.

　一夕 源被酒 戲指其衣曰『此真可謂 綠兮衣兮 綠衣黃裳者也.』女有
慚色 數夕不至. 及再來 源扣之. 乃曰『本欲相與偕老 奈何以婢妾待之
令人忸怩而不安! 故數日不敢侍君之側. 然君已知矣. 今不復隱. 請得備言
之. 兒與君舊相識也. 今非至情相感 莫能及此.』源問其故 女慘然曰『得

無相難乎? 兒實非今世人 亦非有禍於君者 蓋冥數當然 夙緣未盡耳.』源
大驚曰『願聞其詳.』女曰『兒故宋秋壑平章之侍女也. 本臨安良家子 少
善弈 某年十五 以棋童入侍. 每秋壑回朝宴坐半閒堂 必召兒侍弈 備見寵
愛. 是時 君為其家蒼頭 職主煎茶. 每因供進茶甌 得至後堂. 君時年少
美姿容. 兒見而慕之. 嘗以繡羅錢篋 乘暗投君. 君亦以玳瑁指盒為贈. 彼
此雖各有意 而內外嚴密 莫能得其便. 後為同輩所覺 讒於秋壑 遂與君同
賜死 於西湖斷橋之下. 君今已再世為人 而兒猶在鬼錄 得非命歟?』言訖
嗚咽泣下. 源亦為之動容. 久之 乃曰『審若是 則吾與汝乃再世因緣也. 當
更加親愛以償疇昔之願.』自是遂留宿源舍 不復更去. 源素不善弈 教之
弈 盡傳其妙. 凡平日以棋稱者 皆不能敵也.

　每說秋壑舊事 其所目擊者 歷歷甚詳. 嘗言 秋壑一日倚樓閑望 諸姬皆
侍. 適二人烏巾素服 乘小舟由湖登岸. 一姬曰『美哉二少年!』秋壑曰『汝
願事之耶? 當令納聘.』姬笑而無言. 逾時 令人捧一盒 呼諸姬至前曰『適
為某姬納聘.』啟視之 則姬之首也. 諸姬皆戰慄而退. 又嘗 販鹽數百艘
至都市貨之. 太學詩有曰

　　　昨夜江頭湧碧波　　滿船都載相公醝.
　　　雖然要作調羹用　　未必調羹用許多.

　秋壑聞之 遂以士人付獄 論以誹謗罪. 又嘗於浙西行公田法. 民受其苦
或題詩于路左云

　　　襄陽累歲困孤城　　蓼養湖山不出征.
　　　不識咽喉形勢地　　公田枉自害蒼生.

秋壑見之 捕得遭遠竄. 又嘗齋雲水千人 其數已足. 末有一道士 衣裾藍
褸 至門求齋. 主者以數足 不肯引入. 道士堅求不去. 不得已 於門側齋焉.
齋罷 覆其鉢於案而去. 眾悉力舉之 不動. 啟於秋壑 自往舉之 乃有詩二
句云

　　得好休時便好休　收花結子在漳州.

始知真仙降臨而不識也. 然終不喻漳州之意. 嗟乎 孰知有漳州木綿庵
之厄也! 又嘗有梢人泊舟蘇堤 時方盛暑 臥於舟尾 終夜不寐. 見三人長不
盈尺 集於沙際. 一曰『張公至矣 如之奈何?』一曰『賈平章非仁者 決不
相恕!』一曰『我則已矣 公等及見其敗也!』相與哭入水中. 次日 漁者張公
獲一鱉 經二尺餘 納之府第. 不三年 而禍作. 蓋物亦先知 數而不可逃也.
源曰『吾今日與汝相遇 抑豈非數乎?』女曰『是誠不妄矣!』源曰『汝之
精氣能久存於世耶?』女曰『數至則散矣.』源曰『然則何時?』女曰『三年
耳.』源固未之信. 及期 臥病不起. 源為之迎醫 女不欲曰『曩固已與君言
矣. 因緣之契 夫婦之情 盡於此矣.』即以手握源臂 而與之訣曰『兒以幽
陰之質 得事君子 荷蒙不棄 周旋許時. 往者一念之私 俱陷不測之禍. 然
而海枯石爛 此恨難消 地老天荒 此情不泯! 今幸得續前生之好 踐往世之
盟 三載於茲 志願已足 請從此辭 毋更以為念也!』言訖 面壁而臥 呼之
不應矣. 源大傷慟 為治棺櫬而斂之. 將葬 怪其柩甚輕 啟而視之 惟衣衾
釵珥在耳. 乃虛葬於北山之麓. 源感其情 不復再娶 投靈隱寺出家為僧 終
其身云.

翠翠姓劉氏 淮安民家女也. 生而穎悟 能通詩書. 父母不奪其志 就令入學. 同學有金氏子者 名定 與之同歲 亦聰明俊雅. 諸生戲之曰『同歲者當為夫婦.』二人亦私以此自許. 金生贈翠翠詩曰

十二欄干七寶臺　　春風隨處豔陽開.
東園桃樹西園柳　　何不移敎一處栽.

翠翠和曰

平生每恨祝英臺　　悽抱何為不肯開.
我願東君勤用意　　早移花樹向陽栽.

已而 翠翠年長 不復至學. 父母為其議親 輒悲泣不食. 以情問之 初不

肯言. 久乃曰『必西家金定 妾已許之矣. 若不相從 有死而已. 誓不登他門也.』父母不得已 聽焉. 然而劉富而金貧 其子雖聰俊 門戶甚不敵. 及媒氏至其家 果以貧辭 慚愧不敢當. 媒氏曰『劉家小娘子 必欲得金生 父母亦許之矣. 若以貧辭 是負其誠志 而失此一好因緣也. 今當語之曰「寒家有子 粗知詩禮 貴宅見求 敢不從命. 但生自蓬蓽 安於貧賤久矣. 若責其聘問之儀 婚娶之禮 終恐無從而致.」彼以愛女之故 當不較也.』其家從之. 媒氏復命 父母果曰『婚姻論財 夷虜之道 吾知擇婿而已 不計其他. 但彼不足而我有餘. 我女到彼 必不能堪. 莫若贅之入門可矣.』媒氏傳命再往 其家幸甚. 遂涓日結親. 凡幣帛之類 羔鴈之屬 皆女家自備. 過門交拜 二人相見 喜可知矣! 是夕 翠翠於枕上作臨江仙一闋贈生曰

曾向書窗同筆硯 故人今作新人. 洞房花燭十分春 汗沾蝴蝶粉 身惹麝香塵. 殢雨尤雲渾未慣 枕邊眉黛羞嚬. 輕憐痛惜莫嫌頻 顧郎從此始 日近日相親.

邀生繼和 生遂次韻曰

記得書齋同講習 新人不是他人. 扁舟來訪武陵春 仙居隣紫府 人世隔紅塵. 誓海盟山心已許 幾番淺笑輕嚬. 向人猶自語頻頻 意中無別意 親後有誰親?

二人相得之樂 雖孔翠之在赤霄 鴛鴦之游綠水 未足喻也. 未及一載 張士誠兄弟起兵高郵 盡陷沿淮諸郡女為其部將李將軍者所擄. 至正末 士誠闢土益廣 跨江南北 奄有浙西. 乃通款元朝 願奉正朔. 道途始通 行旅無阻. 生於是辭別內外父母 求訪其妻 誓不見則不復還. 行至平江則聞 李

將軍見於紹興守禦. 及至紹興 則又調屯兵安豐矣. 復至安豐 則回湖州駐扎矣. 生來往江淮 備經險阻 星霜屢移 囊橐又竭. 然此心終不少懈. 草行露宿 丐乞於人 僅而得達湖州. 則李將軍方貴重用事 威熖熖赫奕. 生佇立門牆 躊躇窺俟. 將進而未能 欲言而不敢. 闇者怪而問焉. 生曰『僕淮安人也. 喪亂以來 聞有一妹在於貴府. 是以不遠千里 至此欲求一見耳.』闇者曰『然則 汝何姓名? 汝妹年貌若干? 願得詳言 以審其實』生曰『僕姓劉 名金定 妹名翠翠 識字能文. 當失去之時 年始十七. 以歲月計之 今則二十有四矣.』闇者聞之曰『府中果有劉氏者 淮安人 其齒如汝所言. 識字善爲詩 性又通慧. 本使寵之專房. 汝信不妄. 吾將告之於內. 汝且止以此以待.』遂奔趨入告 須臾 復出 領生入見.

將軍坐於廳上. 生再拜而起 具述厥由. 將軍武人也. 信之不疑. 卽命內豎告於翠翠曰『汝兄自鄕中來此 當出見之.』翠翠承命而出 以兄妹之禮見於廳前. 動問父母外 不能措一辭 但相對悲咽而已. 將軍曰『汝旣遠來 道途跋涉 心力疲困 可且於吾門下休息. 吾當徐爲之所』卽出新衣一襲 令服之. 並以帷帳衾席之屬 設於門西小齋 令生處焉. 翌日謂生曰『汝妹能識字汝亦通書否?』生曰『僕在鄕中 以儒爲業以書爲本. 凡經史子集 涉獵盡矣. 蓋素所習也. 又何疑焉.』將軍喜曰『吾自少失學 乘亂倔起. 方嚮用於時 趨從者衆 賓客盈門 無人延款 書啟堆案 無人裁答. 汝便處吾門下 足充一記室矣.』生聰敏者也. 性旣溫和 才又秀發. 處於其門 益自檢束. 承上接下 咸得其歡. 代書回簡 曲盡其意. 將軍大以爲得人 待之甚厚. 然生本爲求妻而來. 自廳前一見之後 不可再得. 閨閣深邃 內外隔絶. 但欲一達其意 而終無便可乘. 荏苒數月 時及授衣 西風夕起 白露爲霜 獨處空齋終夜不寐. 乃成一詩曰

好花移入玉欄干　春色無緣得再看.

樂處豈知愁處苦　別時雖易見時難.

何時塞上重歸馬　此夜庭中獨舞鸞.

霧閣雲窓深幾許　可憐辜負月團團.

詩成 書於片紙 折布裘之領而縫之. 以百錢納於小豎 而告曰『天氣已寒 吾衣甚薄. 乞持入付吾妹 令浣濯而縫紉之. 將以禦寒耳.』小豎如言持入. 翠翠解其意 拆衣而詩見 大加傷感 吞聲而泣. 別為一詩 亦縫於內以付生. 詩曰

一自鄕關動戰鋒　舊愁新恨幾重重.

腸雖已斷情難斷　生不相從死亦從.

長使德言藏破鏡　終教子建賦游龍.

綠珠碧玉心中事　今日誰知也到儂.

生得詩 知其以死許之. 無復致望. 愈加抑鬱 遂感沈痼. 翠翠請於將軍 始得一至床前問候. 而生病已亟矣. 翠翠以臂扶生而起 生引首側視 凝淚滿眶 長吁一聲 奄然命盡. 將軍憐之 葬於道場山麓.

翠翠送殯而歸 是夜得疾 不復飲藥. 展轉衾席 將及兩月. 一旦告於將軍曰『妾棄家相從 已得八載 流離外境 舉目無親. 止有一兄 今又死矣. 妾病必不起 乞埋骨兄側 黃泉之下 庶有依託 免於他鄕作孤魂也.』言盡而卒. 將軍不違其志 竟附葬於生之墳左 宛然東西二丘焉.

洪武初 張氏既滅 翠翠家有一舊僕 以商販為業 路經湖州 過道場山下. 見朱門華屋 槐柳掩映 翠翠與金生方凭肩而立. 遽呼之入. 訪問父母存歿及鄕井舊事. 僕曰『娘子與郎安得在此?』翠翠曰『始因兵亂 我為李將軍所擄 郎君遠來尋訪. 將軍不阻 以我歸焉 因遂僑居於此耳.』僕曰『予今

還淮安 娘子可修一書以報父母也.』翠翠留之宿 飯吳興之香糯 羹茗溪之
鮮鯽 以烏程酒出飮之. 明旦遂修啓以上父母曰

伏以父生母育 難酬罔極之恩 夫唱婦隨 夙著三從之義. 在人倫而已定 何
時事之多艱! 曩者漢日將頹 楚氛甚惡. 倒持太阿之柄 擅弄潢池之兵. 封豕
長蛇 互相吞併. 雄蜂雌蝶 各自逃生. 不能玉碎於亂離 乃至瓦全於倉卒. 驅
馳戰馬 隨逐征鞍. 望高天而八翼莫飛 思故國而三魂屢散. 良辰易邁 傷青鸞
之伴木雞. 怨偶為仇 懼烏鴉之打丹鳳. 雖應酬而為樂 終感激而生悲. 夜月
杜鵑之啼 春風蝴蝶之夢. 時移事往 苦盡甘來. 今則楊素覽鏡而歸妻 王敦開
閣而放妓. 蓬島踐當時之約 瀟湘有故人之逢. 自憐賦命之屯不恨尋春之晚.
章臺之柳 雖已折於他人 玄都之花 尙不改於前度. 將謂缾沈而簪折 豈期璧
返而珠還. 殆同玉簫女兩世因緣 難比紅拂妓一時配合. 天與其便 事非偶然.
煎鸞膠而續斷弦 重諧繾綣 托魚腸而傳尺素 謹致丁寧. 未奉甘旨 先此申覆.

父母得之甚喜. 其父即賃舟 與僕自淮徂浙 徑奔吳興 至道場山下. 疇昔
留宿之處 則荒煙野草 狐兔之跡交道. 前所見屋宇 乃東西兩墳耳. 方疑
訝間 適有野僧扶錫而過. 叩而問焉 則曰『此故李將軍所葬金生與翠娘之
墳耳 豈有人居乎?』大驚 取其書而視之 則白紙一幅也. 時李將軍為國朝
所戮 無從詰問其詳. 父哭於墳下曰『汝以書賺我 令我千里至此 本欲與
我一見也. 今我至此 而汝藏踪秘跡 匿影潛形. 我與汝生為父子 死何間
焉? 汝如有靈 毋吝一見 以釋我疑慮也.』是夜 宿於墳. 以三更後 翠翠與
金生拜跪於前 悲號宛轉. 父泣而撫問之 乃具述其始末. 曰『往者禍起蕭
牆 兵興屬郡. 不能效竇氏女之烈 乃致為沙吒利之驅. 忍恥偷生 離鄉去
國. 恨以蕙蘭之弱質 配茲駔儈之下材. 惟知奪石家買笑之姬 豈暇憐息國
不言之婦. 叫九閽而無路. 度一日如三秋. 良人不棄舊恩 特勤遠訪. 托兄

妹之名 而僅獲一見. 隔伉儷之情 而終遂不通. 彼感疾而先殂 妾含冤而
繼殞. 欲求附葬 幸得同歸. 大略如斯 微言莫盡.』父曰『我之來此 本欲
取汝還家 以奉我耳 今汝已矣. 將取汝骨遷於先壟 亦不虛行一遭也.』復
泣而言曰『妾生而不幸 得不視膳庭闈. 歿且無緣 不得首丘塋壟. 然而地
道尚靜 神理宜安 若更遷移 反成勞擾. 況溪山秀麗 草木榮華 既已安焉
非所願也.』因抱持其父而大哭. 父遂驚覺 乃一夢也. 明日 以牲酒奠於墳
下 與僕返棹而歸. 至今過者 指為金翠墓云.

滕穆醉遊聚景園記

　　延祐初 永嘉滕生名穆 年二十六 美風調 善吟詠 爲衆所推許. 素聞臨安
山水之勝 思一遊焉. 甲寅歲 科擧之詔與 遂以鄕書赴薦. 至則僑居湧金門
外 無日不往來於南北兩山 及湖上諸刹 靈隱 天竺 淨慈 寶石之類 以至
玉泉 虎跑 天龍 靈鷲 石屋之洞 冷泉之亭 幽澗深林 懸崖絶壁 足跡殆將
徧焉. 七月之望 於麯院賞蓮. 因而宿湖 泊舟雷峯塔下. 是夜月色如晝 荷
香滿身 時聞大魚跳躑於波間 宿鳥飛鳴於岸際. 生已大醉 寢不能寐. 披
衣而起 遶堤觀望. 行至聚景園 信步而入. 時宋亡已四十年. 園中臺館 如
會芳殿 淸輝閣 翠光亭皆已頹毁. 惟瑤津西軒巋然獨存. 生至軒下 凭欄
少憩. 俄見一美人先行 一侍女隨之 自外以入. 風鬟霧鬢 綽約多姿. 望
之殆若神仙. 生於軒下屛息以觀其所爲. 美以言曰『湖山如故 風景不殊
但時移世換 令人有黍離之悲耳!』行至園北太湖石畔 遂詠詩曰

　　湖上園亭好　　重來憶舊遊.

　徵歌調玉樹　　閑舞按梁州.
　徑狹花迎輦　　池深柳拂舟.
　昔人皆已歿　　誰與話風流.

　生放逸者. 初見其貌 已不能定情. 及聞此作 技癢不可復禁. 卽於軒下
續吟曰

　湖上園亭好　　相逢絶代人.
　嫦娥辭月殿　　織女下天津.
　未領心中意　　渾疑夢裏身.
　願吹鄒子律　　幽谷發陽春.

　吟已 趨出赴之. 美人亦不驚訝 但徐言曰『固知郎君在此 特來尋訪耳.』
生問其姓名. 美人曰『妾棄人間已久 欲自陳叙 誠恐驚動郎君.』生聞此
言 審其爲鬼 亦無所懼. 固問之. 乃曰『芳華姓衛 故宋理宗朝宮人也. 年
二十三而歿. 殯於此園之側. 今晚因往演福訪賈貴妃 蒙延坐久 不覺歸遲
致令郎君於此久待.』卽命侍女曰『翹翹 可於舍中取裀席酒果來. 今夜月
色如此 郎君又至 不可處度 可便於此賞月也.』翹翹應命而去. 須臾 携紫
氍毹 設白玉碾花樽 碧琉璃蓋 醥醴馨香 非世所有. 與生談謔笑詠 詞旨
淸婉. 復命翹翹歌以侑酒. 翹翹請歌柳耆卿望海潮詞. 美人曰『對新人不
宜歌舊曲.』卽於座上自製木蘭花慢一闋 命翹翹歌之曰

　記前朝舊事 曾此地會神仙. 向月地雲階 重携翠袖 來拾花鈿. 繁華總隨流
水 歎一場春夢杳難圓. 廢港芙渠滴露 斷隄楊柳搖煙. 兩峯南北只依然 輦路
草芊芊. 悵別館離宮 煙銷鳳蓋 波沒龍船. 平生銀屏金屋 對漆燈無焰夜如

年. 落日牛羊隴上 西風燕雀林邊.

歌竟 美人潛然垂淚. 生以言慰解. 仍微詞挑之以觀其意 卽起謝曰『俎
謝之人 久爲塵土. 若得奉侍巾櫛 雖死不朽. 且郞君適聞詩句 固已許之
矣. 願吹鄒子之律 而一發幽谷之春也.』生曰『向者之詩 率口而出 實本
無意 豈料便成語讖.』良久 月隱西垣 河傾東嶺 卽命翹翹撤席. 美人曰
『敝居僻陋 非郞君之所處. 只此西軒可也.』遂攜手而入 假寢軒下. 交會
之事 一如人間. 將旦 揮涕而別. 至晝 往訪於園側 果有宋宮人衛芳華之
墓 墓左一小丘 卽翹翹所瘞也. 生感歎逾時. 迨暮 又赴西軒 則美人已先
至矣. 迎謂生曰『日間感君相訪. 然而妾止卜其夜 未卜其晝. 故不敢奉見.
數日之後 當得無間耳.』自是無夕而不會. 經旬之後 白晝亦見. 生遂攜歸
所寓安焉.

已而生下第東歸. 美人願隨之去. 生問翹翹何以不從. 曰『妾旣奉侍君
子 舊宅無人 留其看守耳.』生與之同回鄉里 見親識 紿之曰『娶於杭郡
之良家.』衆見其擧止溫柔 言詞慧利 信且悅之. 美人處生 之室 奉長上
以禮 待婢僕以恩 左右隣里 俱得其歡心. 且又勤於治家潔於守己. 雖中
門之外 未嘗輕出. 衆咸賀生得內助.

荏苒三歲 當丁巳年之初秋 生又治裝赴浙省鄕試. 行有日矣. 美人請於
生曰『臨安妾鄕也. 從君至此 已閱三秋 今願得偕行以顧視翹翹.』生許
諾. 遂賃舟同載 直抵錢塘 僦屋以居. 至之明日 適値七月之望. 美人謂生
曰『三年前曾於此夕與君相會. 今適當其期. 欲與君同赴聚景 再續舊遊可
乎?』生如其言 載酒而往. 至晩 月上東垣 蓮開南浦 露柳煙篁 動搖堤岸
宛然昔時之景. 行至園前 則翹翹迎拜于路首曰『娘子陪侍郞君 遨遊城郭
首尾三年 已極人間之歡 獨不記念舊居乎?』三人入園 至西軒而坐. 美人
忽垂淚告生曰『感君不棄 侍奉房帷 未遂深歡 又當永別.』生曰『何故?』

對曰『妾本幽陰之質 久踐陽明之世 甚非所宜. 特以與君有夙世之緣 故冒犯條律 以相從耳. 今而緣盡 自當奉辭.』生驚問曰『然則何時?』對曰『止在今夕耳.』生悽惶不忍. 美人曰『妾非不欲終事君子 永奉歡娛. 然而程命有限 不可遠越. 若更遲留 須當獲戾. 非止有損於妾 亦將不利於君. 豈不見越娘之事乎?』生意稍悟. 然亦惠傷感愴』徹宵不寐. 及山寺鐘鳴 水村雞唱 急起與生為別. 解所禦玉指環 繫於生之衣帶 曰『異日見此 無忘舊情.』遂分袂而去. 然猶頻頻回顧 良久始滅. 生大慟而返. 翌日 具酒肴焚鍐楮於墓下 作文以弔之曰

惟靈生而淑美 出類超群. 稟奇姿於仙聖 鐘秀氣於乾坤. 粲然如花之麗 粹然如玉之溫. 達則天上之金屋 窮則路左之荒墳. 托松楸而共處 對狐兔之群奔. 落花流水 斷雨殘雲. 中原多事 故國無君. 撫光陰之過隙 視日月之奔輪. 然而精靈不泯 性識長存. 不必伏少翁之奇術 自然返倩女之芳魂. 玉匣驂鸞之扇 金泥簇蝶之裙. 聲冷冷兮環佩香靄靄兮蘭蓀. 方欲同歡以偕老 奈何既合而復分. 步洛妃淩波之襪 赴王母瑤池之樽. 即之而無所覩 扣之而不復聞. 悵後會之莫續 傷前事之誰論. 鎖楊柳春風之院 閉梨花夜雨之門. 恩情斷兮天漠漠 哀怨結兮雲昏昏. 音容杳而靡接 心緒亂而紛紜. 謹含哀而奉弔 庶有感於斯文! 嗚呼哀哉 尚饗!

從此遂絕矣. 生獨居旅邸 如喪配偶. 試期既迫 亦無心入院. 惆悵而歸. 親黨問其故 始具述之. 眾咸歎異. 生後終身不娶. 入鴈蕩山採藥 遂不復還.

崑崙奴

唐大曆中 有崔生者. 其父為顯僚 與蓋代之勳臣一品者熟. 生是時為千牛 其父使往省一品疾. 生少年 容貌如玉 性稟孤介 舉止安詳 發言清雅. 一品命妓軸簾 召主人室. 生拜傳父命 一品忻然愛慕 命坐與語. 時三妓人 艷皆絕代 居前. 以金甌貯含桃而擘之 沃以甘酪而進. 一品遂命衣紅綃妓者 擎一甌與生食. 生少年靦妓輩 終不食. 一品命紅綃妓 以匙而進之 生不得已而食 妓哂之.

遂告辭而去 一品曰『郎君閑暇 必須一相訪 無間老夫也.』命紅綃送出院時生回顧 妓立三指 又反三掌者 然後指胸前小鏡子云『記取.』餘更無言. 生歸 達一品意 返學院 神迷意奪 語減容沮 怳然凝思 日不暇食. 但吟詩曰

　　誤到蓬山頂上游　　明璫玉女動星眸.
　　朱扉半掩深宮月　　應照璃芝雪艷愁.

左右莫能究其意. 時家有崑崙奴磨勒 顧瞻郎君曰『心中有何事 如此抱恨不已. 何不報老奴?』生曰『汝輩何知 而問我襟懷間事?』磨勒曰『但言當為郎君釋解. 遠近必能成之.』生駭其言異 遂具告知. 磨勒曰『此小事耳 何不早言之 而自苦耶?』生又白其隱語. 勒曰『有何難會. 立三指者 一品宅中有十院歌姬 此乃第三院耳. 反掌三者 數十五指 以應十五日之數. 胸前小鏡子 十五夜月圓如鏡 令郎來耳.』

生大喜不自勝 謂磨勒曰『何計而能導我鬱結乎?』磨勒笑曰『後夜乃十五夜. 請深青絹兩疋 為郎君製束身之衣. 一品宅有猛犬 守歌妓院門 非常人不得輒入 人必噬殺之. 其警如神 其猛如虎 即曹州孟海之犬也. 世間非老奴 不能斃此犬兒. 今夕當為郎君搗殺之.』遂宴犒以酒肉 至三更 携鍊椎而往. 食頃而回曰『犬已斃訖 固無障塞耳.』

是夜三更 與生衣青衣 遂負而逾十重垣 乃入歌妓院內. 止第三門 綉戶不扃 金釭微明 惟聞妓長歎而坐 若有所俟. 翠環初墜 紅臉纔舒 玉恨無妍 珠愁轉瑩. 但吟詩曰

深洞鶯啼恨玩郎　　偷來花下解珠璫.
碧雲飄斷音書絕　　空依玉簫愁鳳凰.

侍衛皆寢 隣近闃然 生遂緩睪簾而入.

良久 驗是生 姬躍下榻 執生手曰『知郎君穎悟 必能默識 所以手語耳. 又不知郎君有何神術 而能至此』生具告磨勒之謀 負荷而至. 姬曰『磨勒何在?』曰『簾外耳.』遂召入 以金甌酌酒而飲之. 姬白生曰『某家本富居在朔方. 主人擁旄 逼為姬僕. 不能自死 尚且偷生. 臉雖鉛華 心頗鬱結. 縱玉筯舉饌 金鑪泛香 雲屏而每進綺羅 綉被而常眠珠翠 皆非所願 如在桎梏. 賢爪牙既有神術 何妨為脫狴牢. 所願既申 雖死不悔. 請為僕隸

願侍光容. 又不知郎君高意如何?』生愀然不語 磨勒曰『娘子旣堅確如是
此亦小事耳.』姬甚喜. 磨勒請先爲姬負其囊橐粧匳 如此三復焉. 然後曰
『恐遲明.』遂負生與姬而飛出峻垣十餘重. 一品家之守禦 無有警者. 遂歸
學院而匿之.

　及旦 一品家方覺 又見犬已斃. 一品大駭曰『我家門垣 從來邃密 扃鎖
甚嚴 勢似飛騰 寂無形迹 此必俠士而挈之. 無更聲聞 徒爲患禍耳.』姬
隱崔生家二歲. 因花時 駕小車而遊曲江 爲一品家人潛誌認. 遂白一品.
一品異之 召崔生而詰之. 事懼不敢隱 遂細言端由 皆因奴磨勒負荷而去.
一品曰『是姬大罪過 但郎君驅使踰年 卽不能問是非. 某須爲天下人除
害.』

　命甲士五十人 嚴持兵仗 圍崔生院 使擒磨勒. 磨勒遂持匕首 飛去高垣
瞥然翅翎 疾同鷹隼. 攢矢如雨 莫能中之. 頃刻之間 不知所向. 然崔家
大驚愕. 後一品悔懼 每夕多以家童持劍戟自衛. 如此周歲方止. 後十餘年
崔家有人見磨勒賣藥於洛陽市 容顔如舊.

非烟傳

　　臨淮武公業 咸通中 任河南府功曹參軍. 愛妾曰非烟 姓步氏 容止纖麗 若不勝綺羅. 善秦聲 好文筆. 尤工擊甌 其韻如絲竹合 公業甚嬖之. 其比 隣天水趙氏第也 亦衣纓之族 不能斥言. 其子曰象 秀端有文 纔弱冠矣. 時方居喪禮. 忽一日 於南垣隙中 窺見非烟 神氣俱喪 廢食忘寐.

　　乃厚賂公業之閣 以情告之 閣有難色. 復為厚利所動 乃令其妻伺非烟 間處 具以象意言焉. 非烟聞之 但含笑凝睇而不答. 閣媼盡以語象 象發 狂心蕩 不知所持. 乃取薛濤牋 題絕句曰

　　一覩傾城貌　　塵心只自猜.
　　不隨蕭史去　　擬學阿蘭來.

以所題密緘之 祈門媼達非烟. 烟讀畢 吁嗟良久 謂媼曰『我亦曾窺見 趙郎 大好才貌. 此生薄福 不得當之.』蓋鄙武生麤悍 非良配耳. 乃復酬

篇 寫於金鳳牋曰

> 綠慘雙娥不自持　　只緣幽恨在新詩.
> 郎心應似琴心怨　　脉脉春情更擬誰.

封付門嫗 令遺象. 象啟緘 吟諷數四 拊掌喜曰『吾事諧矣.』又以剡溪
玉葉紙 賦詩以謝曰

> 珍重佳人贈好音　　綵牋芳翰兩情深.
> 薄於蟬翼難供恨　　密似蠅頭未寫心.
> 疑是落花迷碧洞　　只思輕雨灑幽襟.
> 百回消息千回夢　　裁作長謠寄綠琴.

詩去旬日 門嫗不復來. 象憂恐事泄 或非烟追悔. 春夕 於前庭獨坐 賦
詩曰

> 綠暗紅藏起暝煙　　獨將幽恨小庭前.
> 沉沉良夜與誰語　　星隔銀河月半天.

明日 晨起吟際 而門嫗來 傳非烟語曰『勿訝旬日無信 蓋以微有不安.』
因授象以連蟬錦香囊 並碧苔牋詩曰

> 無力嚴杖倚繡櫳　　暗題蟬錦思難窮.
> 近來贏得傷春病　　柳弱花欹怯曉風.

象結錦囊於懷 細讀小簡 又恐烟幽思增疾. 乃剪鳥絲闌為回簡曰『春日
遲遲 人心悄悄 自因窺靚 長役夢魂. 雖羽駕塵襟 難於會合 而丹誠皦日
誓以周旋. 況又聞乘春多感 芳履違和. 耗冰雪之妍姿 鬱蕙蘭之佳氣. 憂
抑之極 恨不翻飛. 企望寬情 無至憔悴. 莫孤短韻 寧爽後期. 恍惚寸心
書豈能盡? 兼持菲什 仰繼華篇. 詩曰

見說傷情為見春　　想封蟬錦綠蛾顰.
叩頭為報烟卿道　　第一風流最損人.

門嫗既得回簡 徑齋詣烟閣中. 武生為府掾屬 公務繁夥 或數夜一直 或
竟日不歸. 是時適值生入府曹 烟圻書 得以款曲尋繹 既而長太息曰『丈
夫之志 女子之心 情契魂交 視遠如近也.』於是闔戶垂幰 為書曰

下妾不幸 垂髫而孤. 中間為媒妁所欺 遂匹合於瑣類. 每至清風明月 移玉
柱以增懷 秋帳冬釭 汎金徽而寄恨. 豈期公子 忽貽好音. 發華緘而思飛 諷
麗句而目斷. 所恨洛川波隔 賈午墻高. 聯雲不及于秦臺 薦夢尚遙于楚岫. 猶
望天從素懇 神假微機 一拜清光 九殞無恨. 兼題短什 用寄幽懷. 詩曰

畫簷春燕須同宿　　洛浦雙鴛肯獨飛.
長恨桃源諸女伴　　等閒花裏送郎歸.

封訖 召門嫗 令達于象. 象覽書及詩 以烟意稍切 喜不自持. 但靜室焚
香 虔禱以俟息. 一日將夕 門嫗促步而至 笑且拜曰『趙郎願見神仙否?』
象驚 連問之. 傳烟語曰『今夜功曹直府 可謂良時. 妾家後庭 郎君之前
垣也. 若不逾惠好 專望來儀. 方寸萬重 悉俟晤語.』既曛黑 象乃躋梯而

登 烟已令重榻於下. 既下 見烟靚粧盛服 立於花下. 拜訖 俱以喜極不能言. 乃相携 自後門入堂中. 遂背釭解幌 盡繾綣之意焉. 及曉鐘初動 復送象於垣下. 烟執象泣曰『今日相遇 乃前生因緣耳 勿謂妾無玉潔松貞之志. 放蕩如斯 直以郎之風調 不能自顧 願深鑒之.』象曰『挹希世之貌 見出人之心 已誓幽庸 永奉歡狎.』言訖 象踰垣而歸.

明日 託門媼贈烟詩曰

| 十洞三淸雖路沮 | 有心還得傍瑤臺. |
| 瑞香風引思深夜 | 知是藥宮仙馭來. |

烟覽詩微笑. 因復贈象詩曰

| 相思只怕不相識 | 相見還愁却別君. |
| 願得化爲松下鶴 | 一雙飛去入行雲. |

封付門媼. 仍令語象曰『賴妾有小小篇詠 不然 君作幾許大才面目.』玆不盈旬 常得一期於後庭. 展微密之思 罄宿昔之心. 以爲鬼神不知 天人相助. 或景物寓目 歌詠寄情. 來徃頻繁 不能悉載.

如是者周歲 無何 烟數以細過撻其女奴. 奴陰銜之 乘間盡以告公業. 公業曰『汝愼言 我當伺察之.』後至直日 乃僞陳狀請假. 迨夕 如常入直. 遂潛於里門 街鼓旣作 匍伏而歸. 循墻至後庭 見烟方倚戶微吟 象則據垣斜睇. 公業不勝其忿 挺前欲擒. 象覺跳去 業搏之 得其半襦. 乃入室呼烟詰之 烟色動聲戰 而不以實告. 公業愈怒 縛之大柱 鞭楚血流. 但云『生得相親 死亦何恨.』深夜 公業惓而假寐 烟呼其所愛女僕曰『與我一杯水.』水至 飮盡而絕. 公業起 將復笞之 已死矣. 乃解縛擧置閤中 連呼

之. 聲言烟暴疾致殞. 後數日 窆於北邙 而里巷間皆知其强死矣.

象因變服易名 遠竄江浙間. 洛陽才士有崔李二生 常與武掾游處. 崔賦詩末句云『恰似傳花人飮散 空牀抛下最繁枝.』其夕 夢烟謝曰『妾貌雖不迨桃李 而零落過之. 捧君佳什 媿仰無已.』李生詩末句云『艶魄香魂如有在 還應羞見墜樓人.』其夕 夢烟戟手而言曰『士有百行 君得全乎. 何至矜片言苦相詆斥? 當屈君於地下面證之.』數日 李生卒. 時人異焉.

裴航

　　唐長慶中　有裴航秀才. 因下第　遊于鄂渚　謁故友人崔相國. 値相國贈錢
二十萬　遠挈歸于京. 因傭巨舟　載于湘漢. 同載有樊夫人　乃國色也. 言詞
間接　帷幄昵洽. 航雖親切　無計道達而會面焉. 因賂侍妾裊烟　而求達詩
一章曰

　　同爲胡越猶懷想　　　況遇天仙隔錦屛.
　　儻若玉京朝會去　　　願隨鸞鶴入靑雲.

　　詩往　久而無答. 航數詰裊烟　烟曰『娘子見詩若不聞　如何?』航無計因
在道求名醞珍果而獻之. 夫人乃使裊烟　召航相識. 及褰帷　而玉瑩光寒
花明麗景. 雲底鬒鬢　月淡修眉. 擧止煙霞外人　肯與塵俗爲偶. 航再拜揖
愕眙良久之. 夫人曰『妾有夫在漢南　將欲棄官　而幽棲巖谷　召某一訣耳.
甚哀草擾　慮不及期　豈更有情留盼他人　的不然耶? 但喜與郎君同舟共濟

無以諧謔爲意耳.』航曰『不敢.』飮訖而歸. 操比冰霜 不可干冒.

夫人後使裊烟持詩一章曰

一飮瓊漿百感生　　玄霜搗盡見雲英.

藍橋便是神仙窟　　何必崎嶇上玉淸.

航覽之 空愧佩而已. 然亦不能洞達詩之旨趣. 後更不復見 但使裊烟達寒喧而已. 遂抵襄漢 與使婢挈粧奩 不告辭而去. 人亦不能知其所造 航遍求訪之 滅跡匿形 竟無蹤兆.

遂飾粧歸輦下 經藍橋側近 因渴甚 遂下道求漿而飮. 見茅屋三四間低而復隘. 有老嫗緝麻苧 航揖之求漿. 嫗咄曰『雲英擎一甌漿來 郎君要飮.』航訝之 憶樊夫人詩有雲英之句 深不自會. 俄於葦箔之下 出雙玉手捧瓷. 航接飮之 眞玉液也. 但覺異香氤鬱 透于戶外. 因還甌 遽揭箔 覩一女子 露裛瓊英 春融雪彩 臉欺膩玉 鬢若濃雲. 嬌而掩面蔽身雖紅蘭之隱幽谷 不足比其芳麗也.

航驚怛 植足而不能去. 因白嫗曰『某僕馬甚饑 願憩於此 當厚答謝幸無見阻.』嫗曰『任郎君自便.』且遂飯僕秣馬. 良久 謂嫗曰『向覩小娘子艶麗驚人 姿容擢世 所以躊躕而不能適. 願納厚禮而娶之 可乎?』嫗曰『渠已許嫁一人 但時未就已. 我今老病 只有此女孫 昨有神仙 遺靈丹一刀圭 但須玉杵臼 擣之百日 方可就吞 當得後天而老. 君若娶此女者 得玉杵臼 吾當與之也. 其餘金帛 無用處耳.』航拜謝曰『願以百日爲期 必携杵臼而至 更無許他人.』嫗曰『然.』航恨恨而去.

及至京國 殊不以擧事爲念 但於坊曲鬧市喧衢 而高聲訪其玉杵臼 曾無影響. 或遇朋友 若不相識 衆言爲狂人. 數月餘日 或遇一貨玉老翁曰『近得虢州藥舖卜老書云 有玉杵臼貨之. 郎君懇求如此 此君吾當爲書導達.』

航媿荷珍重 果獲玉杵臼. 卞老曰『非二百緡不可得.』航乃瀉囊 兼貨僕貨
馬 方及其數. 遂步驟獨挈 而抵藍橋.

　　昔日嫗大笑曰『有如是信士乎? 吾豈愛惜女子 而不酬其勞哉.』女亦微
笑曰『雖然 更爲吾藥百日 方議姻好.』嫗於襟帶間解藥 航卽擣之. 晝爲
而夜息 夜則嫗收藥臼於內室. 航又聞擣藥聲 因窺之 有玉兎持杵臼而雪
光輝室. 可鑒毫芒. 於是 航之意愈堅 如此日足. 嫗持而吞之曰『吾當入
洞 而告姻戚 爲裴郎具帳幃.』遂挈女入山 爲航曰『但少留此.』

　　浚巡 車馬僕隷 迎航而往. 別見一大第連雲 珠扉晃日. 內有帳幄屛幃珠
翠珍琓 莫不臻至 愈如貴戚家焉. 仙童侍女 引航入帳 就禮訖. 航拜嫗
悲泣感荷. 嫗曰『裴郎自是淸冷 裴眞人子孫 業當出世 不足深愧老嫗也.』
及引見諸賓 多神仙中人也. 後有仙女 鬟髻霓衣 云是妻之姊耳. 航拜訖
女曰『裴郎不相識耶?』航曰『昔非姻好 不醒拜侍.』女曰『不憶鄂渚同舟
回而抵襄漢乎?』航深驚悝 懇悃陳謝. 後聞左右 曰『是小娘子之姊 雲翹
夫人 劉綱仙君之妻也. 已是高眞 爲玉皇之女吏.』嫗遂遣航 將妻入玉峰
洞中 瓊樓珠室而居之. 餌以絳雪瓊英之丹 體性淸虛毛髮紺綠 神化自在
超爲上仙.

　　至太和中 友人盧顥 遇之於藍橋驛之西 因說得道之事. 遂贈藍田美玉
十斤 紫府雲丹一粒 敍話永日 使達書于親愛. 盧顥稽顙曰『兄旣得道如
何乞一言而敎授?』航曰『老子曰 虛其心 實其腹. 今之人 心愈實 何由得
道之理.』盧子憮然 而語之曰『心多妄想 腹漏精溢 卽虛實可之矣. 凡人
自有不死之術 還丹之方. 但子未便可敎 異日言之.』盧子知不可請 但終
宴而去. 後世人莫有遇者.

■ 저자 약력

서울에서 출생.
연세대학교 국어국문학과를 졸업하고
같은 학교 대학원에서 석사, 박사학위를 받았다.
연세대, 동덕여대, 서울예대 등의 강사를 거쳐
배재대학교 국문과 교수가 되었다.
배재대에 근무하면서 인문대학장, 입학홍보처장
등의 보직을 역임한 바 있다.

■ 저서

「고소설의 모색」이 있으며 「흥부전 연구」,
「한국고전시가사」, 「우리말과 문학의 이해」,
「한자와 생활」 등의 공저가 있다.

운영전의 비교문학적 연구

초판 인쇄/ 2011년 12월 12일
초판 발행/ 2011년 12월 30일

저　　자　전용오
책임편집　김민경

발 행 처　도서출판 지식과 교양
등　　록　제2010-19호
주　　소　서울시 도봉구 창5동 262-3번지
전　　화　02-900-4520 / 02-900-4521
팩　　스　02-900-1541
전자우편　kncbook@hanmail.net

ISBN　978-89-94955-53-7　93810　　　　　　　　　　**정가**　15,000원

이 도서의 국립중앙도서관 출판도서목록(CIP)은 e-CIP홈페이지(http://www.nl.go.kr/ecip)에서
이용하실 수 있습니다. (CIP제어번호: CIP2012000513)